漫娱图书
SINCE BOOKS

# 在谎言里
# 消失的人

VANISH

陆雾 . 著

长江出版社
CHANGJIANGPRESS

漫娱图书

# 目录
CONTENTS

提示

内含隐藏案件，请多多留意男主的回忆，寻找你认为的悬疑案件。

失 踪

# 网友凭空失踪

Case Number One
第一案

黄宣仪又看了眼时间，她已经等了快半小时了。她坐的位置正对着空调，冷气对着她后颈吹，直吹得脊背发凉。

这里是心理诊所，和牙医诊所差不多的布置。白与蓝的底色，每位心理医生都有个独立的诊疗室，每天会诊五到六名病人。黄宣仪要见的是沈墨若，但她没有预约，是父亲通过关系加塞来的。说到底，她父亲就是坚信她心理有问题。

黄宣仪的母亲过世后父亲再婚，继母很快给家里添了个弟弟，她的家庭地位就变得岌岌可危。父亲对她爱搭不理的次数多了，连她闹起来都以为是耍孩子脾气，在外面逢人就说她太自私，当惯了独生子女就受不了有个弟弟。她也懒得辩解，只想着读了大学就离开这个家。

她是一早就计划出国留学的，自以为做了充足的准备，申请很顺利，但在面试时紧张到失声，连话都说不出。申请季她一败涂地，没被任何一所学校录取。在回家面对了一番冷嘲热讽后，她的情绪彻底失控，大吵大闹了几次。父亲觉得她有心理疾病，狂躁焦虑一类的。她也懒得再同他们多交涉，宁愿将大把时间倾注在网络上与陌生人闲聊。

她在网上认识了一些人，原本还算开心，可等她见了网友回来，说完网友凭空消失的事后，她父亲就更觉得她精神失常，还出现了幻觉，强押着要她来看心理医生，说是情况再不妙，干脆就送去医院强制治疗。

从回忆中抽身，黄宣仪叹了口气，不得不继续等下去。除了她之外，沙发上还坐着两个人，一个是个中年人，大腹便便，很蛮横地把两腿打开，霸占了两个人的地盘；另一个是个瘦巴巴的年轻人，头埋在臂弯里睡觉，头发留得半长不短，往两边散开。光看他裹在牛仔裤里的腿，黄宣仪就猜他长得不错。

中年男人有些不耐烦地推了推他，嚷道："这里又不是睡觉的地方，要睡回家睡，你过去点儿。"

年轻人抬起头，光是小半张侧脸就够惹眼，垂眼直鼻，嘴唇和猫的一样。他轻轻"嗯"了一声，脾气倒是不错，索性站起来把小半张沙发都让出来，站到一边低头玩起了手机。

中年男人颇为满意地点点头，把放在腿上的皮包随意丢在年轻人刚才的位置。

黄宣仪有些气不过，出声道："你这样是不是有点太过分了，那是别人坐的地方，不是让你放东西的。"

中年男人瞪她："脾气这么大，那你让出来啊。"

黄宣仪有些慌，低下头便不吭声了，愤愤不平的，又掺杂些尴尬。她瞥了眼那个年轻人，他依旧低头看着手机，不在意这些事，也不感激她。她愈发坐立不安了，只觉得自己太傻。

好在这时沈墨若走了出来，他上午的预约都结束了，可以腾出时间给她。黄宣仪急忙起身，不单是她，那个年轻人也跟着一起走进了咨询室。

黄宣仪面带疑惑，沈墨若连忙解释道："这是宋归宜，我的朋友。我原本就是让你来见见他，他应该能解决你的问题。"

黄宣仪想同宋归宜握手，他却没理睬她，自顾自地拿出手机，走到角落里，压低声音拨个电话，一本正经道："候先生是吗？我是第三人民医院急诊室的李医生，你儿子在学校里出了点意外，现在可能要做开颅手术，麻烦你立刻过来好吗？需要你签字交定金。对，第三人民医院，要快。二十分钟内能到吗？好的，马上。"

黄宣仪一愣，又想到什么，推门出去一看。那个中年人刚挂断了电话就发了疯一样地往外跑。宋归宜的那个电话是打给他的。第三人民医院离这里最少也有半小时的车程，大夏天这么一来一回，也是件苦差事。

黄宣仪笑道："你还挺记仇的啊。你怎么知道他姓候，有个儿子，还有他的电话号码？"

宋归宜轻快道："没什么难的。他刚才在注册网站，要填个人信息，我用手机全录了下来。小孩的话，他拿亲子照当屏保。其实这个把戏很容易戳穿，打个电话给老师就好，不过他估计离婚了，还是能骗他久一点的。"

"你怎么知道他离婚了？"

"看衣服。脏兮兮的裤子，烂糟糟的鞋子，上衣却很体面，明显是两个风格，可能是前妻给他买的。衣服上沾着番茄酱和果汁，刚才还扔掉了收银条，最近都是在外面吃的饭。没人照顾他，不是和妻子分居就是离婚。像他这样的离婚占多数，孩子不跟他，所以才格外看重。"

沈墨若这才明白过来，叹了口气，无可奈何道："你为什么做这种恶作剧啊？”

“因为我很小心眼。”宋归宜理直气壮说着这话。诊疗室里有个小冰箱，他走过去打开，一点儿顾忌也没有就拿了根雪糕吃起来，“你到底有什么事找我？今天还挺热的。”

“这位是黄宣仪，黄小姐。”沈墨若又耐心介绍了一遍，“她遇到了一件怪事，有个人在她面前凭空消失了，想请你帮忙解决一下。”

宋归宜皱眉，对黄宣仪道：“你是不是喝多了？还是精神失常？”

“不是幻觉，是真的！他就是突然在我面前消失了。”

宋归宜简单打量了黄宣仪一番，少女小小的个子，刚成年的样子。身形单薄，窄而薄的肩，四肢也细细长长的，戴眼镜，马尾刘海，甩不脱的学生气，神情有些倔强，再说是幻觉，她兴许要跳起来咬人。

他道：“好吧，那你说说看吧。”


上个月，黄宣仪在网上认识了一个网友，两人聊得很投缘，然后约好了上周四见面。见面地点是一间酒吧，时间约在晚上八点，因为对方是上班族。过来的是个三十岁出头的年轻男人，西装革履，人很健谈，又说了不少笑话，请她喝了一杯酒。他们聊得很愉快，后面她酒劲上来了，望见吧台旁边的镜子里自己的妆花了，急急忙忙去洗手间补妆，出来时却发现对面的位置空了。原本摆着的一杯酒也不见了。她以为对方是去洗手间了，可是等了半小时也不见他回来。再去问酒保和旁边的客人，都说没有见过这样一个人，甚至有人说她是一个人过来的，仿佛男人从没出现过。她以为是恶作剧，失魂落魄回了家，可是那个账号再也没有登录过。倏忽如梦般，一个陌生人就这么消失了。

宋归宜吃了雪糕，忽然把木棒咬断，问道：“你那天去的时候，酒吧里的客人应该不多吧？"

"你怎么知道的？"

"如果客人很多，你就不会只问两个客人和酒保，也不会是这种将信将疑的态度。"

黄宣仪的眼睛一亮："你真的很厉害啊。那天去的酒吧在商场里，商场还在装修，所以很多店都是半营业，人蛮少的，酒吧里除了我们，只有另外两个客人和酒保。"

宋归宜继续道："比起这个失踪故事，你的胆子更让我惊讶。你怎么敢一个人，晚上八点去一家陌生的酒吧，和一个陌生的男人一起喝酒？你和你爸妈说过了吗？"

"我已经是成年人了，这种事也无所谓吧。"

宋归宜斜了她一眼，继续道："我猜那酒吧里没有监控吧。"

"是啊，不过外面的商场有个监控。但是商场就只有一个大门，有人进出一定会被拍到的。第二天我去问过商场保安，说是和朋友走失了。我想看监控，可是商城保安说不行，要报警才能看，他还一直凶我。"

宋归宜扑哧笑出声："生活很残酷的，你这样的小朋友当然是很容易被欺负的。"

"喂，你这个人很烦啊，你到底帮不帮我啊。"

宋归宜不理睬她，反倒转向沈墨若："喂，她是你的病人，你不帮她解决心理问题，却让我帮她找人，这样合适吗？"

沈墨若道："我觉得她没有什么心理障碍。虽然有些压抑，但还没有到病态的程度，也绝不是看到了幻觉。她的父亲是我以前的导师，严格意义上来说她不算是我的病人，我想帮她把这件事解决，这样也能说服她的父亲。"

宋归宜说道："哦，看来你是让我帮你做人情啊。"不等沈墨若解释，他又转向黄宣仪道："我帮你调查可以，但是先说清楚。第一，我不负责调查出结果，如果最后没结果，可能就是你产生幻觉了。第二，你估计要和我一起去现场走走，但是你要如实和你爸妈说。我不能阻止你和一个陌生男人出去，然后又作为另一个人陌生男人约你出去。"

黄宣仪犹豫片刻，说道："我不想和我爸妈说这件事，他们知道我私下调查，会觉得我不听他们的话，他们已经很烦我了。"

宋归宜朝沈墨若使了个眼色，道："那我一会儿让黎素送她回去，你帮着找个好借口。"

"黎素是谁？"黄宣仪问。

宋归宜一本正经道："是我妈。"

"真的假的？"

"当然是假的，她算是我女朋友吧。"

┌ 002 ┐→

既然接下了这件事，是闹剧也好，是悬案也罢，总要先把大幕拉开。宋归宜看了眼时间还来得及，便与黄宣仪一同去所谓的事发现场。

商场并不在闹市区，而是在一个偏远的地方，规划时应该是期望带动周边的人气，但显然没有如愿。宋归宜推门进去，冷气打得很足，愈发显出门庭萧条之感。一共是三层楼，同多数商城的格局相近，大半店铺都在装修中，并不对外营业。宋归宜领着黄宣仪绕了一圈，一层楼只有四家店是开着的，再算上营业时间，开到八点的只有两家。

宋归宜问道："这个地方是对方定的吗？"

黄宣仪点头："他是我在论坛上认识的，没说真名，让我叫他越哥。他说他在这附近工作，就让我过来和他见面，还说他会开车送我的，不用担心喝醉。"

宋归宜叹气："你个子不大，胆子不小啊。有见过他的车吗？"

黄宣仪回忆道："不知道啊，约在八点，我迟到了一两分钟，我到的时候他已经在了，所以我也不知道他是不是开车来的。"

宋归宜说道："开动一下你那生锈的小脑筋吧。他如果有车，要开车就不能喝酒。你喝醉了，他还保持清醒，你说他会做什么？如果他没车，你喝醉了，他也喝醉了，你们两个准备怎么办？"

"你不要总是把人想得这么坏。我觉得他人还不错，就和我聊聊天，戴着一副眼镜也挺斯文的，没有对我动手动脚，也没有给我灌酒，还请我喝了一杯莫斯科骡子。"

"他大概多大年纪？"

"三十岁出头吧，比你矮半个头，打了不少发胶。"

宋归宜面无表情道："一个三十多岁的社会人士，在晚上八点，把一个涉世未深的二十岁女孩约到一个僻静的酒吧里，请她喝了一杯度数不低的酒，你以为他是圣人君子吗？"

黄宣仪抱着肩不吭声，不愿承认他是对的，一时间又想不出反驳他的话，索性把话题岔开："你到底是做什么的，侦探吗？"

宋归宜皱眉看她，觉得这话荒唐到好笑："除了在电影里，你在国内有见过做侦探的人吗？而且我也没这么显老吧，应该就比你大几岁。我之前出了场车祸，受了点创伤，有点创伤后应激障碍，所以休学在家了一年，现在读大二。"

"那你就是普通人啊，那沈医生为什么让你帮忙？"

宋归宜假笑着一摊手："反正也没有更靠谱的人选，再说请我又不花钱，你就凑合一下吧。"

因为这一番话，黄宣仪对宋归宜有些将信将疑，觉得他可能就是敷衍着走个过场，好打发了沈墨若，不太可能认真帮自己调查。但他说的也没错，自己确实也找不到其他人帮忙。宋归宜虽然脾气不小，但却有股狡猾劲，长得又不赖，瘦高个子，苍白面颊，半长发随意扎个小揪，乍一看像是不出名的小模特。黄宣仪只能宽慰自己，就当是认识个新朋友出来郊游吧，反正这样漂亮的怪人也不是常有的。

宋归宜领着黄宣仪去地下停车场。这家商场的停车系统是三个月自查一次，如果一辆车三个月都没有开走，会报警通知当事人。距离事发已经有六天了，如果这个人真的开了车，且当真是失踪了，那他的车应该会留在停车场。

于是宋归宜按照字母分区，依次检查每辆车的车轮和车窗。好在停车场只有一层，不至于耗上太多时间。宋归宜主要看的是车窗上的灰尘和车轮上的泥泞。地下车库灰尘不小，停得久了车窗上应该会蒙灰，而上周四下午又有一场暴雨，商场外的路面还在修，开过来应该很不洁净。没过多久，宋归宜确实找到了一辆白色桑塔纳。他用食指在车玻璃上抹开灰尘，画了个问号："是这辆吗？好像又太脏了？"

宋归宜叫来了保安，很客气地说道："师傅，不好意思，你负责这个停车场的巡逻吗？"

保安三十岁上下，微微发福，制服裹着肚子像是皮包着粽子。他是个和善的人，温和地回答："对啊，怎么了？你车找不到了吗？"

"不是，是有点事问问你。我有个朋友五天前去外地出差了，把车停在你们这里，让我顺道过来看看车的情况，可是我忘记车牌号了，就记得是辆白色的车。不知道你还记不记得，这辆车是五天前来的吗？"

"五天前？五天前那不是的，这辆车在这里都停了快半个月了。我每天都在这里，这里有监控，好多人都把车停在这儿过夜，我们都会记下来的，好几个开车的我都认识了。五天前没有什么过夜车的，你朋友什么车啊？"

宋归宜装模作样地叹了口气："他也没说清楚，就说是白色的，很好找，现在打过去也不接电话，估计在忙。算了算了，我白跑一趟，等问清楚了再来，谢谢啦。"

保安又与宋归宜寒暄了几句，便径直离开。

黄宣仪笑着凑上来："看你在沈医生面前蔫蔫的，没想到还挺机灵啊。"

宋归宜面无表情道："你能举手发言吗？"

"我又不是小学生，为什么要举手发言？"

"你可比小学生烦人多了。还有，先举手，再说话。"

宋归宜往外走，准备离开地下车库，黄宣仪亦步亦趋跟在他身后，认认真真举起手，见宋归宜点头，才说道："我们接下来做什么？"

"肚子饿了，该吃午饭了。在这里找一家店吧，你请客。"

┌003┐→

午饭黄宣仪吃得心事重重，宋归宜说吃完饭带她去看监控。她以为他是在说大话，便道："别开玩笑了，监控只有警察能调取，你这样子假装警察也不行。"

"嗯。"宋归宜没回答她，只是低头认真喝着面汤。

"难道你要当黑客，黑进去盗取监控吗？"

宋归宜被面汤呛住，咳嗽了几下："你应该少看点电影。首先这是要坐牢的，其次这里的监控系统应该也不联网，你让我怎么从外部攻破。就算我能从外接设备攻破，也要花一番工夫，你觉得我和你有这么熟吗？"

黄宣仪撇了撇嘴："你真的很没有礼貌啊。"

宋归宜道："现在才发现是不是晚了点？"

原本黄宣仪以为宋归宜让自己请客是开玩笑的，没想到他当真恬不知耻站在收银台等着她付账。她无奈，只能付了钱，领着他往外走。宋归宜也没同她道谢，只快步到一边打了个电话，黄宣仪问他打给了谁，他也不说，只说道："耐心点儿，等着。"

他们大约等了二十分钟，宋归宜忽然道："别等了，走吧，那人不会来了。"

黄宣仪一头雾水跟着他走，还没走出几步，就看到有人倒在宋归宜前面。他似乎正低头看手机，没留心前面，就把人撞倒了。

他撞倒的是个残疾女孩，手边的拐杖滚落在地，包里的东西也洒落了一地。宋归宜没道歉，但显然还是过意不去，就默默上前帮女孩把东西拾起，一样样递给她。

女孩站起身，清点了一下包里的物品，忽然抓住宋归宜的手腕，质问道："你是不是偷我东西了？"

宋归宜皱眉，冷笑道："你是腿有毛病，还是眼睛有毛病？你有什么东西值得我去偷？"

"你说话放尊重点。"女孩拄着拐杖瞪他。

黄宣仪见气氛剑拔弩张起来，急忙上前打圆场，问道："不好意思，请问你丢什么东西了？"

"我丢了一块积家的手表，至少值十万块。我刚才还看到表在包里，你要是不拿出来，我就报警了。"

"你真的有毛病。"宋归宜转身就要走，女孩一把将他拽住，还用拐杖敲了下他的小腿："你跟我去商场调监控，如果不是你拿的，监控里一目了然。"

"去就去，不过你最好记着，要是监控显示不是我偷的，那你要好好给我道歉，磕头认错的那种。"

那个女孩走起来一瘸一拐，跛得厉害。宋归宜的步子又很快，不得不走出几步就停下来等她，扭头讥嘲道："走这么慢是要我背你吗？"

女孩冷哼一声，不理他。他们就一路吵吵闹闹，连拖带拽去了监控室，把事情经过和保安说了。保安面有难色道："这个监控也不是随便谁都能调出来看的。"

宋归宜冷笑一声道："好啊，那就报警算了。不过我先说清楚，要是警察来了证明我不是贼，小心我告你们。"

女孩不屑道："我看你这是在虚张声势。"她作势拿出手机就要报警。保安急忙把她拦下，道："那我就给你们调监控看一下，不过要我说，这个小伙子不像小偷，没见过小偷这么理直气壮的。"

"那我的手表到哪里去了？"

保安道："说不定是掉出去，被别人捡到了。"

女孩扭头回望了黄宣仪一眼，冷冷道："我记得刚才就他们离我最近，不是他，那就是她了。"

黄宣仪急忙摆手道："没有，我绝对没有碰你的东西。"她莫名委屈起来，说话时都带着些哭腔。

事情闹到这地步，保安也只能调监控看，未曾想监控也没拍清楚。因为宋归宜捡东西时是背对摄像头，他的手垂得很低，几乎被外套下摆挡住了，只能看到他把东西递过去，却没看清有几样。而且他故意朝摄像头瞥了一眼，这样一来，他反倒确实有了些嫌疑。

女孩继续道："我也不是随口诬陷你，我还有一个证据。上周四晚上，大概八点左右，我一个人过来这里，就觉得有个穿风衣的男人跟着我。我没看清他的脸，但是好像就是你。"

黄宣仪一愣，因为上周四八点正是她和网友见面的时间。她忽然见女孩把手背到身后，悄悄朝她比了个OK的手势，她这才反应过来，原来她和宋归宜是一伙的，先前宋归宜就是打电话让她过来。黄宣仪不由得敬佩起这两人的演技与心理素质。

保安忙不迭地调出监控录像，商场的监控只保存一周，这次来得还算及时。商场只有一个大门，有正对着大门的监控，另一个出口通向地下停车场，一样有监控把守。除此之外，每层楼都有两个监控，主要对准自动扶梯，都存在死角。但是只要从商城进出，必然会被监控拍到。

先播放的是正门的监控录像，三个人都目不转睛地盯着屏幕。忽然黄宣仪见到一个穿风衣的男人，立刻朝那女孩使了个眼色。她也当即会意，叫嚷道："就是他，我看到的就是他。"

这人穿一件风衣，戴帽子，中等身高，步伐很快，监控没有拍到脸，像是刻意为之，每到监控前他的步伐就加快，帽子完全遮住了脸。

保安也嘟囔道："这人怎么和犯罪分子一样？对监控躲躲闪闪的。"他又上下打量了宋归宜一番，"但应该不是你，比你还要再矮上一些。"

宋归宜道："就算说不是我，她也不相信，再看看吧。"

保安又调出自动扶梯附近的监控，可以清楚看到男人上到三楼，走出监控范围。黄宣仪和他约定见面的酒吧并不在这个方向。监控显示当时是晚上七点三十五分，之后监控中就再没有出现过这个人的身影。

他们调取八点半之后的监控，没有找到他，之后又粗略地扫过八点半到九点的监控，还是不见这人的身影。再延后到九点三十分，同样一无所获。最后连停车场的监控中，也都没有见他离开。

宋归宜问道："你们商场几点关门啊？"

保安回道："九点半关门，不过一般店铺九点就都关了。"

宋归宜朝黄宣仪使了个眼色，暗示可以走了。他装作不耐烦的样子对女孩道："监控里那个人不是我，而且也没有跟着你，监控里都没有你。"

"那是你们看得太粗糙了，肯定有人在跟着我，不然我怎么知道这个时间有个穿风衣的男人。我怀疑你是要绑架我。"

宋归宜冷笑道："我看你是有被害妄想症，反正随便你了，有病治病，没有病我就走了。"说完，他拽着黄宣仪的手，快步往外走。他们一路跑到停车场，在一辆红色的宝马前站定，等了大约十分钟，那个女孩也走了过来。她已经不再一瘸一拐了，拐杖像是玩具似的被她捏在手里，对着宋归宜微笑："你可欠我一个人情。"

"欠了这么多人情，也不在乎多这一个了。"他这才想到要为彼此介绍，便敷衍道，"这是黎素，黎明的黎，素食主义者的素。这是黄宣仪。"

黎素很和气地同黄宣仪问好："不好意思，刚才把你吓到了，我还以为宋归宜有和你说他的计划。"

"没事。"黄宣仪偷偷打量着黎素，她是个略显单薄的美人，与宋归宜并肩而立倒也般配。

宋归宜道："你既然出来了，就帮忙把她送回家吧。"

黎素面露难色道："我的午休时间很短，能出来找你已经不容易了，再送一个人有点来不及了。"

"反正也是实习，别太当真。"宋归宜一副无所谓的样子。

"话可不能这么说。"

"那么亲爱的、敬爱的、可爱的黎素大小姐，求求你帮个忙，把她送回家吧。可怜可怜我这个没有驾照的笨蛋，你的大恩大德我永生难忘。"

黎素笑道："既然你这么说，那我也没办法了。"她轻快地朝黄宣仪招手，"快上车吧，我尽量开快点。"

坐在黎素车上，黄宣仪不由得感叹道："宋归宜的脾气真古怪，他说你们是男女朋友，你到底是怎么忍下他的？"

黎素笑道："不用忍啊，我倒觉得他这样不错。对了，刚才你们是在商场吃的饭吧。"

"是的，怎么了？"

"那他估计是让你埋单了，真是不好意思，你还是学生吧，要不我把钱给你吧。"

"不用了，只是一点小钱。"

"那我下次请你吃饭吧，你喜欢吃什么？我先把地方看起来。"

黄宣仪连声推辞，说不必麻烦，暗地里却有些动心。黎素是很容易让人生出好感的性格，待人接物文雅得体，完全就是宋归宜的反面。很难想象他们是亲密的一对，但兴许越是差别大的人，相处起来越是趣味横生，黄宣仪也就不敢多妄加猜测。

 ⌐004⌐

送走了黄宣仪，宋归宜又绕回沈墨若的诊所。诊所里下午的病人少了很多，几乎没怎么等。

沈墨若问道："去实地走访了一趟，你怎么看？"

"应该不是幻觉，那个男人是失踪了。监控里只看到他进来，没看到他出去。不过也可能是看得太急了，我今天晚上准备再过去一趟。不过我来找你不是为了这事，是想问问你为什么要找我？我觉得我还算是病人呢。"

沈墨若反问他："那过去的一周你觉得怎么样？"

宋归宜含糊道："还是老样子，不好也不坏。"

"还会继续失眠吗？"

"偶尔，一周有一两次。"

"有幻听和幻觉吗？"

"幻觉没有，但是偶尔会有耳鸣，像是飞机降落时候的声音。"

"这应该是睡眠不足造成的，如果这个情况持续，我建议你最好去精神卫生中心配药。"宋归宜点头后，沈墨若又继续道，"你最近有什么新的活动与爱好吗？"

"没，就是吃饭睡觉，做家务，再有就是做运动。"

沈墨若低头，在治疗册上写了几笔："我上次看到你在做数独，很专心，就没有打扰你。那一次你的治疗效果就好了很多，说明集中注意力对你的病有好处。所以我想让你帮着调查这起失踪事件，我觉得这对你，对黄宣仪都有好处。"

"她是什么情况？"

"家庭原因。她的父母是她主要的压力源，限制她和朋友外出，还让她多待在家里，这就造成了她的情绪失控。多出来走走，认识些新朋友，对她有好处。"

"我还以为最好的解决方案是把她爸打一顿呢。"

沈墨若苦笑道："这话你可别当着黄宣仪的面说。"

"我今天让黎素送她回家了。"宋归宜顿了顿，"你真的不在意吗？我现在和黎素算是在一起了，听说你以前还追过她，你看到我就不觉得尴尬吗？"

"没什么啊，你不觉得尴尬，我自然也不尴尬。还有容我解释一句，我和黎小姐的事还是误会居多些，她长得有些像我的一个同学，所以有一段时间我很关注她。而且我父亲和她继父比较熟，会有些想法。但现在我和她只是很好的朋友。"

"那我和你呢？"宋归宜冷冷挑眉，"你看上我了吗？"

"为什么这么说？"

"黎素把我介绍给你，让你给我做咨询。你不收我的钱就算了，还总是请我吃饭，各种关心我，我们没那么熟啊。可能因为我是个懒人，反正你对我这么好，总让我担心你要毒死我。"

沈墨若失笑道："我没有觉得我对你特别好，只是举手之劳罢了。你也没有自己说的那么糟，要不然你也不会帮助黄宣仪。"


宋归宜休学后，黎素就雇他为自己做家务。黎素比他大一岁，但他入学早一年，所以他们是同一届的大学同学。她学的是金融，现在放暑假，进了一家颇有名气的风投公司实习，她大学时就搬出家在外面租了套房子，她的继父出钱，美其名曰方便她在安静的环境学习，其实就是他们互看生厌，又不得不维持虚假的体面，但一有机会就离对方远远的。

黎素一个人独居，寂寞倒是不寂寞，但邋遢是真的。她起初连拖地都不会，为了不洗碗，宁愿用一次性餐具。宋归宜看不过去，就主动帮她做了一次家务。之后黎素就索性花钱，长期雇他上门帮忙，多个人说说话，价钱也比外面的小时工便宜。宋归宜调侃："我这是家庭主妇待遇。"

黎素道："别傻了，家庭主妇做饭这么难吃，早就被扫地出门了。"

话虽如此，可宋归宜做的极难吃的饭，黎素还是照单全收。今晚吃的是干煎带鱼，黎素瞥了一眼，连筷子都不想动，权当是减肥了。她随口问道："黄宣仪的事情你要继续调查下去吗？"

"查啊，反正闲着也是闲着，我一会儿准备去酒吧看看。"宋归宜吃着自己做的菜，总是胃口很好。他虽然长着舌头，但像是毫无味觉。

"要我送你吗？"

"不用了，我自己坐车去，估计要很晚，我直接回自己家了。"

黎素点头道："那你记得明天中午过来给我送饭。你欠我一个人情，就这么还了吧。明天在我同事面前露个脸。"

"为什么？"

黎素笑道："炫耀漂亮男朋友。"


宋归宜出门前给王帆打了个电话："王帆，是我，你在忙吗？"

王帆似乎在吃饭，吸面条的声音格外响亮："嚯，忙是不忙，不过你小子是从哪个垃圾桶里找回我的号码了啊？这么久终于想到给我打电话了，有事找我吧。"

王帆是警察，上个月刚过三十五岁生日。他是宋归宜的远房亲戚，有多远？据说是爸爸的表姐的儿子的叔父。两年前他提起一桩没破的陈年旧案，随口问了宋归宜一句意见。宋归宜也没当真，就从纸面上的痕迹猜测可能是熟人作案。

王帆回去后想了一阵，没多久就重启了调查，最后找到了新线索，证明宋归宜的思路是对的。事情顺利解决后，王帆也对这位远亲刮目相看。不过宋归宜休学后，也是王帆极力劝他父母把他送去精神卫生中心疗养。为这事，宋归宜始终和他保持距离，有好几个月没有联系过了。

宋归宜问道："你们处理失踪案吗？"

听声音，王帆似乎严肃了些："怎么，身边谁不见了？不是你那小女朋友吧。"

"不是，是个连名字都不知道的人。"

王帆说道："那有点儿麻烦啊，失踪案至少要利害关系人才能立案，要么是父母妻儿，要么是朋友，再不济也是个同事。"

宋归宜故意问道："所以这个案子你们是不能处理了，但如果有证据表明这人有生命危险，又是另一回事？"

王帆顿了一顿："可以这么说。"

便是候着这句话了，宋归宜道："那现在有个人可能失踪了，监控拍到他出现，却没拍到他离开，唯一的目击证人是个网友，连他的名字都不知道，你说该怎么办？"

"这种情况最好先私下调查一下，等确认失踪者的身份，并且确定他现在有生命危险，再去报案。不过只是网友的话，估计不太高兴做这种烦心事。"

"那你可要谢谢我了，这件事现在是我在做。"

王帆连笑带骂："去你的，臭小子，你绕了一个圈子在这里等着我啊。你要我帮什么忙？"

宋归宜说道："我想再去看一遍监控，确认他是真的在商场失踪了。之前监控看得很草率，可能有地方是我疏忽了。"

"那我跟你一起去，这事还是要让专业的做，你这种小朋友小打小闹一下就够了。"

王帆要下班后才能到，两人约在晚上八点见面，宋归宜也就有空绕着商场再走一圈。黄宣仪叙述中的三楼的那间酒吧准备开门了，宋归宜这才认真看了招牌，从一堆闪闪发光的灯泡拼接里瞧出店名，叫红猴子——Red Monkey。

宋归宜推门进去，有一个酒保在吧台擦杯子。酒保很年轻，和宋归宜差不多年纪，二十岁出头，头发用发胶往上推，平白增添五厘米高度，左边耳朵戴着耳环。

宋归宜观察着酒吧的内部布局，里面由隔断分成三个区。一些酒吧会有这样的考虑，避免客人的醉态被正对面的人看到，所以就有这样的设计。

根据黄宣仪的回忆，她当时坐在中间的位置，依稀记得当时酒吧里两个客人的位置，一位在后方的角落里，另一位坐在近门的地方。如果她没有记错，随之而来就有一个问题，其中一位客人是看不到黄宣仪座位的，又怎么能言之凿凿，确定她是一个人来的？除非这人是比黄宣仪后到酒吧的，要穿过他们的位子。

宋归宜暂且也找不到其他线索，只得硬着头皮找酒保搭话。酒保有种在社会中混得熟透的气质，宋归宜下意识觉得他不好套话，可能会滑得像个泥鳅，说到底还是自己甩不脱书生气。

但宋归宜还是装作无意地开口："这里吧台一直是你在做吗？"

酒保抬头，漫不经心道："怎么了？为什么这么问？"

宋归宜笑笑："我有个朋友，上周耳环掉在这里了，想看看有没有，如果一直是你，想问你有没有印象？"

"是周末吗？"

"似乎是的。"说谎的要义是含糊其词，这样被质问时进退都有余地，宋归宜故意顿了顿，做思索状，"我记得她说是上周五。"

酒保毫不犹豫道："那应该没有，周五就两个客人，没有女的。"

宋归宜继续道："你记性倒很好，那可能是周四吧。周四你还记得有几个人吗？"

酒保突然停下手中的动作，打量起宋归宜，一字一句道："你那个朋友之前是不是来问过了？一个女的，像是大学生，个子这么

024

高。"他用手比画了一下，宋归宜知道说的是黄宣仪，"她好像周五来问过我几个问题，不过没说耳环的事情，倒是问了一个蛮奇怪的问题。"

宋归宜明知故问："什么奇怪的问题？"

酒保说道："她问我她是不是一个人来的？这叫什么事情，她自己不知道吗？她好像也没喝多少啊。我和她说是啊。因为那天的人不多，我就记得她是一个人来的，还点了一杯莫斯科骡子。"

宋归宜点头："这样啊。对了，我能问一件事吗？你坐过牢吗？"

"你是警察？"酒保一紧张，手里的杯子险些脱手，勉强才握住放平。

宋归宜笑着挑眉："你看我这样子也不像吧，我也就随口一问，你别紧张。"

酒保意味深长地打量着他，神情凝滞片刻，便转向释然："这样啊。那你是怎么看出来的？"

宋归宜原以为会挨揍，没想到对方并没有动怒，多少松了一口气："在牢里待久了，行为上会有一种拘束感，我看你这么久姿势都很特别，像是有一个框把你框住了，完全伸展不开。而且你看人的时候，不管男女都是先看胸口的位置，应该是牢里的习惯，看人先看缝在衣服上的姓名牌。你是刚出来不久吗？"

酒保说道："快两个月了，之前偷电瓶车进去的。"

宋归宜问道："牢里伙食怎么样？"

酒保倒也没想到他会这么问，一愣，道："还行，一荤一素，有鸡有肉。"

宋归宜说道："那比我去过的精神疗养院要吃得好。"

酒保带着抹释然的笑意，淡淡道："不管是哪里，反正都出来了，别再进去了。你要留下来喝一杯吗？"

宋归宜摇头，他已经接到王帆的电话了。按规定，监控室二十四小时都要有人轮岗，这个时间里的保安与早上接待宋归宜的不是同一人，但保险起见，他还是等在外面没有露面，由王帆全权处理。

王帆在监控室待了大概半小时，出来时对宋归宜摇了摇头："我也没看到他离开。毕竟时间跨度太长，有疏忽也是可能的。我找保安拷贝了一份，你带回去自己看，要是真的出了什么事，这也算是一份证据。"

王帆是开车来的，所以顺路把宋归宜送回了家。今天到家时比平日晚了许多，宋归宜的父母追问他出了什么事。王帆帮宋归宜掩饰过去，只说他出去散了散心。

宋归宜的父母没有起疑心。他家是很寻常的中产阶级家庭，父亲当工程师，母亲是公务员，宠爱唯一的孩子宋归宜，希望他能幸福生活。宋归宜在车祸后的精神崩溃对他们来说打击不小，好在也挺了过来。现在他们确信只要宋归宜重新回学校，顺利毕业，一切就都能重新回正轨。

宋归宜回房间前，母亲拦住他，道："这里有点小礼品，你明天带给黎小姐，就说是自己准备的，不要傻乎乎的。黎小姐人漂亮，家里条件又好，对你还一心一意的。你要多想着她点，有空把她请来家里吃饭。"

"哦。"宋归宜敷衍地应了一声。父母都知道他和黎素在交往，认为她在这种情况下没有嫌弃宋归宜，可谓雪中送炭，对她心存感激。但宋归宜清楚，黎素恰恰是喜欢自己神经兮兮的状态，但这点也没必要和父母解释得太清楚。

黎素似乎是理所当然的天之骄子，枝头上嫩叶一样的年轻，含苞鲜花一样的美丽，春日暖阳一样的温柔可亲。她的家境优裕，自身的学历也好，待人处世都是八面玲珑的，不少人都疑心她要往高处再攀登。

但黎素没有这样的野心，她只是有一些私人的乐趣。她实习的公司租下了市中心商业楼的二十四和二十五层，她的工位又靠窗，自窗口向下俯瞰，车水马龙，她觉得这是个不错的看戏位置。

实习生每人都发有一盒名片，黑底烫金印着公司图标和双语姓名，握在手里沉甸甸，可谓前途一片坦荡。黎素也觉得这名片不错，多余的拿回家给宋归宜当书签。

黎素和宋归宜的关系一向微妙，他们是男女朋友不假，但对彼此都有防备。宋归宜曾当面说黎素是个危险人物，劝同学不要与她走太近，不过自然没有人信他，只当他是开玩笑。

认识但不熟悉黎素的人都是喜欢她的。待人接物，没有比她更得体的；结交朋友，没有比她更热情的；敬老扶幼，没有比她更温柔的。许多人都把她视作理想中的妻，白天独当一面，夜里红袖添香，还有个颇有身份的父亲，很能在事业上帮衬着。

但这实在是误会，黎素是抽烟、喝酒、咬定猎物不放手的女人。一般人对她告白，她都笑着应付过去，心里却嘲笑他们自不量力。她当初一眼看上了宋归宜，倒不为别的，两条腿的男人常有，英俊的聪明人不常有。加上他性格又有诸多可爱之处，倔强倨傲，口硬心软，刻薄话又说得很逗趣。她总是想要最好的。

一开始是占有，像是抢一只可以参赛的纯血宠物。喜欢是后面的事，带点不服输的意味。宋归宜对她总是兴致寥寥、爱搭不理的样子，激起了她的胜负欲。

于是又是进一步，退两步的情况，宋归宜别别扭扭的，有一周又躲起来不见人。好在转机也来得及时，黎素得到了实习的机会，但公司从家开车也要一小时。继父倒也在意这件事，索性让她就近租房，搬出去住。黎素便装作无意，适时把新居的地址透露给宋归宜父母。拍了照，卖了可怜，说自己如何的不习惯，在外面吃饭还闹了肠胃炎。

如她预料之中，又过了几天，宋归宜抱着猫，一大一小，两只不亲人的动物，就齐刷刷打包到了她家。宋归宜推说不爱养小动物，把猫甩给她，说自己每天会来看看。他就白天给她煮饭，一直待到天空显出暮色，吃了晚饭再走。

但他从不过夜，又很讨厌她抽烟。但凡她随手放在桌上的烟和打火机，总会突然消失，最后的归宿是垃圾桶。

把另一个人邀请进自己的生活总有许多要忍耐的地方，又夹杂着诸多无奈。所谓爱，是俗人的概括。她对他自然不是爱，但是什么自己也说不清，在手里却求不得，终究是有些失魂落魄。那他对她，藏着些戒备，不自觉亲近，又算是什么呢？

黎素实习很忙也无暇多想，公司对新手还有些怜悯，晚上八点至少能回家，对待正式员工，加班到凌晨一两点都不算稀奇。宋归宜见过她带着资料回家，面上不说，却拿出照顾高考生的劲头来照料她。早餐确保有蛋有奶，午饭是两荤一素，做好了亲自骑着摩托送来，晚上必然有汤。平心而论，黎素家中有保姆，吃惯了保姆的菜，宋归宜的手艺完全不能恭维。

但黎素确实想介绍他给同事认识，早些让人知道她有男友，也是为了少一桩是非。

负责她的小组领导叫李仲平，三十九岁的男人，身材像是一个瘦枣子，小鸡似的肩膀辜负了西装上的垫肩。他是典型的金融动物，简历锻造得金碧辉煌，名校毕业，美国留学，说话时中英夹杂，又不乏术语。他有野心，也不掩饰野心，事业、女人、名望都是点缀在他西装上的勋章。

他很聪明，恰恰是黎素讨厌的那种聪明，反复而熟练地在她的底线上试探。他知道她的继父有些背景，看待她像是进行资产估值，测算升值空间并评估风险。

这天周三，黎素从外面办事回来，正巧遇到等电梯的李仲平，手里拿着杯咖啡。电梯到了，李仲平先进，彬彬有礼的寒暄后，他见四下无人，便把手里的咖啡给她："来，帮我把这杯咖啡带到楼上去。"

他把这话说得心安理得，仿佛带着些亲昵，指使便算不得指使了，而是亲信间的你来我往。他笑着使了个眼色，继续道："我以前避嫌，都不让实习生做这种事的。"言下之意黎素该有李莲英荣升太监总管的光荣。

黎素不说话，只是笑，笑眼里冷的调子暗暗渡过。她是个有些懒的人，常被误解为脾气好，或是懵懂，其实是懒得发火，毕竟发火也是件耗费体力的事。

李仲平看她笑，便觉得她很好说话，试探道："Joyce，你这周六有空吗？我和以前在 NYU 的朋友有个 Wine Party，你要不要一起来？你对葡萄酒有了解吗？"

黎素周末倒也不忙，就是不愿与李仲平太接近，以免他的自信心膨胀到不可收拾的地步，五百里外自己一扭头，都觉得是在对他抛媚眼。于是便客客气气道："还是不了吧，主要我不太懂葡萄酒，到时候过去丢了你的脸就不好了。"

"那没有关系，我可以教你的，我在这方面认识很多朋友，和不少酒庄主人也有交情。"

"我还是再考虑一下，毕竟你也知道，我还没毕业，人还有点学生气，挺不会说话，很多时候也呆呆的，扫兴就不好了。"黎素在心里骂他听不懂人话，好说不行，一定要歹着来。

"没事，我以后多带你出来见见世面就好。"

黎素文静地低头一笑，在心里讥嘲，什么叫见世面？见过死人，同杀人凶手打交道算是见世面吗？她继父就是法院的，有一次她亲眼看到有人想拿刀捅他。

到十二点整，午休时间，宋归宜便准时准点发来消息，让她下楼去拿饭，虽然很不情愿，但毕竟他昨天答应了她。可他出现的方式好似特务接头，极尽偷偷摸摸。先是打电话让黎素下楼，穿过一条马路，到公司对面的便利店门口，说自己等在门边，穿一件白衣服。

黎素可不吃他这一套，直截了当道："你过来，到我公司楼下，我扭到脚了。"

"什么时候的事？今天早上看你还好好的。"宋归宜果然不信。

"就是刚才，你不信就算了，反正我说什么你都要怀疑一下。"

宋归宜沉默片刻，道："那我马上来。"

等见面了，黎素敷衍着装瘸子，宋归宜只一眼就看出破绽，知道受了骗，整张脸往下垮。他原本就是下垂眼，黑眼珠沉沉往下压，卖起可怜来驾轻就熟，衬得黎素罪大恶极。

宋归宜一开口又很气人，讥嘲道："腿没事吗？没把你摔骨折真可惜了。"

"别生气嘛，骗你是我不对，可是穿着高跟鞋过马路我也很辛苦，你也多少体谅一下我吧。"

宋归宜不接话，只是低头把饭盒给她："好了，你晚上把饭盒带回来，我也该走了。"

"先等等，你想不想认识一下我的同事。"黎素拉住他，再过两三分钟，李仲平也该下来了，正好打个照面介绍给他。

"没兴趣，见到了对你也很麻烦。"

"有什么麻烦的，他们该自惭形秽才对，看看你的脸，美貌照耀人类历史前五百年、后五百年，我家都不用点电灯，全靠你光辉灿烂。"

"说这种话你都不脸红吗？"宋归宜斜了她一眼，没什么表情，他还在担心停在路边的摩托会不会被贴罚单。

话虽然是玩笑，但宋归宜确实俊秀，一目了然的出挑，他身材高挑，却又不嶙峋，窄鹅蛋脸，细高鼻，一双温驯的下垂眼，轮廓锐利而五官柔和。当然他外貌上也有缺陷，像是颧骨上淡淡的雀斑，屡教不改的驼背，又不爱梳头，总让人担心有麻雀在他头顶筑巢。

就在他们半真半假拉扯间，李仲平的声音蹿出来："Joyce，一起吃饭吗？"

他刷了门卡走出来，看见了宋归宜，却没把他当一回事，对着黎素问道："你是要先签收快递吗？还是叫了外卖？这是哪一家，怎么没穿制服？"这话绝对是故意为之，他还不至于不认识人到这地步。

宋归宜确实打扮往寒酸处去。疏于打理的头发，皱巴巴的格子衬衫，下身是运动裤与跑鞋，英俊得不像外卖员，但又狼狈得很适合送外卖。宋归宜也不傻，自然清楚这是挑衅，但也没兴趣应战，李仲平看起来太自以为是了，很可能让事情往不体面处发展。宋归宜怕黎素当众和他翻脸，下意识就想走。

黎素却不动声色抓住他的手，说道："这是我男朋友，过来给我送饭了。这位是李仲平李先生，是我的上司。"业界一向以英文名为通行证，黎素却刻意叫他中文名，有意要戳出一根软刺来。

李仲平上下打量着宋归宜，轻慢的眼光收了，显然是为他估好了价，微笑道："不好意思，我刚才看走眼了，你挺有学生气的，我还真没想到。好了，Joyce，我有事先走了，你吃完饭就快点回去，之前那个数据我今天就要。"他又扫了宋归宜一眼，眼睛稍稍眯起，"这位先生，这里毕竟是我们的办公区域，下次你要是有东西可以转交给前台，或许稍微再注意一下仪表。这里很容易碰到重要的客人，你也不要让 Joyce 难做。"

宋归宜假笑，抢先道："对不起，是我不好，我下次不会过来了。"他朝黎素一耸肩，快步溜走了。

黎素也不方便当众发难，只能放他走了。

午休结束前，在咖啡机前黎素又碰上了李仲平。他装模作样道："我刚才是真的没认出你男友，不过他穿得也太不讲究了，第一印象给人很重要的。我家里有几件旧衣服，你男友要是想要的话，我可以送给他。"

"那我回去问问他吧。"黎素气到发笑，很难想象李仲平竟然能无礼到这种程度。

"好的，我再提醒你一句，校园恋爱是很好玩，不过别影响工作，你还是要明白什么是最重要的。"

"我知道。"黎素低头，很是谦虚的姿态，小心翼翼道，"对了，你之前说的红酒会的邀请，我要是现在答应，还来不来得及？"

"当然可以，不过下次要果断点。"李仲平很高兴，端着咖啡杯便走了。

　　黎素结束加班精疲力尽回到家时，宋归宜正在沙发上吃着薯片看监控。他看得专心，黎素叫他也不见有反应。她索性凑过去一起看，顺便把手伸进他的薯片袋子里。

　　宋归宜起先没察觉，手与手碰到一起才反应过来，抱怨道："这是我买的薯片，你要吃就自己买啊。"

　　黎素笑笑："不要，别人的比较好吃。"

　　宋归宜索性把袋子往她手里一塞："吃了我的东西，那就回答我一个问题吧。"

　　"我觉得这个人叫黄宣仪见面肯定是别有所图，不管是为财还是为色，一定是要有辆车才方便行动，但是我没找到车。"

　　黎素稍做思索，便点开手机地图搜索商城方位："这商城附近有几个小区，车可能停在小区里，这种旧小区不用花钱，这人既然是出来骗钱的，就有失败的准备，尽量不会有额外的开销。"

　　黎素是个生活经验很足的人，在这一点上宋归宜自叹不如。片刻后，他说道："我周末准备再去一次那间酒吧，你要和我一起去吗？"

　　黎素做狡猾微笑状："这次不行，我被李仲平叫去参加一个葡萄酒品鉴会。其实就是一群人喝喝酒，聊聊天，炫耀一下自己多有钱，挺无聊的。"

　　"那你就不要去。"宋归宜回忆起黎素的眼神，"反正你过去了也就是去惹事情。"

　　黎素佯装没听清，装模作样笑了一下。宋归宜从口袋里掏出一支口红丢给她："这是我妈送你的，你拿着吧。"

　　黎素在手背上试了一下颜色："这个颜色太深，不适合我，干脆你试一下。"她又隔空抛了回去。

"什么？"

"你涂在嘴上让我看一眼，快点，就当是哄我高兴。"

宋归宜一面皱眉，一面把口红在嘴唇上抹匀。他没有镜子，涂得一塌糊涂，黎素看了倒是乐不可支。他忽然起身，在她面颊上亲了一口，他望着鲜红的唇印，漫不经心道："颜色确实很深，不过送你了就拿着吧。"

他转身往门口去，匆匆忙忙用手背蹭嘴上的口红，隔远了看，颜色像是血。


第二天宋归宜起得有些晚，实在是前一晚看监控看到凌晨太累了。他一醒来就觉得眼睛干得发涩，可就是这样，他也没从监控中找到风衣男人的踪迹。这个人如同一滴水，毫无痕迹地消失在了海里。

做了一套眼保健操，宋归宜打开手机看到六条新消息，无一例外全是黄宣仪发来的。昨晚她就迫不及待地向他询问进展，并且绝不认为自己见到的只是幻觉。宋归宜没有正面回复，只是向她要那人的社交网络账号。

此时黄宣仪大概还在睡觉，没有立刻回复他。宋归宜则拎着包出门，去黎素提到的小区碰碰运气。

这次运气猝不及防眷顾了他。商场附近有两个小区，一旧一新，都允许外来车停入。宋归宜先去了旧小区，绕着转了一圈，很轻易就发现了一辆停了些日子的车。车窗上有灰，车身淋过雨，雨刮器上还插着四五张小广告。这是一辆白色的别克，至少有三四天没人开过了。

宋归宜犹豫了片刻，目光向周围一扫，见没人经过就蹲下身，抽掉了左脚跑鞋上的鞋带。他两手捏着鞋带两端，打了一个活结，从车门右上角的缝隙中塞进去，隔着车窗玻璃，慢慢让活结套对准车锁，之后一拉，一提，"咔嗒"一声，驾驶位的车门锁就开了。

宋归宜翘着一只脚，坐进去检查车内环境。前排座位中间是一个水杯，茶水已经很浑浊了，驾驶座后面的口袋里胡乱塞着几张海报和半包香烟。看这架势，车主并不像是有计划的离开，否则至少该把杂物整理一番。驾照和行驶证都不在，车里找不到任何证明车主身份的证件。准备离开时，他头顶猛地弹出一个感叹号，证件齐齐缺失，可能是有人刻意拿走了，就是不想让人发现失踪者的真实身份。

宋归宜性格腼腆，天性不爱麻烦人，很少主动向人开口求助，也不好意思再找王帆帮忙查车牌。他只拍了两张照，记下车牌，暂且搁置下这条线索，先行去黎素家帮忙。


黎素一早就去上班了，房子里空荡荡的，但处处透着她的气息。餐桌上一片狼藉，好似经历了一场紧急撤退的战场，吐司只咬了两口就丢在盘子里，果酱溅在桌面上，麦片倒是喝光了，空碗茫然地盯着天花板。她脱下的裤子则甩在椅背上，裤脚沾着一层猫毛，而罪魁祸首正摇着尾巴袅袅婷婷走过来，蹭了蹭宋归宜的小腿。

宋归宜无奈，只能擦了桌子，洗了碗，再滚掉裤子上的浮毛，最后还不忘喂猫。这猫已经好几个月大了，他们像一对懒惰的父母，还没有给猫取名字。好在猫无论叫什么名字，都是不会理睬的，倒也省掉了他们的麻烦。

经过上次李仲平的一番教训后，宋归宜也乐得偷懒，便不去给黎素送饭，但晚饭便要相应丰盛些。他在厨房洗番茄时，黄宣仪就发来了失踪者的社交账号。

这个账号叫"巴别塔的省略号"，最后一次登录是在上周四晚上五点，注册时间是两年前，但第一条动态发布于两个月前，之后就稳定以一周三四条的频率更新。这个账号打理得不错，形象一目了然，中产家庭的文艺青年，收集昂贵的钢笔和手表，同时也是业余摄影师，相册里还有他半遮半掩的自拍，是背着光的侧脸轮廓。

宋归宜直截了当下了定论："都是假的，照片里的人不是他。"

黄宣仪立刻回以一个惊讶的表情包。宋归宜只能找出照片，逐张分析。他先发去两张自拍，都只露出了半张脸，一张展示下颚线，另一张炫耀着鼻梁，两张都可以清晰看到耳朵。

宋归宜说："人的耳朵形状是不会变的，你看，这两张照片的耳朵是不一样的，这完全不是同一个人。"

黄宣仪回道："难怪我觉得他本人没有自拍照上那么帅。"

宋归宜懒得搭理她，继续翻看照片。

个人相册中一共有二十四张照片，其中有五张是普通的随手拍，花花草草和小鸟，在右下角肉眼可见细小的模糊色块，这是手机镜头的损伤所致，很显然这几张照片应该是他本人所拍。其中一张照片可以提取 pos 信息，拍的是黄昏时玫瑰色的晚霞，拍摄地点是北条街 210 号的一间快餐店门口。

这条动态的配词是：偶尔一天不开车，慢慢走回家，感觉倒也很轻松。有种偷得浮生半日闲的松弛感。

这堆废话中真正有用的信息在"走路回家"这四个字上。随手点开在线地图，北条街 210 号附近只有两个小区，都是老旧小区，住的本地人不多，多是对外出租。二选一不难，但关键是住在哪一层。

再从那五张照片上找线索，有一张拍的是窗台上的鸟，从对面楼层的大小和透视关系看，高度在四层或五层。西北角有一间小超市，可以用地图定位到具体位置。现在只要在现场反方向逆推，就可能找到拍照片的大楼。

不过如今仍有个巨大障碍摆在宋归宜面前，那就是外头的灼灼烈日，只等着把他像黄油一般烤到融化。

宋归宜没有车，也不愿意搭地铁，但尊严在中暑面前不值一提。他给黄宣仪打了个电话："请我坐出租车，我就带你一起去查案子。"

有着上述几条线索，失踪者的住所倒也不难找，就在北条街341号8号楼的402室。

小区门口有个保安，上了年纪，哈欠连天。他们从正门大摇大摆走入，保安只扫了一眼，便继续和一个带孩子的老太太聊天。

宋归宜看了看8号楼门口的信箱，402的那户邮箱里面塞了不少小广告，应该是很久没人来开过了。

走到402门口，出于保险考虑，他还是小心地敲了敲门，确认没有人在，才轻车熟路捏着钢丝开锁，轻轻松松便把门锁打开了。

黄宣仪几乎见怪不怪了："你大学是上的溜门撬锁专业吗？这么顺手。"

宋归宜头也不抬："是啊，还辅修坑蒙拐骗专业。"他先脱了鞋进屋，然后示意黄宣仪也照做，"不要碰任何东西，如果这家伙挂了，这里就是现场，有你的指纹会很麻烦。"

黄宣仪回道："那你就不该带我进来。"

宋归宜不理睬她，只是专注观察起房内的布置。房子很小，只有一厅两室，入目所及尽是拥挤的狼狈。空气中有一股灰尘的味道，又混合着垃圾的酸臭味。厨房里有一个装了外卖的垃圾袋没有丢，已经腐败了，苍蝇绕着飞。地板上有一层不像油也不像灰的污渍，可能是甜饮料里的糖，踩着发黏。卧室里的床上，毯子堆成一团，像是蛇蜕下的皮。

宋归宜戴着手套，蹲下来在垃圾桶里翻找。通常生活垃圾里会包含些身份信息，果然他找到了一堆撕下的碎纸片，是一张信用卡账单，拼起来后上面的称呼是"王昭年先生"。

继续向里走，卧室有一张书桌，桌面上有酱料的污渍，显然吃饭也在这里，但是桌子边缘有一条整齐的竖线，暗示着原本有东西摆在上面。从边缘线的长度来看似乎是一台笔记本电脑，同车里的证件一样，好像有人提前到过这里并且拿走了电脑。拉开抽屉，里面有一打百元钞票，清点一下共两千元，旁边还有一张王昭年的身份证，宋归宜拿去给黄宣仪辨认，确定是那天吃饭的男人。

宋归宜低头重新看向地面，地板上确实有一层灰，但是却不见脚印。闯入者可能比他想的还要谨慎，但是未必能逃过大门口的监控。如果是警察负责此案，或许能更快找到线索。听说现在有了新的刑侦手段，哪怕是穿袜子踩在地上也能检测脚印，但这样一起没头没尾的失踪案，又不足以招来如此多的警力。

床头柜上有一个笔记本。宋归宜戴着手套随手翻开，里面有一页被撕掉了。他用铅笔涂抹后显示出了印痕，上面写了一句话，"Red Monkey 酒吧，七点三十，五月十三日"。

宋归宜皱眉，黄宣仪与他是约在八点，但这里写的时间却早了半小时，似乎当夜他见的不止一人。

宋归宜扭头回看桌上的痕迹，简单估测电脑的大小应该在十四寸。他突然福至心灵，有了新思路。王昭年在监控中没有直接去酒吧，而是绕到另一侧，应该是去寄存处了。电脑可能是他自己带走的，事先寄存在商场，到了约定时间与人进行交易或者是谈事，而对方可能就是酒吧里的某位客人。

要验证这点很简单，商场寄存处只有十二小时的时限。王昭年要是在当天更早些的监控中出现了，且手里拎着电脑，基本就只有这一个解释了。

宋归宜又仔细浏览起那笔记本，单是看账本，里面尚存的记录就有二十多条，用笔划去了大半，只剩下三四条旁边打着勾。记录方式一律是写着日期、金额、开户银行和一个作为代号的名字。最近的一条日期写着五月，代号是"绿兔"，金额是五千到一万。

　　宋归宜顿时有所领悟，问道："你和他聊天的网名叫什么？"

　　黄宣仪面露尴尬："这个直接说有点不好意思啊。"

　　宋归宜催促道："快点说，我没空笑话你。"

　　黄宣仪压低了声音："叫快乐兔子带点绿。"

　　宋归宜取出笔记里夹着的照片，甩在她眼前："你知道吗？你是个运气很好的人。"

　　那是一个女人的裸照，她的眼睛闭着，似乎睡着了，但是胸口上还摆着她的身份证，名字叫许竹月，二十五岁。

　　黄宣仪瑟缩了一下，茫然道："这是什么？"

　　宋归宜解释道："裸条借贷没听说过吗？有的时候是先用裸照借钱，有的时候可以用裸照来勒索钱。这家伙应该是后者，把受害者约出来药倒，开车带走拍裸照，然后进行勒索。这个笔记本里被撕掉的那一页，应该是有人把其中一条记录撕掉了。"

　　黄宣仪追问道："那为什么不把这本笔记带走？"

　　宋归宜冷笑道："因为想让别人知道这家伙是什么货色。他的电脑里应该是用来勒索受害者的记录。"

　　黄宣仪问道："那我们应该怎么办？"

　　宋归宜耸肩："不怎么办，午饭时间了，我们去吃汉堡，庆祝你逃过一劫，你只差一步就万劫不复。"他小心地把笔记本放回原处，给每一页都拍了照，也记下了裸照上的身份信息。

## 007

他们就近找了一家快餐店，宋归宜胃口不错，还点了薯条，黄宣仪却神色恹恹。宋归宜知道她心里翻江倒海着，自己相信的朋友是个罪犯，自己还有可能是最后一个见过他的人，换成谁都不好受。宋归宜想安慰她，话出口却像个混账："你多吃点，毕竟是你买单的。"

黄宣仪不理睬他，单手托着腮。半晌，才梦呓一般地说道："我现在还宁愿我是个疯子，从来没有过这个人，没人受伤，没人被勒索，没人会死。"

"假装不存在，世界上的罪恶也不会消失的，还不如鼓起勇气面对呢。"

"你真是站着说话不腰疼。"黄宣仪心情烦躁，有些恼火地冲他嚷嚷。宋归宜不置可否，眼前却闪过他本可以救下的人的模样。如果他还活着，此刻又过着怎样的生活呢？他离开座位，一言不发地走了。黄宣仪以为他生气了，急忙追去想道歉，但宋归宜只是给她买了个冰激凌，挥挥手示意她看好位子。

宋归宜把甜筒递给她："吃点甜的心情会好一点，别的我也没办法。"

黄宣仪这才发现他说的话多了起来，似乎是在安慰自己。她心下有些感动，犹豫了一下，还是问道："你能不能告诉我，你到底是为什么休学的？"

宋归宜漫不经心道："也不是什么大事，就是车祸。我室友买了辆车，想约个女孩子出去玩，但是孤男寡女一起出门不太好，就把我也带上去兜风，当个电灯泡。结果没想到车开到半路，冲出护栏直接冲下了河，我逃了出来，我室友死了，就这样。"

"你好惨啊。"

宋归宜冷笑道："发现有人比自己惨，你难道就没有觉得很高兴吗？"

"我可没那么缺德。"

"那活该你过得不好。"

"你说他到底有多少生还的可能？"

"他失踪至少有三天了，如果不是逃跑了，那投胎的概率很大，没人会把这种家伙绑架了养起来。不过无所谓，他是死是活本来就和我没关系，我只是好奇他是怎么失踪的。现在基本可以确定那天他出现在酒吧，你也确实看到他了，那就证明你问的几个人里肯定有人撒谎了。"

"那他们其中是不是有人是凶手？为什么他们都在骗我？"

"有一个可能是三个人都是凶手，但是可能性不大，酒吧是随机的，客人是随机的，不可控因素很大。如果他们是同伙的话又怎么能确保当天只有他们三人？所以可能他们不是对你说谎了，是没对你说实话。这差别很大，敷衍也不是说实话。"

宋归宜皱眉，认真扳过黄宣仪的肩膀，问道："你再好好想想，那天他们三个人对你说的话究竟是什么？是全部都说你是一个人来的，还是有的人说不知道？是很肯定的态度，还是有的人只是随口打发你？"

"啊！这个，我记不清了，好像……好像有人说不清楚吧。我就记得我问了三个人，一个男的，一个阿姨，一个酒保。酒保说没有看到有别的客人，那个男的说没看见旁边有人什么的，那个阿姨语气比较坚定的样子，说我一个人来的……好像是的，我真的记不清了。"

"很正常，记忆越是回忆，越容易出错，甚至会把错误场景记得更深。一个场景概括描述和具体描述差别很大，如果他们全部都说你是一个人来的，那么说明这三个人合起伙来骗你，不过这么做成本太大了。我看过酒吧的布局，结合你第一次的证词，那个女客人坐在角落，有格挡在，按理说她看不到你的座位，所以她可能就是随口在敷衍你，当然也可能是故意说谎，问一下就会有结果，但问题是现在找不到他们。想知道他们和案子有没有关系，关键在你对案子还有多少印象。还记得他们的长相或者穿的衣服吗？"

"不太记得，要不我努力回忆一下？我就记得那个男客人，挺高大的，看着很凶。"

宋归宜叹气："不用了，你越是努力回忆，证词可能越混乱，没关系，反正现在已经知道酒保在撒谎了，从他下手就好。"

"是哦！那天晚上他还让酒保给我送了一杯酒，酒保肯定记得他的。"

吃完饭宋归宜接到黎素的电话，说今天可以提早下班，就开车来接他。宋归宜懒得多想，直接报上地址，扭头对黄宣仪道："你运气确实好，能搭便车了。"

黄宣仪不太好意思："不用总让黎小姐来接啊，她好像很忙的样子。"

宋归宜道："你要是真的过意不去，那你见了她，就给她磕个头。"

他们正拉扯间，黎素到了，她换了一辆车。黄宣仪眯着眼，宋归宜已经轻车熟路地拉开车门，领她去后座，自己则在副驾驶系上安全带，懒洋洋地抱怨着："你今天开大车啊，小心堵在路上。"

黎素温柔道："所以早点走人啊。这辆车要保养了，得出来开一圈。"她稍稍抬眼瞄向后视镜，黄宣仪绷着脸不理宋归宜，显然是又闹了不开心，"黄小姐，宋归宜又说什么了？他这人就这样，要是有什么冒犯到你的地方，还请不要在意，就把他当个小孩子看待吧，他只是比较孩子气。"

黄宣仪讷讷，她只看到了黎素的背影和披散在肩上的发丝，但美的气韵已经流淌到面前来。黎素说话的调子也柔，像泉水潺潺，但不知为何感觉泛着寒意。黄宣仪在自惭形秽中生出莫名的不安，总觉得黎小姐有城府，又怀疑是自己嫉妒了。

黎素平稳地转过一个弯，继续道："对了，黄小姐，我在车后座摆了个袋子，里面是给你的礼物，你看看喜不喜欢。"

黄宣仪一惊，先前刚一进车里她就瞧见这个包装袋上的双C标志，还存着些好奇心，想偷看里面装着是什么。可现在这东西真的属于她了，反倒不敢去动了，急忙推辞道："不用了吧，这太贵重了。"

黎素笑道："你先看看吧，关键是你喜欢就好。"

黄宣仪终究熬不住去看了。袋子里还有一个袋子，里面是一个盒子，装着最热门的一款香水。黄宣仪咬着嘴唇想，如果是男人送自己这样的礼物，那她大概要飘飘然了。

宋归宜先下的车，他要去沈墨若的诊所一趟，黎素就负责把黄宣仪送回家。宋归宜走下车，车门一甩，透过车窗望见黄宣仪抱着礼物端坐着，便清楚黎素又收归了一人。这把戏他见得多了，自有些见怪不怪。

黎素工于心计，惯于投其所好。对贪名的，她就伏低做小，说软话，让人心往得意处膨胀；对贪财的，她就巧设名目送礼，露些富，却不全坦白，半遮半掩吊人胃口。黄宣仪这样鸽子似纯良无害的小孩子，更是方便，一点讨喜的小玩意儿就足够她高兴几天。下次黎素需要她时，自然责无旁贷。

就是这样的黎素，沈墨若竟然还看不透，满心觉得她比羔羊更纯洁。宋归宜也是无可奈何，进到他的诊所，见四下无人，便直截了当道："来，沈医生，麻烦把裤子脱了。"

## 008

宋归宜下车后，黄宣仪反倒活络了些，有一搭没一搭和黎素聊着天。车子平稳地转过一个弯，黄宣仪问道："你和他看着很般配啊，感情一定很好吧。"

黎素客套道："我也说不清楚，主要是相处得舒服。"

"那你们一定有什么故事吧。你们怎么认识的？"

黎素道："我和他没有故事，只有事故。一次上大课的时候，我低血糖，突然昏过去了。"黄宣仪挪过去些，看她搭在方向盘上的一截手臂，确实纤瘦，罩在真丝的上衣里，整个人都有一种云雾般的轻盈感。

她继续道："低血糖其实不是什么大事，你应该知道的，只要稍微让我缓一缓，吃点巧克力就好了。但是有几分钟我确实是失去意识的。因为那时候已经下课了，在场的都是学生，大家一点经验都没有，手忙脚乱的。有个女生想探我的心跳，但她好像太紧张了，隔着内衣摸的，什么也摸不到，就以为我是心梗了。于是就大喊有经验的人过来做心肺复苏。宋归宜正巧从外面经过，以为出大事了，就冲过来给我按压。心肺复苏是需要很大力气的，如果太轻的话，是无法刺激到心脏的。他真的很用力，所以等我恢复意识的时候，胸口很痛。"

"留下淤青了吗？"

"他把我肋骨按断了，我被救护车拖走了。我有先天性心脏病，之前动过手术，他的见义勇为差点让我一命呜呼。"

黄宣仪扑哧笑出声，黎素倒也不意外，每次她同别人说这故事，都是当笑话讲的。她自己回想起来也觉得好笑，像是闹剧一样的开场，偏偏有了个浪漫剧的发展。黎素住院后，宋归宜一有空就来看望她，还手写了一封道歉信。她有几个月不能上课，还错过了考试周，虽然不是一个系的，但宋归宜还是给她弄来了讲义复习，一来二去，他们就熟悉了。

黄宣仪笑够了，继续问道："我刚才问他休学的事，他没有完全和我说。他是不是和那个死掉的室友关系很好，所以打击很大？"

黎素笑道："恰恰相反，关系很不好，所以对他的伤害很大。"

"我不太明白。"

"车掉进河里时，三个人都还活着，宋归宜是最先清醒过来的。那时他可以带一个人游上去，有两个选择，救室友或者救女同学。他没救室友，很多人觉得他是故意见死不救的。"

"他不是那种人！"

"谁知道呢。"黎素的语气很轻快，"说不定他就是呢？"


黎素到家时，宋归宜正在翻她的衣柜，把裙子铺了满床，理直气壮道："你有没有有胸垫的内衣可以借给我？"

黎素一愣，回答道："就算我愿意借你也穿不下。"

宋归宜说道："这倒是。那有什么裙子可以给我穿吗？不用太长，我就套一下。"

黎素失笑："怎么了，想和我当姐妹了吗？"她随手选了条百褶裙丢过去，"别把拉链弄坏了，我很喜欢这条的。"

宋归宜拎着裙子端详着，一时间没弄清正反面："我不但要和你当姐妹，还准备去拍裸照。"他概括着把早前的发现同她说了，连带着还有自己的钓鱼计划，"现在我手边的线索挺多的，有账号、身份，还有一张照片，但问题是我不是警察，没办法查看，而警察找不到尸体也没办法立案。我也不能这么直接去找那个受害人，说'你好，许小姐我看到你的裸照了，大家来谈谈'，估计会被打。"

"那和你穿女装钓鱼有什么关系？"

宋归宜套上了裙子，但腰部的拉链半开着，勉强卡在胯骨上，饶是这样，也不妨碍他在镜子前搔首弄姿："这家伙应该是团伙作案，我还是没忍住黑了他的账号。里面有他的私信记录，有一个账号一直在和他联系，用的还是暗语，像是'这次的货值多少啊''可续吗'，应该指的是一个对象能勒索多少钱，能否重复勒索。不管这个同伙和案子有没有关系，我都可以找到他揍一顿，这属于合理需求。"

黎素说道："那你自己小心些。"

宋归宜冷笑道："没事的，我就不信这家伙会报警。再说，穿女装挺好玩的，刚才剃掉腿毛，我第一次发现我腿好白啊。"

黎素朝下瞥了一眼，忍不住要笑："你这么认真跑步，腿上都没有肌肉，女人们这么认真拉伸，腿上还是有肌肉。人总是得不到自己想要的啊。那你玩够了之后准备怎么样？"

宋归宜坐在桌上晃着腿，裙摆在大腿处翻飞："现在有几个问题。第一，王昭年这家伙死了还是活着，我觉得他基本是死了；第二，他是怎么从商场消失的，一种可能是他躲在某个地方，比如说洗手间，到第二天或者别的时候离开，也有可能是他被塞在某个地方运送出去；第三，也是最关键的问题，酒保和客人为什么要说谎，他们和案子有没有关系？那两个客人黄宣仪已经记不清了，没办法从监控里找到他们；第四点，那天王昭年在七点三十见的究竟是谁？还有就是王昭年的房子和车里都有被人闯入过的痕迹，那这个人是怎么进去的呢？是和我一样，还是从王昭年身上拿的钥匙，或者根本就是熟人，所以我更要找到他的同伙，问清楚是不是分赃不均闹出的事。"

黎素说道："如果是同伙犯案，倒可以解释第三点，当天的两个人都是王昭年的同伙，在酒吧把他弄晕带走，然后威胁酒保为他

046

们保密，酒保也不想惹事，就答应了。"

宋归宜摇头："你没去过现场，所以不知道这不可行。那个酒吧从门口出来不到五米，就在监控范围内，而且一个昏倒的成年男人很重，很难在十分钟里避开监控又小心翼翼地把人弄走。"

黎素问道："那你是觉得这人是自己走出去的？"

宋归宜点头："这是个合理猜测。在黄宣仪去洗手间的时候，这人也起身离席，然后他可能也去了洗手间，或者避开监控往外走。总之一开始他应该是有意识离开的，要不然在公共场所很难弄走这样一个成年男人。"

黎素点头，稍稍侧过身去，似乎是留神在听，其实不过是在忍着笑。宋归宜在老头背心下穿着百褶裙，个子太高，把裙子穿出了威风凛凛的姿态。他一条腿踩在床上，用手机拍照，镜头外却露出了条纹的平底裤。

虽然看着狼狈，但宋归宜的钓鱼计划倒是做得完备。先用爬虫收集数据，选取二十到二十八岁女性用户的使用高频词，以此为素材库发言。账号是从网上购买的，是个老号，原先的动态也保留着。最后是找到目标常关注的几个账号，找准一切机会在评论区发自拍。不一会儿，宋归宜新鲜出炉的腿照就已经被点赞上了前排，不枉费他自学的 P 图技巧。

黎素瞥了一眼屏幕，宋归宜正如同思春少女般翘首以待。她朝他泼了盆冷水："你为什么不直接黑进他的账号看他的登录 IP，省时又省力。"

宋归宜道："好玩啊，被一个陌生人揍一顿和被一个你以为是受害者的陌生人揍一顿，两种行为的伤害感是不同的。而且我还要到了一张有趣的照片。"他展示了手机里的一张艳照，是一个女人穿低胸装的胸部，沟壑深刻，雪白丰满，"我准备拿这张照片当撒手铐。"

黎素似笑非笑道："这胸不错，是谁的？"

宋归宜先不说话，闭着眼笑了许久，才缓缓道："这是沈医生的屁股，那个抹胸其实是内裤把边折进去了，我亲自给他拍的。这本来就是他给我找的事，为正义牺牲一下也无妨。"

黎素笑着踢他："你就欺负他脾气好吧。"

宋归宜笑得脸皱起来："是啊，我很坏的。还别说，他肤色晒得挺健康，屁股倒是白白的。再黑的人，屁股总是白的，再冷酷的人，血总是热的。"

"大一新生，家境好，性格叛逆，脑子的发育不如胸好，身高不超过一米六五，体重不到一百斤，体弱不爱运动，追求一段浪漫的爱情，经常和网友见面，用户名叫'小林酱就要瘦到九十斤'。"这就是宋归宜花了一个晚上打造的完美鱼饵，他给目标过去的一张自拍点了个赞，静待鱼上钩。

或许得益于沈医生伟大的牺牲，钓鱼计划的进展比想象中顺利许多。晚上九点，宋归宜便收到了私信。同时他也查到了许竹月的身份，她还是身份证上的住址，师范学校毕业后就当了初中老师，与父母同住。

宋归宜犹豫着上门问话的时机，又心不在焉地敷衍着另一头的猎物。男人殷勤地同他聊天，看似是甜言蜜语，但宋归宜只觉得可笑，为了稳住他，还是要耐着性子聊下去。

对方说道："一看你就是个爽快的女孩子，不扭扭捏捏的，你现在这种已经很少见了，蛮多女的都有点矫情。不是说不好，但我觉得还是你这样的相处起来更舒服。"

宋归宜回道："是的呢，我有个女同学特别讨厌，表面上和我关系很好，结果总在我面前炫耀她胸大，谁没有啊。"他打了个哈欠，顺手把沈医生的屁股艳照发过去，又装模作样地撤回，"哎呀，发错了，我本来想给你发一个超可爱的兔兔表情包，你应该没看到吧。"

五分钟后对方发了一个坏笑的表情，问"她"最近忙不忙。宋归宜剪着脚指甲，抽空瞟一眼，知道鱼咬钩了。

<br>

┌ 009 ┐

太着急赴约未免显得虚假，宋归宜暂且不理睬对方，冷上一冷，决定先去拜访许竹月。

他换了身衣服，摆出和善的微笑，力求像只新出炉的面包一样讨喜无害。

周五学校提早放学，宋归宜装作回学校看望老师的学生，一路打听找到了许竹月的办公室。她刚监督完一个学生结束默写，误以为宋归宜是学生家长，便说道："是王宏的家长吗？先等一等，我一会儿就好。"

宋归宜不吭声，只是趁机打量她，她比照片上秀丽些。她是标准的教师打扮，头发贴头皮梳成发髻，戴一副金丝边眼镜，嘴唇抿得严肃。

宋归宜等最后一个学生离开，办公室只剩他们两人，才快步上前，把手机里的照片展示给她。

许竹月顿时吓得脸色惨白，朝后一躲，似乎要逃，她颤声道："你想做什么？我会报警的。"

宋归宜扶她坐下，说道："我正在协助警方调查这个案子，希望你配合，具体说一下当时的经过。"

许竹月面色和缓了些，却泛起了茫然："他不是坐牢了吗？"

宋归宜问道："你是说王昭年吗？"

许竹月点头。他又追问道："你介不介意说一下案发经过？"

"他是我在网上认识的，见面后就去吃饭，我喝了水后不知道为什么头很晕，再醒过来就在宾馆里……没穿衣服。"她的声音有些抖。

宋归宜不擅长安慰人，只能干巴巴地说道："你很不幸，但生活就是由随机的不幸组成的。反正这不是你的错，不幸就像是雨，撒向人间。"

"你真的是在协助调查吗？"

"不重要，重要的是我会守口如瓶，并且把事情解决，你可以相信我。调查属于我的个人爱好，现在另外有一个受害者委托我调查他，但是他突然人间蒸发了。"

"他怎么又出来了？"许竹月瞥了他一眼，将信将疑，事已至此，她也不掩饰了，"他后来找到我，说要我给他打钱，不然就把照片群发给我身边的人。我打了两次钱，第一次是五千，第二次八千，后来我实在没钱了，他让我去借贷。我实在没办法，就和我爸爸妈妈说了，他们陪着我去报警。警察说强奸立案的证据不够，就立案了勒索罪。"

"这是什么时候的事？"

"去年三月份，当时判了两年多。"

"那他估计被提前释放了，现在又在重操旧业。不过有个好消息，这家伙失踪了，可能是死了，你不用担心被报复了。不过我要先问一下，上周四晚上八点你在哪里？"

"我在家批作业啊，你怀疑我？"

"正常询问罢了。那这么说你的父母可以为你做证了。再问一个问题，你认识其他的受害者吗？"

许竹月斩钉截铁道："一个都不认识，见都没见过。"

宋归宜知道她在说谎，因为一桩案子如果有多名受害者，提出公诉时受害者要作为证人出庭，她们至少在法庭上见过彼此。但他没有拆穿，只是留给她联系方式，施以与来时同等的怜悯离开了。

傍晚他把这些话说给黎素听，她也同意，说道："虽然说谎是很可疑，但她是凶手的可能性不大。基于犯罪心理的角度考虑，杀人是一种爆发性行为，对于当初的侵犯者，如果一开始没有考虑私刑报复，随着时间的推移，恐惧感会大于愤怒感。

宋归宜不置可否："明天白天我想再去那家酒吧看看，你要和我一起吗？"

黎素苦笑："你忘记了吗？我要去参加赏酒会。"

宋归宜漫不经心地点头，小心收拾起片刻的黯淡目光。黎素起身，回卧室换了身衣服，回来时拍了拍宋归宜的肩膀，甜笑道："给你说个有趣的事，算是安慰奖。"

黎素狡黠一笑，问道："你对葡萄酒有了解吗？"

宋归宜回答道："有啊，我了解到葡萄酒不好喝。"

黎素微笑，随手摆弄着腰带的下摆，束起又松开："这些了解够了，不过再了解一下也不是坏事。葡萄酒的收藏在国内是个大生意，一方面是为了喝酒，但更要紧的是在同一圈子里，有头有脸的人彼此交际，互相认识。所以很多人会为了打入这个圈子，特地买很多好酒办品酒会。每一瓶酒都售价不菲，但你有没有想过，要是买到假酒会怎么办？"

宋归宜说道："会挺丢脸吧。"

黎素微笑道："你太小看社交圈子了，这里就像是股市，名声就是一切，一旦成了笑柄，就会彻底被踢出主流圈子，更别说买假酒还花了不少钱。一般葡萄酒圈子会定期举办拍卖会，一瓶酒在两千到五万美元不等，这些酒一般会由拍卖机构鉴定，但是这种鉴定并不严格。"

宋归宜说道："那就是水分很足了。"

"如果你想做些什么，也可以走这个手段，把一瓶葡萄酒拍卖，让人高价买下。不过这个方法挺麻烦的，一般都是走艺术品拍卖渠道。别问我是怎么知道这个的。"黎素笑容里有些讳莫如深的味道，"继续说回葡萄酒。如果卖家在酒界的地位很高，很多人会追逐他的名声来竞价。这次的葡萄酒品鉴会的举办人就是这样一个人物，叫 Song Chen Mun，新加坡华裔富商的儿子，所有重要的拍卖会他都会在，只要是他看上的酒，再贵也会买下来，买下来后开品鉴会招待人一起玩，每场品鉴会能喝掉至少十几万美元。所以他邀请的人不多，都是推荐制，要很努力才能混进他的圈子。"

宋归宜说道："看来是个石崇一样的人物。"

黎素眯眼，神情往讥嘲处去："那他的楼可能要塌得早一些了。这个 Song Chen Mun 和李仲平是朋友，李仲平推荐给他一个拍卖渠道，让他卖掉了自己上百万的藏酒。至于为什么这个人有这么多好酒，他的解释是自己家族与勃艮第的一间酒庄的庄主有私交。这么巧，我正巧有朋友可以联系到这间酒庄，我发邮件咨询过了，酒庄庄主说并不认识这样一个人。"

宋归宜打断道："你还会法语？"

"稍微会一点吧，刚够发邮件。"

这话自然是自谦了，宋归宜听着觉得心里发酸，他在语言学习上全无天赋，曾经买过的标准日语教科书被拿来压了两年泡面。

黎素继续道："我还要到一张酒单，很有趣，一款酒庄产出了六瓶酒，Song Chen Mun 竟然卖掉了八瓶。"

宋归宜说道："你是说他卖假酒？"

黎素拿出一个木塞："是不是假的明天就知道了。这间酒庄的木塞是特制的，上面印有年份和酒庄名，字体是一款找专人设计的无衬线字体。换句话说，只要酒会上的塞子和我手里的塞子不一样，基本就是假酒了。"

话说到这地步，宋归宜明白她已经有了决断，也懒于再劝说。毕竟李仲平就算真的遭殃，多少也算是罪有应得。他只随口问道："如果真的是假酒，会怎么样？"

黎素轻快道："会完蛋啊。不但这个 Song Chen Mun 会因为诈骗罪完蛋，李仲平作为他的朋友，不管知不知情，名声都完了。包括那些受害者，傻乎乎买了假酒，也会成为笑柄。"

"那当上等人还真是不容易啊，稍微做错一些事就要完蛋。"

黎素正色道："社交圈子就像是滤纸，一层一层过滤你，你犯的每一个错误都会留在滤纸上任人评价，最后过滤出来的就是你完全的价值。"

宋归宜说道："那你还真是辛苦啊。不过你就这么讨厌那个李仲平？"

黎素冷笑："他冒犯你，就是冒犯我。我会让他明白他不配这个道理，他很喜欢给人上课，那我也给他上一课，还是免费的。"

撕开大小姐温柔文雅的画皮，黎素骨子里就是个小心眼的家伙，睚眦必报。当然宋归宜也无所谓，还是喜欢她，只是觉得她该小心些，别太随便就得罪人。宋归宜道："要是他知道是你做的怎么办？小心他报复你。"

"他没这个脑子，要是他真的有，早就高升了。不过你说的对，要以绝后患，就要让他不能翻身，这种金额的诈骗够判个十年以上。"黎素咬着嘴唇笑道，"不过我还是从他这里学到些东西，金融男泡妞的必杀技，拿来泡你也不错。你今年是要和我去北海道滑雪，还是去爱琴海看风景？"

"就这？我都没兴趣，还是吃你的蓝莓实在点。"

┌010┐→

周六上午十点，李仲平亲自开车接的黎素，一眼望见她的打扮，便以赞许的目光流连："果然这种场合带你去很合适，实在是光彩照人，我就知道你是最好的。"

黎素只是低头，腼腆微笑，她对李仲平不太生气了，更像是为癌症末期的病人做临终告别。

她重新打量起李仲平，发现他是一望可知的紧绷，他用周身的精致行头掩饰疲惫。普通中产家庭出身，父母可能是医生、公务员或者大学老师，不算天资卓越，但足够勤奋努力，有过美国留学经历，二十岁时就有了俯瞰后半生的计划。然后他余下的人生就会以烫金名片和定制西装为武器，把办公室作为妻子，把机场作为情人，把人生的一切重要瞬间用攀登来概括。他要向上爬，要奋不顾身，不择手段，竭尽全力地向上爬，从不去想坠落的可能。

黎素看着就替他累，他可能又是加班应酬到凌晨，靠咖啡强打精神，微笑再得体，疲惫感却已经丝丝缕缕透出来了。黎素看着他的眼睛，就忍不住要打哈欠。

酒会办得热闹。酒会的主人租了一个别墅做场地，外面的花园可以进行自助烧烤，里面的大厅是品酒会。黎素由李仲平领着，直接去见 Song Chen Mun。他三十岁出头，戴眼镜，是个身材矮小的人，微微发福，乍一看像是酿酒的桶。李仲平亲热地同他拥抱，又急忙将黎素介绍给他："这位是 Joyce，这位就是我一直和你说

054

的 Chen Mun, 他在红酒品鉴方面很有造诣, 你有兴趣可以多向他请教。"

黎素笑着同他握手: "宋先生好。"

Song Chen Mun 紧紧握住她的手, 他的右手手指贴着胶布: "不要客气, 叫我 Mike 就好。"他朝李仲平投去含笑的一瞥, 调侃道, "你这是不是就叫艳福不浅?"他的中文说得很好, 全无口音, 黎素疑心他连马来西亚身份都不是。

李仲平大笑着一拍他的肩膀: "你中文真是越来越好了。"他们勾肩搭背往阳台上走, 扭头对黎素嘱咐道, "我们聊点事情, 你一个人自己逛逛, 看看酒也是不错的, 多学习学习。"

黎素站在原地面无表情, 静静咀嚼着李仲平留给自己的耻辱感。她低头看着裙子腰部, 有一点深色的汗渍, 提醒自己回去就扔了。她摆出个笑脸, 却在心里叹气, 这就是生活, 权力如空气充斥每个角落, 居高位就扬扬得意, 位于下游就战战兢兢。

李仲平显然觉得自己是前者, 他不是自信, 只是太蠢, 没明白他不过是借着风青云直上的风筝, 可风不会总往一个方向吹。

黎素的鞋跟有些高, 走起来如鹭鸶踏水。大厅里摆了六个桌子, 每张桌子中央都是烫金的姓名牌, 靠墙的长桌上是十瓶红酒, 都没开瓶, 旁边还有成套的醒酒设备。黎素凑近细细观察, 软木塞的质地不错, 是天然塞, 不是碎木随意压制成的。但看得更细致些, 也有问题在。瓶塞是漂白过的, 虽然从外观上看更精致耀眼些, 可是日照久了容易褪色, 也少了天然本色之感, 顶级酒庄基本不用。

李仲平一个人从阳台回来了, 完全是喜形于色, 挥挥手召唤黎素走近: "你平时喝酒吗?"

黎素笑笑: "我是不喝酒的。"这倒算是实话, 黎素已经一年没碰酒了, 连含酒精的饮料都不沾。她是容易上瘾的体质, 以前抽烟又喝酒，挨了继父很严厉的责骂，自己也觉得不健康，就把酒戒了，可是戒烟太困难，反复横跳了三次。

宋归宜不在时她会偷偷抽烟，有时把烟圈对着植物吐，熏死了两盆花。宋归宜还以为是自己照料不当，很是委屈。这事她觉得还是继续当作秘密比较好。

"那不要紧，我以后多带你来这种场合就好。"他又想起一事，稍稍皱眉，摆出说教的口吻，"对了，我要提醒你一点，你今天的高跟鞋太高了，比 Mike 都高了，你要顾及男人的自尊心，下次要注意了。"

"谢谢，我知道了。"黎素在心里啐他，想着他既然这么在意矮子的自尊心，就该把世上所有的高个子的腿都砍了。

"没事，我知道你男朋友比较高，你一时间容易忘记这事。你是个好女孩，你和男朋友在一起应该也很迁就他吧。"

"还可以啊，他有点小孩子脾气。"这倒是实话，宋归宜昨天又偷吃了她的蓝莓，还想要毁尸灭迹，很勤快地丢了垃圾。

李仲平点头："这样啊，看得出来他很学生气，不太懂变通，估计还没有工作吧。"

黎素微笑道："他身体不好，现在还休学在家。"

李仲平做惊诧状，说道："男人还是要以事业为重，校园恋爱虽然朴素，如果没什么责任心，是不长久的。很多时候觉得会和一个人天长地久，其实就是眼界不够，等遇到了更好的男人就会明白太早下决定会错过很多机会。我知道你是个好女孩，就是太善良了，很顾念旧情。"

李仲平正要继续给她高帽戴，却有一位新入场的客人进来与他攀谈。黎素也就识趣地走开了，之后客人陆陆续续到场，品酒会也就准时召开。黎素眼尖，发现邻桌上还有一位女明星，不算太出名，但至少是个熟脸。她捏着杯子，正一脸百无聊赖，李仲平也在盯着她。

Song Chen Mun 站起身简单地说了几句祝酒词，他是个风趣的人，也乐于拿自己打趣，几句话便引得大家哄堂大笑。他也感谢李仲平，说他为这场品酒会出力许多，最后又不忘宣传一下自己下周的拍卖会，届时拍出的六瓶酒都是这次喝过的。他说完，众人一齐为他举杯，又敬了李仲平。喝完酒，众人畅所欲言，品鉴酒的口感，但基本说的都是好话。

黎素混在其中，偷偷拿了桌上的一个瓶塞，仔细观察后，险些失笑。上面确实印有年份，可是字体显然不对，有衬线也就罢了，但这完全是最常见的 Times New Roman 字体。

胜利来得太轻松，黎素反倒觉得百无聊赖。李仲平倒是喝得微醺，以面上的红晕昭示着兴奋，手搭在黎素肩膀上："你不要一个人傻站在这里，多去和人交际交际，别显得没见过世面一样。你都穿得这么漂亮了，别浪费。"

"好啊，那还要麻烦你帮我介绍一下。"黎素微笑，眼睛却像是猎食的猫咪，手捏着瓶塞一转，不着痕迹地放入包里。

李仲平把她介绍给自己的朋友们，像是炫耀新买的名贵花瓶。他的朋友都是中年男人，都很喜欢她，黎素同他们一一握手，李仲平搭在她肩上的手则滑到腰上。黎素在心里为他做片刻默哀，怒极反笑了。

鉴赏会办到下半场，酒喝得尽兴，又吃了不少肉，节奏都慢下来，众人的兴致都在说话上。黎素懒得多应付，就找了个借口，甩开应酬，去了洗手间。她躲在洗手间的隔间里，听到有人在讲电话，正是刚才见到的那位小明星，很是不耐烦的口吻说道："下次不要再让我来这种地方了，很一般啊，人也都一副穷酸样。喝的酒也就那样，我反正没喝出来和葡萄汁有什么差别。"

黎素想起刚才李仲平对她的殷勤态度，不由得觉得他可怜。他就像是一只猴子，越是想向上爬，越是让更多人瞧见红屁股。黎素怕现在出去尴尬，就躲在隔间里玩手机，

正巧宋归宜刚发来一张照片，是他的自拍，学着高中女孩的样子，对着镜头比剪刀手，背景里是一个男人被绑在椅子上，左眼有淤青。

黎素回复道："挺可爱的。"

┌ 011 ┐ ➜

钓鱼计划进展得顺利，以至于宋归宜担忧起本地罪犯的平均智商来。上午下了一场雨，算是天赐良机，宋归宜用钓鱼账号发出一条动态："真是水逆，一出门见网友就淋湿了，只能去宾馆洗个澡。"

他又等了十分钟，给对方发去私信，让他帮忙给自己买件衣服来，用的是黎素的尺码。他还装模作样说道："让你破费了，买衣服的钱我一会儿当面给你。"

对方立刻回复道："没事，不用在意钱，我买的衣服穿在你身上肯定好看。你把房间号告诉我，我立刻来找你。"

宋归宜起先还有片刻担忧，觉得自己偏瘦了些，未免压不住场。但从门缝中瞥见走来的是一个矮个子男人，最多不过一米七五，宋归宜顿时松了口气。人终究是一种动物，保有动物的本能，对大体型的对手怀有天然的敬畏感。

宋归宜躲在门后，把浴室的龙头打开，又故意把裙子丢在床上，确保那人一进门就能看到。脚步声近了，紧接着是敲门声，有人在门外喊着："是我，给你送衣服来了。"

宋归宜谨慎地把门拉开一条缝，对方进门来。第一眼只看见空

荡荡的床，听到浴室的水声，误以为"她"在洗澡，笑着去拉浴室的门，却被宋归宜从后面揪住领子，狠狠挨了一拳。

宋归宜揍翻他，骑在他身上，还不忘笑着朝他抛了个媚眼："找我吗，亲爱的？"那人张口就要大叫，宋归宜随手把脱下的袜子塞进他嘴里，掐住脖子，威胁道，"王昭年死了，你不想你们的事情闹大，或者去死，就给我消停一点。懂吗？"

对方果然不再挣扎，勉强点了点头。宋归宜把他绑在椅子上，顺势掏出他口袋里的手机，凑近欣赏自己打出的淤青。他觉得这一拳打得很漂亮，忍不住拍照留念，但又找不到人可炫耀，便发给了黎素。

收到回复后，他发现自己也忍不住面带笑意，又迅速恢复了严肃的神情，走到那人面前，说道："我有话问你，你要是敢叫人，最坏也就是有人报警。你说警察来了，我和你谁更麻烦些？"他用男人的指纹给手机解锁，相册里都是被迷晕的女人的裸照，胸口上放着她们的身份证。

袜子被拿下，男人啐他："我约炮有什么犯法的？这些照片都是艺术，你懂个屁！"

宋归宜轻笑道："如果这是艺术，王昭年就不会坐牢了，也不会死了。我给你一个选择，你可以什么都不说，我现在放了你，但把你的身份公布出去，让所有人知道你做了什么，然后看看你能不能活过一礼拜，社会性死亡也是一种死法。"

男人低着头，沉默许久，片刻后才说道："你要问什么？"

"从头说，从你们第一次犯案说起。"宋归宜在说话的间隙把玩着一把弹簧刀。

男人叫洪德，和王昭年是中专同学，关系不错。王昭年长得还算不错，交往过几任女友。有一任女友家境富裕，分手后王昭年气不过，便用以前偷拍的裸照威胁她，女友不得已给了他一万，至此王昭年便生出一条发财的妙计来。他叫来洪德一起合作，王昭年在网上找人约会，见面后就在饮料里下药，将人迷晕后带入宾馆，留下凭证，威胁女方不准报警，否则就将这些照片公开。然后他们会进行勒索，数额在五千到三万不等。谨慎起见，每个受害者他们最高只勒索三万，毕竟都是二十岁出头的年轻女人，没多少积蓄，一旦让父母知道了，可能会报警。

后来王昭年找上了网贷的门路，就把女人的照片卖给高利贷，在受害者没钱时就让她们去贷款，也算是一鱼两吃。王昭年用这个方法从一个女人身上弄来了八万，但没想到逼得她自杀了。洪德吓得够呛，生怕警察找上门，王昭年却破罐破摔，决定做一票大的，赚够了钱也方便跑路。于是他们找上了许竹月，还事先调查过她，独生女，小康家庭，出得起十万的勒索金。第一次他们从她那里要到了钱，第二次她却报警了，通过银行账户的转账记录，王昭年被逮捕了。

洪德说道："他倒是还挺讲义气，没把我供出来，一个人全担下了。"

宋归宜讥嘲道："那你也可以讲些义气，大可和他一起死。真兄弟，就要同生共死才行。"

洪德不搭腔。接下来的事，宋归宜基本也知道了。因为许多受害者不愿出庭，王昭年只判了两年，在狱中表现良好，提前释放了。出狱后，他死性不改，决定重操旧业。但这次做得更谨慎些。勒索时受害者不是打钱进他的账户，而是直接去网贷公司贷款，事后他与网贷公司分账。受害者的挑选也往更年轻了去，主要是十八九岁刚高考完的大学生，天真懵懂，容易操控。

王昭年倒也没忘记害她入狱的许竹月，匿名打了好几通恐吓电话。不过据说他也惹上了事端，听说有以前受害者的家属要找他算账。

宋归宜立刻问道："他有说是哪一个吗？"

洪德摇头："他没怎么说，也没放在心上，他说是个老太婆，女孩的妈。其实也没什么要紧的，就是他以前提前把照片在别的地方存了一份，没全部销毁，不知道怎么让那个老太婆知道了，要花钱买断，价格没谈拢。老太婆说要报警，王昭年可不怕她，说敢报警就把照片放黄网上大家一起看。老太婆好像气得不轻，估计后面还是给钱了吧。"

宋归宜问道："上周四五月十三日，你知道他去见了谁吗？"

洪德回忆道："好像是见个妞，新选的货。"

"没说过要去见别人吗？"

"他出来后和我就那样了，他有点单干的意思，有几次还背着我分钱。所以我也不太清楚。"洪德摇了摇头。

"那你去过他家吗？"

洪德先是重重一点头，继而拼命摇头，斩钉截铁道："没，他和家里人早就闹翻了，他出狱的时候都没人来接他。他就说自己租了房子。没告诉我住哪里，我们都是网上联系的。"

"他失踪这么久，你不觉得奇怪吗？"

"他出来以后我真的和他没什么联系了。"

"你们还有别的同伙吗？我是说之前你们没供出来的种。我不太相信就你们两个人能犯下这么多案子。"宋归宜轻轻用刀背拍他的面颊，笑道："我劝你最好认真回答这个问题。"

"有，还有老赵，赵德海，以前很多事其实都是他主导的。他和王昭年特铁，可是出事前一个礼拜，不知道为什么他就跑了，王昭年就全顶上了，也没把他供出来。"

"那你知道他们还有联系吗？"

"不知道，我真不知道，我其实是个好人呢，我和他们已经不熟了。"

宋归宜被逗笑了，拍拍他的肩膀："我本来怀疑有可能他是死于内部分赃不均，好在你的愚蠢洗清了你的嫌疑。"说完他把房门打开，门口站着似笑非笑的王帆，宋归宜把录音笔交给他，"这人归你了，算是还你上次的人情。"

录音中的口供不能作为证据，这点他们清楚，但洪德不知道。王帆得了一只送上门的熟鸭子，作为回报，他会暂时把王昭年的车和出租屋保护起来。

王帆问道："大约要处理多久？"

宋归宜回答道："人是周四消失的，那下周三之前我给你答案。今天是周六，还有四天。"

宋归宜转身要走，王帆伸手拦他："喂，你就这样走了，把人揍了口供都不录，不怕他告你啊？"

宋归宜说道："你肯定不会让他告我的。"

王帆笑着捶他肩膀："臭小子。"

宋归宜走出王帆的视野，笑容瞬间暗淡了。刚才听着洪德的叙述，他顿时出现一个念头，自己调查这件事或许是多此一举。

一个死不悔改的罪犯，一位恃强凌弱者，连失踪都不会引起关注的，灰尘一样的人，这样的人就算死于非命又如何？

宋归宜走出宾馆，旧日的回忆潮水一样涌上来，水如此冷酷而不近人情。室友蔡照刚考出驾照，想带暗恋的同学兜风，又怕意图太明显，就把他叫上作为掩护。暴雨、新手、视野模糊、闪避不及、急刹车、断裂的护栏、尖叫、昏迷、水涌进车内，冷……冷……冷。宋归宜清醒时水还没有完全没过头顶，他坐在副驾驶上，安全带勒住肩膀，他徒手就抓了块碎玻璃割断。蔡照已经昏迷了，后座的女生不会游泳，他只能选一个人带出去。

很久以后，宋归宜才明白，不会有正确的选择，除非他也死在当时。

今天是周末，酒吧下午就开门了，宋归宜吃了午饭就出门了。黎素不在总像是菜里没放盐，很有些不是滋味，但他又不想让她太得意，因此从不在她面前表现得这么怅然若失。

宋归宜叫车去了 Red Monkey 酒吧，酒保还是那一位，他低头擦着杯子。他倒还认识宋归宜，寒暄道："今天是来问话还是喝酒的？"

宋归宜坐上吧台："都有，先给我一杯莫斯科骡子吧。"他环顾四周，商城还没正式开业，酒吧里的客人也不过寥寥几个，"我看到了那天的监控，我那位朋友似乎不是一个人来的，虽然监控里她确实是一个人进来，不过更早一点的时候，有一个穿蓝衣服的男人，大约七点三十五分就过来了。他先去了对面，应该是到寄存柜拿东西，然后再来的酒吧。所以七点三十五到七点四十分，一个男人拎着东西进来，你是真的一点印象都没有？"

酒保不耐烦地瞪了他一眼："你又不是警察，干吗这样问东问西的？我不记得了。"

宋归宜低声道："如果我就是警察呢？你会再想想吗？不过我今天没穿警服，也不是正式问话，所以大家都轻松点，你再想想吧。"

酒保摆出一副看小孩子玩把戏的笑脸来，无可奈何道："你如果是警察，那我就是你爸，别逗了。"

"所以只有警察问话，你才会好好回答吗？"

"我是真的不记得了，也已经好几天了，你别妨碍我做生意了。"他皱眉，语气已经很烦躁。

宋归宜说道："那我给你一点提示。那个人是拿着东西进来的，可是我朋友和他吃饭的时候却没有这个印象，他消失的时候，也没有留下什么东西。所以，他的东西应该在你这里，我可以猜测是你谋财害命杀了他吗？"

酒保摆手，急忙道："没有，没有。他是拎着一个电脑包过来的，说不方便放，就先寄存在吧台。然后你的那个朋友过来，大概过了半小时，她就问我洗手间在哪里。她去了之后，那个男的就立刻把电脑包拿走，躲去了男厕所，说账让你朋友结。我记得挺清楚的，因为怕他们逃单，后来看女方的包还在这里，就算了。"

宋归宜似笑非笑道："你看，这不是记得很清楚吗？那你为什么要说她是一个人来的。"

酒保道："因为那个男的特意和我说，要是你朋友回来了，就说他已经走了。那我想多一事不如少一事，干脆说没这个人，要是她闯进男厕所就麻烦了。"

"那后来呢？"

"后来你朋友走了，那个男的也出来，跟着后排的男客人一起出去了，他们好像认识的样子。"

"那个男客人长什么样子？"

酒保稍稍回忆了一下："大概三十岁的样子，手上还打着石膏，穿一个夹克衫。他们走的时候好像是九点以后了。"

"是这个人吗？"宋归宜掏出一张照片给他看，正是赵德海。

酒保点头："就是他，我不会认错的，他还瞪了我一眼。"

宋归宜问道："你不觉得他们这样很奇怪吗？"

酒保笑道："还好吧，这种事不就是男的和女的网友见面，见了不顺心，想个法子要溜掉，钱也不想付了。就算不是，和我有什么关系呢，多一事不如少一事，真的闹起来，我这生意还要不要做了。"

"这不是你的店吧，这是老板应该关心的事吧。"

酒保苦笑道："这是什么话，我这种进去过的人，本来活就难找，这个工作还是托关系找来的，当然事事要小心。"

宋归宜不置可否，小心评估着空气中谎言的成分。他正要继续追问，忽然收到黎素的短信："你没看见我？"

宋归宜扭头，四下寻找黎素的踪迹。他坐在吧台上，身后有一个隔断，让他无法看到右侧的座位。宋归宜起身向后走，果然在角落里看到了黎素，随即问道："你是怎么看到我的？按理说隔断也挡住了你的视线。"

"镜子啊。"黎素用眼神示意他往外看，对面亮光一闪，原来黎素偷偷靠墙竖了一个小镜子，摆准角度，就可以照见吧台里的人。宋归宜这才发现黎素此刻坐的位置，正是黄宣仪印象中当天那位男客人坐的区域。他顿时心领神会，上前到墙边仔细观察，

墙面上有一个直角刮痕和黑色的黏痕，他去问酒保："这里之前是不是摆了一面镜子？"

酒保回忆道："对，周二的时候有客人喝醉把镜子弄破了，我怕出问题就先把镜子取下来了。"

从墙上的痕迹看，那是面一米高，一米五长的大镜子。镜子为后排的客人提供了绝妙的视野。那天黄宣仪与王昭年的座位靠近隔断，几乎与镜子垂直。再考虑到酒保的站位，无论王昭年想同酒保说话，还是回到黄宣仪身边，都无法逃脱他的视野。或许那一夜，在失踪前，王昭年就时刻处于他人的监视之下，目送着他，缓缓走向既定的坟墓。

宋归宜走回后排，简单转述了酒保的证词，黎素低头玩着手机，漫不经心地听着，问道："那你觉得他说的是真话吗？"

宋归宜说道："现在还不好说。"

黎素抬起含笑的眼，说道："我知道答案了，你信吗？"

宋归宜瞪她："你骗人的吧。"

"没有，骗人是小狗，我认真的。不过没证据，主要还是猜的。"

宋归宜扭过头哼了一声："那就不能算数，要有严密的推理过程才算你赢。"

"可是我猜的应该是对的。"黎素拿出一本记事本，在上面写了几句话，将那一页撕下来，对折再对折，然后交给宋归宜，"先放在你这里，等你有答案了，看看我猜得对不对。"

宋归宜接过纸条，随手塞进口袋里："随便你，不过先说好了，就算你猜对了，我也不会承认你比我厉害，一码归一码，蒙可不算本事。"

黎素故意逗他："你要偷看也可以啊。"

宋归宜有些恼，赌气道："谁要偷看啊，我才不会这样子，再说谁知道你是不是在扯淡。"他顿了顿，继续道，"其实这个案子最关键的是确定黄宣仪离开后，王昭年去了哪里。一共就两种可能，要么如酒保所说，他被客人带出酒吧，然后用了不知道什么方式，避开监控带出了商场。要么就是他还在酒吧的男厕所里，或者从洗手间出去了。"他从口袋里掏出一小瓶试剂，"这是鲁米诺，如果洗手间是第一案发现场，立刻会有反应，就算有清洗剂也是很难洗掉的。"

宋归宜踌躇满志地往洗手间去，二十分钟后就垂头丧气地回来了，托着下巴发呆。

黎素打趣道："你这样子别人不知道的还以为你痔疮犯了，

066

万一他是被勒死的呢？"

"勒死其实是最困难的一种杀人方法，挣扎的余地很大，外面不可能听不到动静。我这种身高从后面勒住你，都不能确保完全没动静，更何况一个成年男人勒死另一个成年男人。"

"那使用乙醚弄晕他呢？"

"确实是一种可能，可总感觉很不安全。这么大一个人就丢在洗手间里，男厕所里没有藏人的地方。虽然可以摆个牌子说故障了，但万一有人进去了或者他逃出来了呢？这很难控制的。"

宋归宜不理睬她，自顾自说道："男厕所只有一扇气窗，他也没办法逃走。现在假设酒保说的是实话，王昭年先是躲起来，然后和赵德海一起走了。但是监控既然没拍到他们，就说明也没有下楼去，赵德海应该就是在某处把王昭年弄晕或者弄死，然后塞入某个地方，比如说行李箱中，将他带离商场。这样必然要开车，那停车场的监控应该能拍到他。不过赵德海杀王昭年，动机是什么？"

"不管凶手是谁，等王帆抓到人一问不就有答案了。"

宋归宜皱起整张脸，道："可这样就没意思了。刑侦和推理是两回事，一个是找答案，一个是想出答案。算了，不和你说了，你送我回去看监控。今天我不做晚饭了，你自己看着办。"

┌ 013 ┐

宋归宜目不转睛地看了三个小时监控，只差进化为苍蝇，当场长出复眼。晚餐的时候黎素叫了日料，在餐桌前叫了他几次，都不见回应，便嚷道："你再不过来，刺身都热了，你是需要我喂你吗？"

宋归宜终于抬起头，挥手叫她走近："我有发现。"他指向屏幕上一个穿黑衣服的男人，正拖着一个行李箱走向停车场，时间显示为晚上九点二十九分。

黎素心不在焉道："这就是你要找的嫌疑人吗？"她顺手把鹅肝寿司塞进宋归宜嘴里，他一口吞下，没留神，舔到了她的手指。

宋归宜没在意，只是继续说道："不是。我本以为他是我要找的人，但其实他只是一个运气比较好的小偷罢了。首先他的行李箱不够大，塞进一具尸体或者一个人都不够。然后根据他的行为模式来看，像是小偷踩点。他戴着帽子挡住脸，提着行李箱，在每一层走动。我这儿有一张商场的布局图，他逗留的地方基本是珠宝店、手机店和手表店，就是来踩点的。你看他过一段时间，就会假装要调节行李箱的轮子，实际上是蹲下来在店门附近贴上贴纸，应该是在检查哪一家店的防范比较薄弱。"

"所以是无关人士吗？"

"不，他对我有用。因为行李箱的关系，他肯定是开车来的，所以我找到了他从地下停车场进入商城的时间。只要减去走出停车场的平均时间，就可以估算出他把车停入停车场的大致时间。商城的停车系统对车牌和时间都有记录，这样应该能找到他。"

黎素不解道："我还是不明白他对你有什么用？"

宋归宜继续道："这家伙对我而言是一个证人。"

他播放了一段监控录像，男人推着行李箱来到三楼，肆无忌惮地隔着裤子在裆部的位置抓挠，然后逐渐走出监控范围。

黎素道："这段录像很猥琐，让我印象深刻，但是有什么用呢？监控的边界刚好是 Red Monkey 酒吧，完全拍不到酒吧的情况。"

"是这样的，但是他的动作已经可以证明一些事了。他在走出监控前，已经可以看到 Red Monkey 的门口了。如果当时 Red Monkey 是开门且有客人的话，他至少会稍微收敛或者停顿一下，但是他没有。当时是晚上八点十二分，他的动作表明酒吧已经关门了。"

宋归宜往沙发上一仰，闭上眼，叹息道："唉，生活对我真不好，每次我想相信别人，就会被骗。"

要找到监控中的那个人，还是要靠王帆。于是宋归宜跟着他去地下停车场调资料，运气不错，那个时间段驶入的车不多，一共三辆。顺着车牌号去找人，可谓轻而易举。

第一位是钱先生，这个月刚巧去外省出差，身高一米八七，和监控中的自然不是一个人；第二位是刘女士，在外企工作，那天去超市买东西，更不会是她；第三位叫白昌荣，有过入室行窃的前科。王帆问了其他熟悉这一片区的同事，竟然对他有印象，说这兄弟算是三进宫了，每次都是虚心接受，屡教不改，有时候刚放出来，在路上遇到认识的警察，还会客客气气打招呼，隔一个月就又被送进来了。之前负责他的警官对他倒也没什么坏印象，只是摸着下巴说道："他是不是有什么一定要偷东西的心理疾病啊？"

王帆拍拍他，道："你社会经验还是不足，像这种屡教不改的，不是心理问题，就是社会问题。劳改人员本来就是高危人士，重回社会处处遭人歧视，通常又没什么一技之长，再让狐朋狗友一唆使，就又上了贼船了，一个人做习惯了一件事，就很难改了。"

有了熟人带路，白昌荣自然很好找。王帆去出租屋堵他时，他正穿着短裤乘凉，房子里热得像蒸笼，他又舍不得开空调，一台老旧风扇对着脸吹，呼呼作响。

他一开门，瞧见王帆立马变了脸色，说道："警官先生冤枉啊，我最近可没做什么坏事。"

王帆道："你才第一次见我怎么知道我是警察，我今天可是便衣。”

白昌荣赔笑脸："这不是被抓的次数多了，都有特异功能了吗，我看您一身正气，就知道您是吃公家饭的。"

"你也别贫嘴，我知道你是有贼心没贼胆。上周四晚上你是不是去西边的商场踩点了？"

白昌荣有些慌张："您怎么知道？"

王帆板起脸："监控都拍到了，你要抵赖都抵赖不掉。你现在能做的就两件事，一是坦白从宽，把你这个偷窃计划原原本本说出来，要是有什么同伙也趁早交代了；第二，现在有另一桩案子，需要你配合调查。"

"成，我一定配合。"

王帆问道："那你还记不记得，那商场三楼有间酒吧，叫红猴子，就在储存柜对面。你那天去的时候，这家酒吧是不是开着的？"

"没，关着的。"白昌荣斩钉截铁道，"因为我记得我本来想去坐一会儿，发现关着门，就在玻璃窗旁整理了一下衣服。"

"你确定？"

白昌荣一脸恳切地说道："砍了我的头都确定。"

"那你在法庭上做证的时候也能这么说吗？"

白昌荣瞪圆眼睛，一脸的茫然："啥？"

王帆面上浮过狡猾的一抹笑："那我就当你同意了。"

得到白昌荣的证词，事情基本有定论了。宋归宜没有急着摊牌，而是花了些时间调查王昭年过去的罪行。根据他的判决书，他一共勒索了五名女性，其中一位受害者叫李书典，因为不堪忍受勒索和羞辱，跳楼自尽，最后是由她的母亲代为出庭。李书典是离异家庭，当年判给了她母亲。

宋归宜是周一晚上八点整到的酒吧。酒保看到他，放下杯子，问道："你今天还是来问问题啊？"

　　宋归宜摇头："没有问题了，只是想和你聊聊。你看我们也算认识了，我都不知道你的名字。"

　　"这样啊，那我下次把姓名牌别上。"

　　"不用麻烦了，我知道你叫李书文，你是李书典的哥哥吧，你们的父母离异后，一人带走了一个孩子。"

　　李书文面色大变，不悦道："你去调查我了？"

　　"算是吧。"宋归宜点头，"要我从头到尾说一遍吗？"

　　"你要说什么？"

　　宋归宜抬起眼，波澜不惊道："你杀王昭年的全过程，要我从头开始说吗？先是七点三十约王昭年到酒吧见面，他带来了电脑，电脑里有你妹妹当年裸照的存档。你们大概要谈一些事，你没有让他知道你是受害者家属，而是佯装一个要买照片的人，你可能是在坐牢的时候有认识的人做中间人。你们谈得不错，后来他就把电脑寄存在吧台。然后黄宣仪到了，王昭年原本想对她下手，但是发现客人中有一个人是他以前受害者的家属。那是你的母亲，王昭年以前见过她，当然也可能是你提醒他的。总之你让他去洗手间躲一躲，他照做了，就昏倒在里面。"

　　"我全程都在吧台，不信你可以问你朋友，我没空去洗手间弄晕他。"

　　"不需要，你在酒里下药就可以了。等药效发作，算好时间，让你爸——也就是后排的男客人去洗手间把人绑起来就好。"

　　"那人不是赵德海吗？"

　　宋归宜苦笑道："你看，这就是你的第一个破绽，你太急于把嫌疑引到别人那里，所以我一给你看照片，你就立刻说是赵德海。

酒吧这么暗，我不相信你能过目不忘。我找我朋友也确认过了，她记得那个客人已经六十多岁了，不太可能是赵德海。其实我觉得真正的赵德海早就死了，在王昭年入狱前就因为起内讧被杀了，王昭年见钱眼开，不可能为了兄弟义气不供出同犯，真正的原因是他杀了赵德海，又不想让这件案子被发现，索性扛下一切。"

"你的推理很牵强，我把人弄晕在厕所，就算绑起来也弄不出去，别的客人要是进厕所看到怎么办？"

"不会再有别的客人了，那天从头到尾只有你们一家人。这一点要结合酒吧的布局来说，黄宣仪的位子背靠一个隔断，所以在不转身的情况下她不知道酒吧有多少客人，或者有没有来新客人，所以她以为是另外几个客人都比她先到，实际上最后一个到的是你母亲。她进酒吧后把门口的牌子转到关门。我问过黄宣仪了，那天酒吧的窗帘是拉下的，所以要点蜡烛，也就是对外人来说酒吧是歇业了的，这样就确保没有陌生人干扰计划。等黄宣仪要走时，再把招牌换到开业，也可能不用，因为她走得太急根本没注意。至于王昭年怎么被弄出商城，就很简单了。黄宣仪走后，你们就把他搬到运货的箱子中，然后走运货电梯，就算电梯里有监控，也无所谓了。"

李书文不吭一声，只是低头拿出一个杯子，默默擦拭。良久，才说道："就算是我做的，你们找不到尸体，也没有用。"

宋归宜说道："你说得对，从之前几次和你的聊天，我就发现你是一个心理素质很好的人，但是你的父母应该都上了年纪吧。有一位警官在一个小时前把同样的话对你父母说了一遍，告诉他们你认罪了。他们很爱你，为了证明你是无辜的，反而揽下了所有责任，同时也承认了尸体被埋在你家菜地里，现在估计已经开始验尸了。"

李书文拿起一个杯子，猛地在桌上砸碎，碎片擦着宋归宜面颊飞过。他面不改色道："你去王昭年家撕掉过记录吧，他的小区有监控，会拍到你。你撕掉的记录应该就是写着那天你妈约他见面的时间地点，还有他勒索你妈的金额。可是你撕纸时戴手套了吗？确定笔记本的封面上没有留下你的指纹吗？还有是你从王昭年的车里拿走他的行驶证的吧。你坐过牢，数据库里有你的指纹，现在已经和现场的指纹比对上了一个。”

"都是我做的，和我爸妈没有关系！"

"这话不要和我说，已经有警察等在门口了。"宋归宜摇头，"我还有一件事要问你，你这个工作是不是许竹月介绍的？你们彼此认识吧。"

李书文说道："这间酒吧就是她爸的。"

## 014

宋归宜找到许竹月时，正是学校的午休时间，她在准备周五班会的资料。宋归宜敲门，约她出去走走，许竹月低头默许了。办公楼里另一位老师以为他们是情侣，投来和善的眼光。

宋归宜和许竹月绕着教学楼走，这是私立学校，绿化布置得当，一条走廊上悬挂着紫藤，他们躲在淡紫色的阴影下，不时有学生欢快的吵闹声传来。宋归宜忽然意识到她是个娇小的女人，在他面前，像是某种易受伤害的小动物。他犹豫许久，终于说道："王昭年的死是你计划中的吧。"

许竹月说道："我不知道你在说什么。"

宋归宜轻叹一口气："不，你知道的。杀人的是李书典的家人，李书典当初被王昭年的勒索逼死了，她的母亲也有出庭，你显然认识他们一家，李书典的哥哥出狱后的工作也是你介绍的。王昭年出

073

狱后一直骚扰你，而且你发现他其实还有当初照片的备份，你担心你现在的生活再次被他毁掉，所以你把消息告诉了李家。李家已经下决心要杀掉王昭年了，多多少少也向你透露过一些，你也表示支持，所以我第一次来找你的时候，你对我说谎了。王昭年给你打过威胁电话，你不可能不知道他出狱了。"

一位学生走过来同许竹月打招呼，她微笑着回应他，又嘱咐他不要在走廊奔跑，以免摔倒。学生走后，她僵硬地转过身，换了一副面孔，冷淡道："我不知道你在说什么。不过这种社会败类要是死了，肯定是一件好事。你知道他对我做了什么吗？"

"现在每晚我都会做噩梦，梦到那时候那一幕。我真傻，当初为什么会喝他给我的水。我到现在都不敢和男人走太近，有人的手搭在我的肩膀上，我就想吐，谁给我的东西我都不敢吃。我那时候还没有毕业，学校封锁了这件事，但还是有人知道的。我谁都不敢相信了，只要有人看着我笑一笑，我就觉得他是在嘲笑我。有两个人凑在一起看手机，我就以为他们是在看我的照片。有一大半的我在那一天就已经死了，所以他死了我很高兴，这是他应得的。"

她瞪着宋归宜，恍惚间他像是看到了蔡照，旧日的亡魂冷冷审视着他。

"我不知道你是谁，但我觉得你毫无人性。侦探游戏是不是很好玩啊？在别人的痛苦之上逞英雄，你真厉害啊。你这辈子都不会懂我哪怕片刻的感受。"

"对不起，可是你这样……"

她打断他，带着挑衅的口吻说道："我不需要你道歉，也不需要你教训我。你要给我讲一些不要凝视深渊的大道理吗？我才是老师，不用你教我做人。"

"不，我没什么想说的。"

"那你有证据吗？有证据证明我和这件事有关系吗？单靠我给别人介绍工作就要定罪吗？"

"我没有证据。可是我要告诉你，李书文和你没有那么团结，我第一次为什么会来找你，就是在王昭年家里发现了你的照片，他明明去过现场，却没有拿走你的照片，就是想着事情败露了把嫌疑往你这里引。他现在被抓了，为了脱罪，也会反咬你。"

许竹月脸色微变，但依旧强撑气势："那又怎么样？他是和我说过他的杀人计划，我以为他是开玩笑。再说了，如果我给他介绍了一个工作，这样就算是罪，那坐牢的未免也太多了。再和你说一遍，等有证据了再来找我。"

"可是你就没有片刻的罪恶感吗？"

"为什么？知道他死了，我吃得好睡得着。人就是这样，有一刻我们会变成恶魔，然后这一刻过去了，我们就能继续生活。"许竹月抬手，推了推眼镜，面无表情道，"你还有事吗？"

"没有了。"

"那麻烦你让开，我还有事。"许竹月推开他，迅速擦了一下眼睛，像是抹去过往的不堪一般，头也不回地走了。

宋归宜之后从王帆那里知道了些补充细节。

李书典生前是个好女孩，父亲是驾校教练，母亲是看护，她考上大学后勤工俭学，补贴家用。她哥哥与父亲关系不好，偷窃入狱后，是她一直去探视他。这对兄妹在父母离婚后也常有联系，关系密切。李书文出狱时李书典已经死了，他们的母亲从卧室里找到妹妹给哥哥准备的接风礼物，是一个陶罐子，原本想用来放茶叶，最后却用来放了骨灰。这个破碎的家庭因为共同的伤痛又团结在一起。王昭年确实杀死了赵德海，这是他在被杀前坦白的，但是谋杀杀人犯并不能作为减刑依据。

这对所有人都不算个好结局。许竹月似乎全身而退了，但旧日的伤痛终究无法消除，她不过是用一种冷酷的方式逃过一劫。警察叫过她几次，她都咬死不认，仅凭李书文的口供，还不够告她是共犯。但她过去的事全部曝光了，只能从学校辞职。

黄宣仪逃过一劫，但她成了证人，需要上庭指认凶手，回忆他们是否就是当晚的客人。他们从可能感到绝望、被侮辱与身败名裂中救了她，她的回报则是送他们坐牢。

宋归宜找到了真相，不波折，不坎坷，也不有趣，顶多是让他对自己和他人又一次失望。


命运不过是给了他重蹈覆辙的机会。回到一年前，当初在车祸时，他选择救出那位女同学而不是蔡照。事后警察打捞出车辆，证明他是溺毙，可车祸发生时他还是活着的。这件事虽然以意外结案，但有人却不愿接受。蔡照的父母闹到学校来，质问宋归宜为什么不救自己儿子。他无言以对。

获救的女生也活在巨大的压力中，她当众承认，车祸发生后她还清醒着，左腿受伤了。她示意让宋归宜先去救蔡照，但他只是简短地回答道："他没救了。"

这话无疑是火上浇油。学校论坛中各种阴谋论疯传，有人猜测他是重色轻友，也有人说他是故意害死蔡照，他们虽是室友，但早有不和，甚至车祸可能也是他干扰驾驶所致。

宋归宜一时间成了名人，论坛因为他一夜间禁言了二十多个账号，走在路上人们都会对他发出嘘声。黎素就是这时出现的，兴高采烈地和他打招呼："你现在好出名啊，要不要和我一起吃饭。"

宋归宜倒是无所谓，和她去食堂吃饭。两个人在用餐高峰还能霸占一张桌子，其他人端着餐盘纷纷侧目。宋归宜喝着汤道："你挺无聊的。"

"为什么这么说？"

"你是因为所有人都怕我，所以才找上来，想显得自己很与众不同。"

黎素笑道："我不用显得与众不同，我本来就和别人不一样。我是真的对你很好奇。你为什么要救她？"

"你觉得原因是什么呢？"

"我觉得是一个笑话。一个热气球上坐着三个人，一位是世界上最伟大的医生，可以治疗癌症；一位是世界上最伟大的物理学家，可以破解宇宙的奥秘；一位是世界上最伟大的政治家，他可以维护世界和平。现在热气球有故障，要丢下去一个人减轻负担，应该丢哪个人？"

"应该丢那个最胖的。"宋归宜叹了口气，他知道黎素已经明白了，他没救蔡照的原因就是这个。蔡照太重，不方便带着他游上去。带那名女生获救的可能性更大，仅此而已。

黎素轻蔑道："聪明人总是会把复杂的事简单化，而蠢货总是会把简单的事复杂化。可惜这个世界上还是庸才多一点，好在你不是庸才。"

"所以你到底想说什么？"

"我想说我们恋爱吧。我很漂亮，也和你一样聪明，你不吃亏的。"

宋归宜瞪她，满脸不可思议，像是看到猛犸象复活："你有毛病吧，我上次按断的是你的肋骨，不是你的脑子吧。"

黎素不以为意，轻快道："再考虑一下吧，我家有 PS4，确认关系的话你可以来玩。"

"我家也有，我才不需要。"

"我家还有猫，听说你妈对猫毛过敏，你不能养。恋爱的话我的猫就是你的猫了，怎么样？"

"我考虑一下。"

于是他们就成了如今的关系。宋归宜想，如果是黎素的话，或许会把事情处理得高明些，不至于像现在这样满目狼藉。然后他从换下的裤子口袋里拿出纸片，黎素当初写的那张，里面有一句话："现场的三个人都有嫌疑，他们的位置正好构成一个无死角的包围圈。"

┌ 015 ┐➡

黎素猜对了很多事，但有一件事她猜错了，李仲平比她想象中的出身更差，也更努力。他家里没有医生和老师，他的父亲是卖保险的，母亲则是开水果店。她偷听到他带点哀求的口吻，让父母不要寄水果过来，并说可能回老家几天。

黎素的举报成功了，法国酒庄很重视这桩造假案，这周就会派代表来华调查。她到公司时，谣言的氛围已经升起，同事们看起来似乎各自在忙自己的事，但眼神却都不自觉乱瞟。黎素在洗手间时听到有人在说话，聊到李仲平，说他不知道怎么就突然要辞职，听声音是隔壁部门的 Kelly。

另一个声音说道："那 Joyce 估计危险了，他一直很看好她的。"

黎素露出一个无声的微笑，推开门走出去。上午十点，李仲平叫她去办公室，说自己最近两三天里要离职。

黎素问道："怎么这么突然？月底走的话还能交接一下。"

李仲平抬眼，想要一眼望穿她："你真的没听到什么风声吗？"

"有听到别人说你可能要走，不过没想到这么快。大家都在猜你要跳槽去哪里，所以到底是谁挖你？"

李仲平轻轻叹了口气："没有人挖我，我是要回老家去，我父亲突然病危了，我要马上回去照顾他。"

黎素故意说道："那你还不如把他接过来，这里医疗条件也好些，没必要走啊。"

李仲平苦笑着摇摇头："你还太年轻，很多事情你都不懂。算了，反正这些都是我的私事，It´s none of your business。"

他在试探她，黎素心知肚明。除了告知酒庄，她还将证据匿名发给了李仲平的竞争对手，对方显然做了些什么。周六李仲平带着她去鉴赏会，三天后就出事，由不得他不怀疑她。但她又太无辜了，眼神里片刻的茫然和不安都不像装的，她还有些天真，试探着问他的下家。

李仲平最后还是放过了黎素，礼节性地握手同她告别。他觉得她没有理由这样对自己，他们一向相处融洽，偶尔的风波是他轻蔑过她的男友，但谁又会为了这种小事大动干戈？

李仲平走了，他的逃离坐实了他诈骗罪的嫌疑。他要回老家避避风头，可能逃过一劫，但他多年的经营终究毁于一旦。黎素在握手时感觉到他的虚弱，冰凉无力的手上一层薄薄的汗，像是一个老人。他在失去权力后迅速枯萎了，这倒让黎素不那么讨厌他了。

冥冥中她醒悟了什么，她真正厌恶的不是李仲平，而是他的做派，是那种自以为高人一等便居高临下的傲慢。黎素也是一个傲慢的人，由此也更讨厌别人的傲慢。

她本以为喜欢上宋归宜是因为他们相似，其实是因为相反。他们都是聪明人，但黎素更有攻击性，她坚信不让别人冒犯自己的最好的方式是先冒犯别人，她的天赋又让她能轻易与人友好相处。

而宋归宜的天赋则让他游离于他人之外，整个人充满着忧郁感，对一切世俗的成功乃至于权力，他都不屑一顾。其实他本可以拥有光辉灿烂的人生，他英俊、聪明、细心，还有一个来头不小的女友，至少表面上对他很好，然而他都是不屑一顾的，拒绝让他不同寻常。李仲平或许曾在年轻时像宋归宜，年轻有能力，又心怀抱负，但宋归宜无论何时都不会像李仲平，他没有向上攀登的兴趣，也不想拥有权力。

这是真的了解他？黎素想着，她清楚没有人能真正理解另一个人，尤其是宋归宜这种聪明人，他时刻都在变化。沈墨若说他有精神分裂的前兆，但精神却比以前好了不少，不至于突然情绪崩溃。他现在就像是一个青春期太长的少年，性格的底色确定了，余下的时刻都在变化中。或许再过几年，他会成为黎素也感到惊讶的另一种人，到那时她对他的情感是否能始终如一？她也没把握，说到底他们也是普通人，也会两看生厌。

更详细的案情黎素一天后才知道，那个所谓的马来西亚富少Song Chen Mun，是个彻头彻尾的中国人，真名叫李海涛。在美国留学时认识了一个搞艺术品拍卖的朋友，他发现暴发户的钱很是好赚，就先在美国的华人葡萄酒界打出名号，抵押贷款五十万美金。在拍卖会上一掷千金，重金买好酒，再广发请帖开品酒会。不少红酒爱好者以为他是真名士自风流，就说一定要回请他，他装作盛情难却的样子，等回到中国，找到了李仲平在拍卖行牵线搭桥。每隔几个月就拍卖自己库存的红酒，名义上是酒庄的名酒，其实不过是他自己在家里用次一等的红酒调配出来的。这场诈骗案的获利已经高达五百万人民币，金额极高，是刑事犯罪，李海涛已经被拘留，李仲平则以诈骗罪被通缉，应该很快就会落网。事务所里一场小的人事斗争已经结束，李仲平的对手把自己的亲信提上来，顶了他的位子。

李仲平诈骗的事在事务所里已经传开了。茶水间有人当着黎素的面聊起，她就瞪大眼睛，惊诧道："真是没想到他竟然是这样的人。"

黎素本以为李仲平的事继父不会知道，但她低估了他的关系网。当天晚上，母亲就一通电话示意她回家吃饭。

黎素以为回家会挨一顿训，倒是意外逃过一劫。继父本来要回家吃饭，结果临时有事耽搁了，就打电话回来说不吃饭了。保姆做完饭就走了，家里只有黎素和母亲，一张餐桌上面对面坐着，却相顾无言。母亲催促着她多喝汤："你小时候最喜欢喝萝卜汤了，阿姨特意为你煮的，多喝一点。"

黎素满心的莫名其妙，她从来就不喜欢萝卜，吃完舌尖会发涩。可母亲的心中却有一种笃定，持之以恒编织着她想象中女儿的形象，乖巧听话却有主见，温柔善良易受伤害，喜欢喝萝卜汤，偏爱沈墨若而不是宋归宜。她也无话可说，只能一碗又一碗，低头喝汤。

饭后，黎素小坐了片刻就要走人，起身去拿包，却听到了钥匙开门的声音，继父回来了。他一挥手，示意黎素坐下："先别急着走，这是你自己家，别像客人一样拘束。"

黎素悻悻，像是逃课的学生碰见班主任，坐回沙发上，埋头吃果盘里的车厘子。她这一待就待到八点半。临走前继父随口问道："听说你实习的地方有个人卖假酒被通缉了，你知道这事吗？"

黎素敷衍道："听说过，不过我和他不太熟，具体不清楚。"

她开车回家时，九点已经过了，她有些散光，不太爱开夜路，好在顺顺利利开到了小区停车场，却见旁边站着两个人，身影看着很熟悉。

黎素一愣，车灯准确无误地勾勒出宋归宜的剪影，他正与黄宣仪抱在一起。

失 踪

# 七旬老人连环失踪案

第二案 CHAPTER 2

。001。

黎素在车里有些进退两难，如果贸然开车过去，会是面面相觑的尴尬，但现在倒车又像是欲盖弥彰。正犹豫间，宋归宜看到了她，愣了愣，下意识就把黄宣仪推开。许是灯影幢幢，黎素觉得他眼中也泛着水光。

黎素硬着头皮倒车，再和二人碰面时黄宣仪正与宋归宜拉拉扯扯。黄宣仪尴尬得想逃，宋归宜像抓猫一样一把提溜住她的后领口。

黎素哭笑不得，劝他松手，道："已经很晚了，你总要让她早点回家吧。"

黄宣仪张口想解释，黎素拍拍她的肩膀："不要紧，没事的，我能理解。你也不容易，但是宋归宜他也不容易，都多担待着点吧。"说着便给她叫了出租车，目送她上车。

黄宣仪走后，轮到宋归宜干巴巴地开口："你没有生气吧。"

黎素说道："我生气了，我生气的是你竟然觉得我会生气，你是把我想得太蠢了吗？"

宋归宜低头踢开一颗石子："我就是想一般人会生气而已。"

"那你觉得我是一般人吗？她过来和你诉苦了吧，去指认凶手对她压力很大吧。"

"差不多，她都不愿意出庭了，说不记得看到什么了。其实现在的证据已经够了，但是有个证人总是保险点。卷进这样的事，她的父母也挺责怪她的，然后她问我为什么要休学。"

"其实我已经和她说过原因了。"

宋归宜点头："估计她想听一个很光明正大的原因，我和她说哪有这么复杂，哪个方便选哪个。"

"他的死和你没有任何关系。"

宋归宜知道她存心安慰自己，苦笑着问："我一直很好奇，如果你是我，你会怎么处理这件事？"

"我刚才说过了啊，我一个都不会救，我会自己出去，然后作为受害者讲故事。你表现得太冷静了，像是个冷血杀手。"

"我觉得眼泪对事情不会有帮助。"

"多数人就是感情用事，他们就想看你痛哭流涕，懊悔不已，满足他们看戏的心情。我的话，会哭着说'我想拉蔡照，可是他被卡住了，他让我不要管他，去救那个女生，我本来想去拉她，可是她的腿受伤了，她用最后的力气和我摇摇头。我不明白这是什么意思，但我也没有别的办法，我完全拉不动她，只能先想着游出去再叫人'。就是这样，虽然人都死了，可是都留下一个好名声。蔡照的父母责怪你不是因为他们儿子死了，是他儿子死了，别人却活着，要是都死了，反而觉得公平了。"

"你果然比我更擅长这种事。刚才黄宣仪提到她的父母，我也想到我爸妈了。我蛮对不起他们的，他们因为我也受了很大压力，结果反而对我小心翼翼的，怕我受刺激。可是他们越小心，我越有压力，我总是不断让人失望。"

黎素轻轻抚摸着他的背，手指沿着脊柱一节节向下摸。他很瘦，又太高，像是在笼子里关了太久的嶙峋的饿兽："人的一生总是不断让人失望又带给人希望。你至少给我希望了，这就够了。"

宋归宜苦笑："我刚才说你不会安慰人，是我错了，看来你很擅长说套话。"

"我是认真的，别再有负罪感了，别再给自己压力，你不是圣徒，没有责任追究任何人。"

宋归宜靠在她怀里，很安静，只是用温热的呼吸拍打着她的后颈。半晌，黎素说道："你哭就算了，别在我衣服上擦鼻涕啊，我这件衬衫是真丝的。"

宋归宜猛地一抽鼻子："你不要胡说！我没哭，又不是小孩子！"然后他转身就去找纸巾。

这件事就算翻篇了。他们一起坐在沙发上看电视，心里却各有盘算，黎素说道："给你说件有趣的事，我爸的一个老朋友，七十岁的老头，和人私奔了。"

宋归宜随口问道："你确定这是私奔吗？"

"不确定，不过你可以去调查一下。我觉得会挺好玩的，我和你一起。"

宋归宜别过头："我觉得没什么意思，我才不要当夕阳红督察队。"宋归宜去黎素家吃过饭，见过她继父与母亲。

黎素跟着死去的父亲姓，她的继父叫陆涛，身后挂着一大堆荣誉称号，在外面谁都要敬他几分。宋归宜和陆涛就像是一对互看生厌的怨侣。陆涛评价宋归宜基本只有个人样，不知天高地厚，宋归宜则觉得他糟老头一个。说到底，他们都觉得对方傲慢。

黎素道："这件事说不定要比你想象中的还要有趣很多，而且有钱拿，失踪的人退休前是位大干部，退休金就比普通人工资高。"

"那这样有身份的人失踪，按理说警方应该关注一点啊。"

"线索不够关注也没有用啊。而且这人只有一个儿子，但并非亲生的，是收养的朋友的孩子。这个朋友救了他一命，自己却死了。他为了报答这恩情，就把他的儿子当作自己的儿子，宁愿和自己老婆不要孩子，也要把他培养成材。现在这个孩子是大学的副教授，也算是年轻有为。"

"父子间的关系怎么样？"

"还可以，我见过他们一次，不是特意说明的话没人知道他们是没有血缘关系的父子。不过这次失踪后，他儿子一开始没有报案，说父亲追求爱情是他的自由，作为子女没必要干涉他，是我继父要求他才报警的。"

宋归宜思索片刻，说道："那就有两种可能了，一种是这个儿子觉得他爸是真的没事，也懒得管他；另一种是儿子觉得他爸死了，想把事情偷偷藏过去。不过既然家属都不管，那我这个外人为什么要多管闲事呢？"

黎素笑道："我说了，因为有钱拿啊。我爸出了四万元委托你调查这件事，一半先作为定金，无论结果如何都是你的，如果顺利还能再加钱。"

"你继父为什么对这件事这么关注？只是因为他和失踪者是老朋友吗？"宋归宜轻哼一声，"而且我为什么要听他指挥？我是那种为了钱低头的人吗？"

"你不是吗？"

"好吧，我是。所以你爸什么时候给定金啊？"

・002・

宋归宜觉得这有点像是开卷考，资料和题目都清清楚楚摆在面前，剩下的就是搜索与思考。黎素向他转述了事情的完整经过。

失踪者叫霍劲松，七十三岁，独居。两年前雇用了一个保姆，每周一三五上门打扫，上周五晚上七点三十保姆同往常一样来到他家给他打扫卫生，结果发现房中空无一人。因为以前也有过这种情况，所以保姆起初以为他是出去散步了，便没有放在心上。料理完家务后，约是晚上八点三十，保姆留了一张纸条告知工作结束，就离开了。但到了周一，保姆上门时发现纸条还在原地，屋主也没有回来的迹象，于是她给霍东打了电话。

霍东下班后赶来，用钥匙打开了书房的锁，这里平时是不允许保姆进入的。书房里有一封霍劲松留下的信，说自己准备离开家一段时间。原版的信没有送来，但拍了一张照片。

信的内容很简单："小东，我不待在家里了，你对我不好，我要到外面去，和孙小妹在一起。我不回来了。"

信的最后有霍劲松的签名，霍东确认过是他父亲的字迹，这是专门设计过的，除非嫌疑人是个笔迹模仿大师，否则不会有作伪的可能，但不排除威胁和哄骗。毕竟一个年过七十的老人，在能提笔写字的情况下为什么要大费周章先在电脑上打一遍再打印出来，这显然是个更年轻的习惯。

不过霍东周四来看望过父亲，称他当时神色自若，完全不像是被胁迫。小区的监控视频也表明霍劲松完全是出于自愿，他在周五下午两点戴着帽子和口罩，拖着一个行李箱离开了小区，然后再也没有回来。据保安回忆，霍劲松当时裹得很严实，似乎不想让人认出他来，如果不是保安对他的外套有印象，可能也确实记不得他离开。

小区外面的马路并没有监控，保安当时也没有追问，便无从得知他去往何方。

宋归宜问道："这个孙小妹是谁？"

黎素说道："霍东说是霍劲松以前的看护。半年前霍劲松因心脏病住院，霍东没空全天照顾他，就给他找了一个姓孙的护工，五十多岁，两人关系不错，霍劲松就叫她孙小妹。"

宋归宜说道："那就很方便啊，既然知道是谁，那就顺着这条线索去找这个孙小妹。"

黎素耸耸肩："但问题是不知道这个人在哪儿。她是医院的临时护工，属于临时工，所以身份审核不严格，用的是假身份证，登记的名字孙秀华也是假名，她好几个月前就已经不干了。"

宋归宜皱眉，稍做思索："我觉得霍东很古怪，但先别打草惊蛇，那个保洁呢？可以联系到她吗？"

黎素笑道："我已经约她下午见面了。"

宋归宜不吭声，多少有些别扭，不甘心黎素先他一步，好像让她看低了。

霍家雇用的保姆叫白娟，五十三岁，她拘谨的做派、热情而近于谄媚的笑，以及朴素的装扮使她的过往经历几乎一目了然。初中学历，有一子，打过许多工，最后在保姆行当站稳脚，干活麻利，手脚勤快，嗓门洪亮，确信人生中没什么困难是吃一顿好的和美美睡一觉解决不了的。

黎素给她倒了一杯水，介绍道："这位是小宋，这位是白阿姨。现在委托小宋找一下人，所以有几个问题要问你。"

这是红脸白脸模式，黎素负责亲和，宋归宜则板起脸装凶，尽量冷淡道："你再说一下那天发生的事，从头到尾，你记得的都要说一下。"

白娟说的与霍东相近，她在周五发现家中没人，并没有放在心上。到了周一发现事有蹊跷，就打电话给霍东。霍东在半个小时后赶来，这期间白娟没有动任何东西。霍东回来后担心霍劲松昏倒在书房，就第一时间打开了书房的锁，发现了里面的信。

宋归宜问道："霍东开门的时候你在旁边吗？你是和他同时看到这封信的吗？还是他把信拿给你的？"

宋归宜觉得霍东有些反常，如果是真的担心父亲在书房昏倒，就应该第一时间让保姆砸门并叫救护车，他这样不慌不忙地过来开门，倒有可能是打印了一封信，支开旁人偷偷放在书房。

白娟说道："是一起开的门。"

这似乎稍稍洗去了些霍东疑似不孝子的嫌疑，宋归宜追问道："他们之前吵过架吗？"

"没见过吵架，小霍这个人蛮好的，平时待人都客客气气，老霍说什么，他都是'啊''是的'。"

"那看样子他们父子关系不错。"

"何止是不错，亲的父子都没这么好。一天晚上老霍要吃杨梅，那时候杨梅还没上市，而且外面雨下得很大，他也不管，一个电话打过去让儿子给他买。小霍还真的去找了，找了两三个钟头，给他买了过来，衣服都湿透了，真是孝顺啊。不过也是应该，毕竟不是亲生儿子，老霍为了他自己小孩都不生，就拿他当独苗苗，小霍要是不好好回报他，那也是太没良心了。"

宋归宜不搭腔，只眯起眼反问道："你在他们家也做了很久，他们为什么要把书房锁起来，你应该明白吧。"

白娟浑浊的眼珠转了转，脸色变了："你这什么意思，我手脚一直都很干净的，你问我以前做过的几家人家，都是说我很好的。"

"可是我怎么听霍东说你好像好奇心太重，喜欢听主人家的私房话。"

黎素装模作样来圆场："好了，你说话客气一点。"

宋归宜说道："我说的是实话，霍东亲口说她偷听他讲电话，还看他们的手机。"这话自然是假的，他只是要用激将法引得白娟多透露些。但这也并非信口胡说，她的好奇心确实过重，刚才黎素起身离开，宋归宜用余光扫到白娟在偷偷看桌上拆开的信，其实只是账单。

白娟脸涨成酱色，皱纹都绷得平整了，支支吾吾道："小霍他这个人不地道，我是从来不在别人背后说三道四的，可是他这样我就要直说了。又不是我要进书房，是小霍让我多照看点他老头子，那我就给他留心着。谁知道老霍发现了，小霍也装傻，结果还罚我的钱，虽然后面补上了，可我也没什么道理受委屈，要不是没找到下家，我也不想做了。"

"你是说是霍东让你进书房的，那你有看到什么东西吗？"

白娟嗤笑一声，道："老头子人老心不老，在外面找女朋友不想让儿子知道。好几次了，我看到他的汇款回执单，几万几万的转钱。"

"你怎么知道是他女朋友？"

"我不知道，小霍说的。钱汇到国外去了，汇款单上都是外文，他让我拍张照给他看，看完他就说这是老霍的一个女朋友。"

黎素故作诧异道："不会吧。"

"哪里不会啊。"白娟一把握住她的手，殷切道，"阿妹，你是不知道啊，这个老头子不正经的。他和前面一个看护还好过，叫什么孙阿妹的，我还见过两次，五十多岁，头发留得长长的，个子也不高，就是瘦瘦的。说到这个我就有气，我在他们家做得怎么样，他们心里都清楚的。老头子啊，上次从医院回来以后就挑三拣四的，说我这里弄得不好，那里不干净的，说要换人，其实就是要找他外面的女朋友。本来没这件事，我也不想做了，他们这家人啊，麻烦，事情特多。"

"你还知道这个孙小妹别的事吗？她是哪里人？"

白娟摇头："他们也没说，就有一次她上门，和老头子叽里呱啦说了一堆方言，我也听不懂，大概是他们家土话吧。"

宋归宜想起霍劲松是宁省人，那这个孙小妹和他应该是老乡。至此她的形象稍稍清晰了些：祖籍宁省，五十岁上下，身高在一米五八左右，偏瘦。

白娟继续道："要我说啊，他们家风水也不好。我在他们家做的时候，不知怎么搞的，头发掉很多，指甲也断了，心口也不舒服，去医院里看，说肝功能也不好，就是邪门，最近不做了，反而就没事了。要我说啊，老霍头把房子卖掉有道理的。"

"他要卖房子？卖给谁？为什么要卖？"

"这我不知道，就听他之前讲电话说了一句。主人家的事我也不能多问。"

桌上摆着些水果与瓜子，白娟一面嘟囔着："你们两个估计也吃不掉，坏掉了也怪可惜的。"一面极熟练地要了个塑料袋，打包带走许多。她走后，黎素便飞也似的起身，冲到厨房洗手。宋归宜听着水声，百感交集，默默叹息。

003

医院是个突破口，这个孙小妹既然能立刻上手做护工，说明之前至少有经验。只是市里的医院数量众多，一时间没有排查方向。定点排查是警方的工作方式，热心市民没有这样的精力与人力。

宋归宜问道："你爸到底想怎么样？他如果想知道霍劲松去了哪里其实很简单，他私奔之后应该会领退休金，等过几个月，找人查一下记录就可以。如果他担心霍劲松是遇到什么危险了，不是出于自愿离开，那我也有一个想法。对方应该不是初次犯案，我需要警方之前的失踪记录，你爸能帮我弄来吗？"

黎素笑道："你什么时候要？"

资料来得很快，宋归宜拿到的是一个整理后的表格，五年来本市六十岁以上失踪人口的简单统计。失踪率远超想象，光是去年就有三百个老人失踪，其中只有十分之一被找回。

宋归宜留心的是共通之处。男性失踪者、退休金较高、丧偶、有入院史，用这几个条件筛选，便又选出了一百多人。再从这一百多人的档案里找出有宁省籍贯的，又有十五人。至于这些人的住院史，则要再等上几天才能找齐。

线索到这里，暂且是断了。宋归宜回过神时，早已过了黄昏。他给家里捎了个电话，道："今天我就不回家了，在黎小姐家里住一夜。"

宋母顿了顿，似有笑意，道："你现在已经是大人了，很多事情我就不多问了，不过你们要做好安全措施啊。"

"你想多了，黎素家的水管爆了，我给她修水管而已。"


为了打发等待的时间，宋归宜转而搜索起了霍东。他对这个名字有印象，似乎引用过他的论文。从这个角度去找，果然发现了他的简历。宋归宜发现他有同名的微博账号，还是个义务科普博主，主页里除了答疑解惑，还热衷于转发猫咪动图。单就网上的言论来看，霍东是个脾气很好的知识分子，无论旁人怎样在评论区无理取闹，他都能很客气地回复。

晚饭时，宋归宜将这个发现告诉黎素，她的神色也显出复杂，说道："我和霍东没深交，但知道他的一件事，他给我的印象不错。"

"是什么事？"

"他在资助贫困学生，已经有几年了，而且是私下里，后来被学校的同事知道，他还说不要声张。这事常被他爸拿来打趣，说不知道还以为他在外面包女人了。"

"为什么不想声张？"

"霍东说他会觉得尴尬。他说行善最好的回报就是行善本身，一旦从中获利，就会影响初衷。"

"他似乎是个很理想主义的人。就算不是因为失踪案，我觉得有机会也要见他一面。"

黎素不答话，反倒玩味地笑望他，问道："你今天是要在我这里过夜吗？"

宋归宜不搭腔，反问道："该不会我在你家，你睡不着吧？"

"谁知道呢，有可能吧。你有什么建议吗？"

宋归宜转身脱掉外套，去抽屉里拿出一盒扑克，道："那简单，我们玩斗地主吧，玩累了早点睡，不过输了要请吃饭。"

黎素愣了一下，说道："那你可要让着我点，我不太会玩牌。"

宋归宜道："看情况吧。"


所谓的看情况就是宋归宜连输了三局，连下周的晚饭都要请客。他觉得不对劲，问道："你怎么一直这么顺？"

黎素一脸无辜地摊手："没办法，我运气好吧。"

"不对，你是不是出千啊。"宋归宜让她站起身，把她身上所有的衣兜都翻遍了，也没找到牌。他依旧不相信，又把牌摊开数，也是一张不缺一张不多。

094

黎素故作委屈道："你这样冤枉我，我可是很难过的。"

"不，你就是出千了。"宋归宜拿出一张牌，翻转过来，正面不同花色的牌背面的印花是不同的，但是差异很小，不细看不会发现。

"这么快就发现了。"黎素笑得前俯后仰，道，"牌是你自己选的，可怪不了我。"

"你的东西和你一样坏。"宋归宜把牌一丢，过了一会儿又抱着猫对黎素发难，"你看，你不要一直摸我的猫，它的头都被你摸平了。"

"它的头本来就是平的，再说它喜欢被摸。"黎素接过猫，放在腿上，手重重地在猫头顶摸了两下，然后把手自然地放在猫的两个耳朵之间，那里平坦得很符合人体工学。猫倒是不介意，很自在地睡在她腿上。

宋归宜只觉得连猫都排挤他，他得了个没趣，便回房睡觉。可一熄灯，足有一个连队的蚊子在他耳边开演奏会，猫又乐于慰问他，饶有兴致地咬他的脚。宋归宜心烦意乱，索性爬起身开灯，一手捞过猫，重看手边的照片。

天可怜见，他手边的东西连线索都算不上。他没办法去现场，连监控都看不到，只能根据第三方叙述来分析，他能拿到的只有三张照片，第一张是霍老头子留下的那封信，然后就是书房和客厅的照片。保洁说，现场没有被动过，保持着最初发现时的状态。

照片是用手机拍的，书房的布置很简单，桌上有电脑，旁边是烟灰缸，里面有好几个没倒掉的烟头。书桌旁是打印机，靠墙是一面书柜，没有完全入镜。在对面有一个树枝外观的挂衣架，最顶上是一个帽子。

显然衣架没什么大用处，多数衣服还是挂在椅背上。宋归宜忽得灵光乍现，发现了一处疑点。衣架上的帽子放得太高了，这个衣架几乎有两米，如果要把帽子放在顶上，至少是一个身高一米八的人，霍家父子应该没那么高。宋归宜有亲身体会，一米八以上，坐高也不低，想要坐得舒服，椅子就要调低。但照片中书房的桌椅组合还是正常配置，黎素之前也提过，霍东比宋归宜矮上不少。

既然这样，当时应该还有一个人在。有一个高个子的人待在书房里，把帽子放在衣架上，然后离开。那人和霍劲松在一起，可能是最后见过他的人，也可能是一个潜在的嫌疑犯。

在宋归宜印象中，有这么高个子的人只有一个。那天他去黎素家吃饭，第一眼看到陆涛，就惊讶于他高大的身形。他那时还感到疑惑，为什么黎素没有遗传到这身高，后来才知道那是她继父。

。004。

第二天宋归宜起得很早，五点就起床做早餐，田螺姑娘似的。到了六点他又打开房门放出猫，放任它去骚扰黎素。

黎素睡眼惺忪中被猫舔醒，闭着眼睛就把它往被窝拉。宋归宜过去看她，见她把被子拉过头顶负隅顽抗，只觉得好笑，又想到黎素赖床，自己不赖床，胜过她一些，很有些得意。

宋归宜上前把她摇醒，黎素只往被子里钻，他不敢掀被子，就揪她的衣领，道："你醒一醒，我有要紧事和你说，你爸戴帽子吗？"

"戴啊，怎么了？"她仍睡眼蒙眬着。

宋归宜便把照片拿给她看，又将昨晚的结论仔细同她说了。黎素彻底清醒了，点点头，说道："我知道了，你先出去吧。"

宋归宜便带上门离开，去客厅料理猫的事务了。等喂完猫，他仍旧不见黎素出来，疑心她又睡过去了，便去卧室看她。一推门就

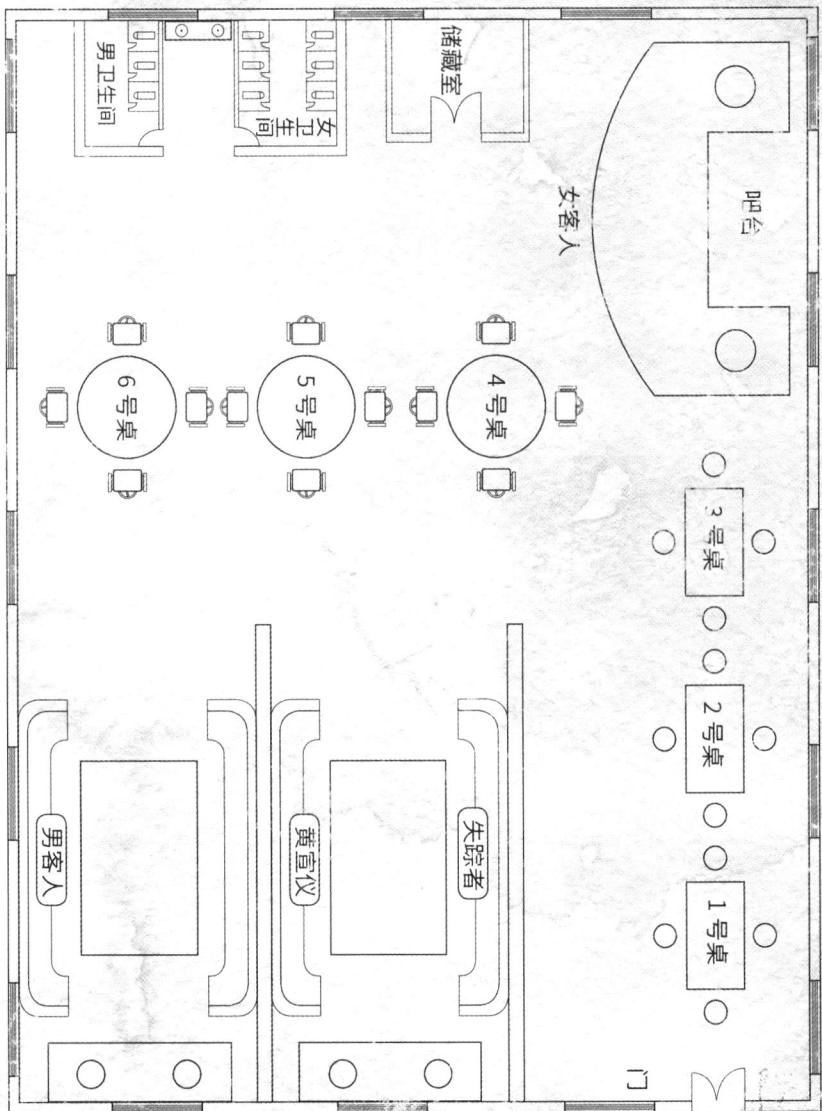

男卫生间

女卫生间

储藏室

女客人

吧台

6号桌

5号桌

4号桌

3号桌

2号桌

1号桌

男客人

黄宫仪

失踪者

门

|  | 周一 | 周二 | 周三 |
|---|---|---|---|
| 8:00 - 9:00 | 早餐，订美术馆的门票 | 早餐 | 早餐 |
| 9:00 - 10:00 | 继续调查 | 准备给M的礼物，给妻子准备礼物，别忘记鲜花 | 和张约会，事先别告诉她，给她一个惊喜 |
| 10:00 - 11:00 | 给父母买礼物，给王买礼物，给M买礼物 | 去公司找M | 和张约会吃午餐 |
| 11:00 - 12:00 | 午餐 | 和M吃午餐 | |
| 12:00 - 13:00 | | | 别忘记换一身衣服 |
| 13:00 - 14:00 | 与白见面 | 与吴见面，约会。这次碰面的时间长一点，以免她起疑心 | 和胡见面，约会 |
| 14:00 - 15:00 | 保养车 | | |
| 15:00 - 16:00 | 与王见面约会 | | |
| 16:00 - 17:00 | 与王吃晚餐，礼物要藏起来给她惊喜 | 回家看望妻子 | 回M家，记得给她带宵夜 |
| 17:00 - 18:00 | | | |
| 18:00 - 19:00 | 回到M家，记得先换衣服，以免有香水味 | 回M家 | 和王聊天 |
| 19:00 - 20:00 | 记得睡前和王说晚安 | 和张聊天 | |

# 的日程安排

| 周四 | 周五 | 周六 | 周日 |
|---|---|---|---|
| 早餐 | 早餐（少吃点，路上早点出门，可能堵） | | 早餐 |
| 给爸妈配药，回家提醒妻子拿体检报告 ☆ | 超市采购，多买肉，卫生纸，蔬菜水果 | M 搞派对 | 看父母 |
| 给家里买菜，记得和妻说，不要重复买菜 | 别忘了给白订生日蛋糕（生日当天再告诉她） | | |
| | | | 和妻吃干饭 |
| 午睡休息 | | | |
| | 取车 | 和玉去游乐园玩 | |
| 健身 | | | 给白送蛋糕，参加生日会 |
| 看展览，拍照，记得发给胡、玉 | 回 M 家，布置派对用品 | | |
| 回 M 家，可以和她以展览当话题 | | | 回家陪妻 |
| 和胡、玉聊天 | 和白聊天 | 和胡打电话聊一会儿，张，白网聊即可 | |

撞见黎素赤裸的背，她只穿了内衣，正盘腿坐在床上抽烟。宋归宜惊得目瞪口呆，想叫她把衣服穿上，可话未出口就想起这里是黎素的家，她自有一切自由，她就是愿意头朝下用手走路，宋归宜也无可指摘。

黎素显然是有心事，愣愣望着一缕腾起的白烟。此刻看她的反应，应该是对此事不知情。

宋归宜喊她："出来吃早饭吧，我给你烤了吐司配煎蛋。"

黎素在开车的路上险些闯了红灯，她有些心不在焉，埋怨自己粗心大意。许多事她早该想到，毕竟她的继父从不是个爱多管闲事的人。

陆涛究竟是个怎么样的人，黎素说不清楚，他们关系并不好。她觉得他想当五十年代海报里涂着红脸蛋的道德标兵，要当庙里供奉着的泥塑，他想让人挑不出错。他与黎素的母亲都是二婚，各自带了一个孩子。黎素原本有个小她一岁的弟弟，但是十岁那年他失足从楼上掉下去摔死了。就是这样，陆涛也没有要求黎素改姓。

多年的婚姻下来，他对妻子早就没有了感情，一天说话不超过十句，但他不离婚，也不在外厮混。每次被同僚夸奖他是个好丈夫，他就笑得合不拢嘴。他对黎素也毫无感情，但即使如此也要维护一个好继父应有的名声。他不同意黎素和宋归宜交往，也是出于同样的缘由，害怕别人说他不是亲生的女儿就对她不上心。黎素觉得他是个赑屃，是一只乌龟背负着道德的碑爬行。

他将一切道德的标准扩展到周围人。黎素在读书时的人缘不算好，她每把一位朋友带回家，便会遭遇极严格的审查。吃相太差的，不行；说话爱插嘴的，不行；性格疯疯癫癫的，不行。她像是高塔公主，需要和一切堕落的干扰相隔绝。当然，她也不能说继父有任何错，论迹不论心，他确实是个世俗意义上的大好人了。

黎素回家吃了晚饭。家里还是老样子，保姆在料理家务，母亲在织毛衣，一双黯淡的眼睛扫过来，说道："你回来了啊。"

然后便没有多余的话，他们是生活在水中的一家，各自蜷缩在泡泡里，有着透明的隔膜。母亲的听力不太行了，电视的声音开得很大，一个喜气洋洋的声音跳出来："你们一家还是模范家庭呢。"

继父今晚没有应酬，整点到家。见到她回来神色也是淡的，"嗯"了一声便示意其他人上桌吃饭。一坐定，继父就说道："你实习的地方那个卖假酒潜逃的人，已经被抓到了。"

黎素低头喝汤，头也不抬："是吗，挺好的，法网恢恢，疏而不漏。"

"我刚听说了一些细节，他这桩案子是被人举报才闹大的，应该就是你实习地方的人，你和这人熟悉吗？"

"不熟。"

"那我怎么听说他请你去过什么品酒会？"

黎素平静道："他对年轻实习生都这样，熟人反而不带去了。"

继父不搭腔，只是斜睨了她一眼，淡淡道："最好是这样。"

黎素岔开话题道："爸，你之前让宋归宜调查的事有点门路了，饭后我同你说吧。"

终于有了个可插嘴的话题，母亲即刻接口道："宋归宜就是你上次叫过来吃饭的那个吧，你们最近怎么样了？"

黎素笑道："就那样啊，男女朋友关系，他有空就过来看看。"

母亲不赞同地一瞥："你自己的事我不会多管，可是他这个人看起来奇奇怪怪的。他是搞艺术的吧？这种人最会花言巧语，你要记得留个心眼，别太心软。"

"你想多了。"继父近于斥责般打断道，"她没你想得那么蠢，很多时候我还担心她太聪明了，聪明反被聪明误。"

黎素低头微笑，不置可否。

饭后黎素去书房找他，继父坐在书桌后面，前面摆了把椅子，黎素坐下，两人面对面互望，情形无限接近于审问。

继父先发制人，一副居高临下的姿态："是小宋有事让你来问我吧？"

黎素说道："是也不是，他和我说了一些事，我想来问您。霍劲松的书房里有您的帽子，我还能认出来是我妈前两年送的。我没有看监控，但是估计您是周三和他见的面，我记得那天晚上您没回来吃饭。"

"你怀疑我？"

黎素笑道："那自然是不敢。只是这个案子还没什么线索，您既然委托宋归宜帮着看看，如果之前有忘记的事，那不妨说一下。"

"我这一辈子行得正，坐得端，还不用让个毛头小子玩过家家来问我话。"陆涛的眼睛沉下来，叹了口气，"看来他对你的影响很坏啊。"

黎素笑道："这么容易被别人影响的话，那您未免也太看低我了。我只是单纯好奇，霍老师退休也有一段时间了，您有什么话突然要和他说？"

"这件事我本来不想说的，因为是别人家的私事，但摊开了说，我也是光明正大的。霍劲松要把那套房子卖掉，问我能不能找个人接手，比市面价低个七八十万他也同意，但最好月底就能找到买家。"

"这件事他有和儿子商量过吗？"

"这我不知道，我说了是私事。"

"那您为什么对这件事这么关注？"

陆涛稍稍迟疑了一下，说道："他那套房子地段还可以，我想接下来。"

黎素要掐着自己的手背才能忍住不笑出声，难怪继父这么热心，他面上再怎么端着圣人做派，私心总还是丝丝缕缕透出来。

陆涛道："你妈有一句话说得对，你不要和宋归宜走太近。他这个人不行，从这件事的调查上已经可以看出来了。"他咳嗽两声，鼻子里哼出一声气，"他这样的人我见多了，急躁贪功，自以为是，仗着有一点小聪明就觉得自己了不起了，总想做一个大案子。"

黎素说道："我明白了，你找宋归宜调查这件事，不是想找到人，而是想看着他失败。"

"我这是为了你好，他这个人不行，以后不能护着你。你不是我亲生的孩子，要是不帮你看着点，别人还觉得我怎么苛待你。"

黎素假笑道："怎么会呢，大家都知道您的为人。"

## 005。

黎素原本准备在家里住下，洗澡前却忽然收到宋归宜的消息，说有了新线索。她只犹豫片刻，就驱车往回赶。

宋归宜拿到了医疗记录，在先前的十五人中，有八人都在市第三人民医院就诊过，而且就医时间不重合。

宋归宜根据入院时间和失踪时间整理了一张表，黎素一到家，他便得意扬扬地炫耀成果："从每个人的入院时间及失踪时间来看，有七个人可能是受害者。他们都是入院后四个月就失踪了，那个孙小妹可能之前就是市第三人民医院的看护，会在病人中寻找下手对象，通过老乡的身份攀关系，最后把人带走。"

黎素道："所以你是准备去医院问出她的真实身份？"

"对，你要和我一起去吗？"

"好啊，反正我明天没有事。"

片刻犹豫后，宋归宜问道："今天你去问了你继父吗？"

黎素点头，道："是他的帽子，他也没有否认，他说他是周三见到的霍劲松，聊的是卖房的事。霍劲松准备把现在住的这套房子卖了，并且这事很可能没和儿子商量过。"

宋归宜微微皱眉道："根据现有的线索，霍劲松给一个女人汇款，可能是他的旧情人，还准备卖房，有可能也是和这个女人有关。霍东是养子，可能因为财产纠纷就谋害了他。你怎么看？"

"证据说话，我会和你一起，要错我们一起错，那也没什么大不了的。排除一切错误答案，反倒让真相更清晰。"

在医院的调查比想象中顺利，拿手边孙小妹的信息去问护士，有人记得去年走了一个条件相近的看护，一米五八，说话带宁省口音，平时沉默寡言，手脚很利落，名字叫赵玉珍，人事档案里也有她身份证的存档。

有了身份证，便能去派出所查出入信息。接到电话时，王帆故意调侃他道："帮你是可以，但是你至少要说个谢谢吧。"

宋归宜懒得理他，只说道："麻烦帮忙查一下，我很感谢。"

"怎么说得这么勉强啊，不是有人用枪指着你的头啊？"

"拜托了啊。"

王帆轻笑道："成，这事不难，不过我现在在外面，等回去了尽快给你搞定。"


王帆的尽快略有些迟了，宋归宜做了半天家务，吃了一个西瓜，仔细重看了手边的照片，等到黄昏将近，才接到王帆的电话。

宋归宜忍不住抱怨道："有点慢啊，是拨号上网吗？"

王帆回呛道："求人办事还这态度，你小子真是比大爷还大爷。

人给你找到了，按道理公民的身份资料不能对外公布的，我就给你口述一下情况。"

"好。"

"赵玉珍，女，今年五十八岁，初中学历，离异，不是本市人，这几年基本做的是保姆和护工的工作。"

"有她在宾馆或旅店住宿的记录吗？"

"有，只要是有身份证登记的，系统都有记录的，不过没有全国联网，我这里只有周边城市的记录，而且只有近五年的。她五年前在邻省的一个三星级宾馆住了两天，然后又去了一家小宾馆。这两年没有记录。"

"有她近期买机票和火车票的记录吗？"

"没有。"

"能传给我一张她清晰的照片吗？"

"可以。"

"那我之前传给你的八个人，有他们在失踪后有购买车票或者住宿的记录吗？"

"有两个有买过高铁票，也是去邻省。"

"按理说他们是失踪人口，在失踪后还有购票记录，你们不会起疑吗？"

"家人没有报案，我们也没办法入库追踪。"


宋归宜把照片打印出来，还有宾馆的详细地址。是一家小旅馆，从地图上看，位于城郊接合部，周围基本是村子和待拆的自建房。

赵玉珍为什么会去这种地方？她老家虽然在这个省市，但登记的住址和宾馆差了半个省。根据赵玉珍的同事回忆，她平时是个节俭的人，常把早饭吃剩下的冷馒头蘸酱油当午饭继续吃。如果没有特别的目的，她不会花钱住宾馆。这里可能是她带走了老人后将他们安置的地方，作为一个中转站，然后再进行后续处理。至于她从前年开始便不再住了，也许是店家起了疑心，也可能是她找到了一个免于登记的新场所。

宋归宜问道："明天是周末，你有空吗？陪我去外省逛一圈。"

黎素笑道："我要考虑一下，因为从经验看，你让我去的地方一定很破。"

宋归宜耸耸肩，声音听起来也不是太肯定："往积极的地方想嘛，说不定有意外之喜。"

### ·006·

意外之喜就是宾馆里可以洗热水澡。但在此之前，他们颇受了一番折磨，刚从高铁下来，外面就开始下雨。他们先去了那家三星级酒店，并无特殊之处，只是在位置上比较便利，临近地铁与公交站。

之后他们去找那家偏僻的旅店，虽然叫了出租车，司机却根本找不到路，不耐烦地把他们在附近放下。

于是他们冒着雨走了快半小时，才终于到了宾馆。这是一栋两层高的灰白色小楼，隐没在雨雾中很不起眼。宋归宜走近才看到头顶半旧的旅馆招牌。他推门而入，一个中年男人正在前台嗑瓜子，百无聊赖地瞥了他一眼。

男人问道："要开房吗？"

宋归宜道："这里有热水吗？"他刚站定，身下就滴滴答答积了一片水洼。

男人笑笑，瓜子皮吐在一旁："你以为这是在深山老林啊？当然有了，热水器、空调都有，Wi-Fi 密码看墙上，要洗衣服的话有投币洗衣机。"

宋归宜佯装没听清，只忙着拧干 T 恤下摆的水："开两间房。顺带问一下，你对这个人有印象吗？"他从包里拿出赵玉珍的照片，两根手指夹着，水从照片上淌下。

"没见过。"店主扫了一眼，摇头道。

宾馆房间还算干净，黎素洗了澡，把袜子晾在洗手间，窗外的雨并没有要停的意思。

她没有带睡衣，宋归宜慷慨地借了她一件 T 恤，下摆垂到大腿根，下身穿一条牛仔裤，脚踩拖鞋，很有吉卜赛风情。

她坐在床上吸烟，多少有些疑惑。这一带挺偏僻的，不像有多少人会来住店的样子，也不知老板是如何盈利的，她觉得自己兴许要被当成肥羊，被狠狠敲一笔。她也没带太多现金，希望付钱时可以刷卡。

他们的晚饭在宾馆吃的，店主提供盒饭，在房钱里一并结算，他还连带着自吹自卖道："多吃点，我们这里的菜是自己种的。"他指着一楼外面的一块空地，其中一小片被划出来种菜，也种花，很是欣欣向荣。

黎素全无胃口，宋归宜倒是就着矿泉水吃了大半，黎素感叹于他猪一样的好胃口。他以前厌食了大半年，这么一看心理治疗显然还是有效的。

晚饭后的闲聊时间，宾馆老板问他们过来做什么。宋归宜面不改色扯了慌："我们来找我们的爷爷，他半年前离家出走了。本来以为是自己走丢了，现在看倒像是被人拐走了。"

宾馆老板不解道："半年前的事，现在过来做什么？"

"因为上个礼拜正好从老房子里找到老人写过的日记，有说要和人到这里来。"他从口袋里掏出照片，是先前一个失踪者的，"看你这里客人都没几个，不知道老板你对他有印象吗？"

老板摇头道："这宾馆我刚从别人那里接手，才几个月。"

之后又说了点闲话宋归宜他俩就各自回房间了。黎素躺到床上，担心有跳蚤，掀开床垫仔仔细细检查了一番，虫子没发现，倒是地上有一抹银光闪过，显然是保洁工作时的疏忽，是之前客人留下的东西。

她弯腰从床下拾起，是一把特别的勺子，勺子的头是九十度弯折的。她觉得古怪，一时间弄不清用途，上网搜索后心猛地沉了沉。

这把勺子是专门为老人设计的，弯折的勺子头便于看护给老人喂食。黎素走到窗边俯瞰一楼的那片空地，花与叶繁茂依旧，刚下过雨，油亮的一片绿，却在夜里莫名透着森然。

她早该想到，这里太偏僻，很难成为一个中转站，更像是终点，这倒能解释先前许多疑点。

如何安置被带走的受害者？如何处理尸体？还有为什么赵玉珍近几年没有任何住宿记录？因为她找到了同谋。

黎素盯着墙，眼神发冷。房间里有一个挂钩，一进门她就觉得位置古怪。通常挂钩应该安在门口，或者是角落些的地方，这一个却是正对着床，像一只审视的眼睛。她上前粗暴地把挂钩扯下来拆掉，里面露出几根电线，果然是个针孔摄像头。

事情兴许有两种可能。较好的一种，这家宾馆的老板只是个单纯的变态，想要下作地拍摄些私密桥段。更坏的一种，这些摄像头是用来监视房里的老人们，控制他们的行动，避免他们向外求助。

黎素急忙将门反锁上，又用椅子抵住门，才去给宋归宜打电话。她的手抖了一下，一开始没成功解锁，这才发现自己比想象中慌乱。

在绝对的暴力前，她惯常的心机与筹谋是不奏效的。她深深呼出一口气，镇定心神，终于拨通了宋归宜的电话。

第一通电话没打通，黎素的心沉了沉，毕竟宋归宜吃了宾馆老板提供的饭。于是她的脑海中出现了毒药与一具抽搐的尸体，她摇摇头，不愿再去想，可能宋归宜只是睡着了，他本来就不是个爱接电话的人。

重拨键按下去，一个沉重的呼吸间，电话通了，另一头响起了宋归宜的声音，略带些茫然，他轻轻问道："怎么了，你没事吧？"

话音未落，黎素便听到另一头重物敲击的声音，紧接着是忙音。倏忽而至的不安占据了她的心，像是有所应和般，她听到了用门卡开门的声音，而这人显然不会是宋归宜。门锁开了，但门被椅子抵住了，第一下没有推开，只拉开一条缝，一只手从门缝中猛地伸出来，碰到了黎素的衣摆。她面无表情地踹向房门，狠狠夹住了对方的手。

门后传来一声哀号和带着土话的几句咒骂声，紧接着是撞门的声音。黎素知道马上就抵挡不住了，她转头搜寻房间，仅剩的家具还有柜子与床，她都没法靠自己搬过来。房间在二楼，一楼的阳台没封死，她冲到床边想把床单撕开，系成绳子荡下去，这是消防演习中学到的一招。但是时间来不及，入侵者比火势更急。

宾馆老板撞开门冲进来，扑向黎素，揪着她的衣领，用手肘勒住她的脖子，将她强压在墙上。她来不及说话或尖叫，心狂跳不止，只觉得呼吸困难。她艰难地张张嘴，意识模糊前，余光瞥见宋归宜满脸是血地冲进来。

她脖子上一松，紧接着就是一声闷响。宋归宜从后面抓住宾馆老板的衣领，把他从黎素身上拉开，拽到眼前，朝着他的脸就是一拳。这一拳只打青了宾馆老板一只眼。他手里有刀，一反手，他就握紧匕首刺向宋归宜。宋归宜下意识用手臂去挡，顿时血扑簌簌直下。

106

可宋归宜只扫上一眼，连痛呼都省却了，直接反扣住宾馆老板持刀的手腕，往他身后扭，一脚踹向他膝盖，强压着他跪下。

宋归宜解开皮带，干净利落地把他的手腕反绑在身后，又用胶带捆住他的腿。黎素沉默着上前，匆忙剪开衬衫的袖子，给他包扎："你的表情……"

宋归宜闻言也是一愣，猛地抬起头，望着玻璃上的反光，映出全然陌生的一张脸，以及一个不似劫后余生的笑。他这才想起自己诊断书上的结论：有间断性的暴力倾向，不排除有幻听幻觉的可能。

他冷静下来，瞥见黎素脖子上掐痕，想去拍她肩膀，可手指上也是血，试探着的手便又缩了回来。抽动伤口，他这才感觉到了痛，狂喜的浪潮过去了，他整个人都痛。黎素打电话时对方正好闯进来，对着他后脑勺就是一下。还好他的头够硬，然而他的手机飞出去了，他刚修好的手机屏幕又碎了。

宋归宜刚想问黎素有没有事，就看到她脸色一白，扶着桌子倒了下去。他搀扶住她，想起黎素有心脏病，经不起这样的大刺激。好在她还有意识，宋归宜搂着她坐下，又把手伸到她上衣里解开内衣扣子，帮助她呼吸。

宋归宜急切道："你带药了吗？"

黎素摇头道："没有，我一般不吃药，多休息就好。这次是受了些惊吓，缓一缓就好。"

"这次是我不好，不会有下次了。"宋归宜扶着她靠在自己怀里。

007

黎素恢复过来后，他们立刻报了警，同时宾馆里的帮工听到动

107

静赶来了，他对老板的真面目全不知情，见宋归宜满脸是血，冲出来要追他，又见黎素沉着脸一声不吭地拿着铲子挖着菜地，误以为碰上抢劫犯，不听解释，疯也似的逃跑了。

赶来出警的是地方派出所，他们接到了两次报案，一次说是在宾馆里发现尸体，另一次说看见一对老练的雌雄大盗在宾馆杀人越货。

这倒也怪不得旁人，警方刚来时，黎素正好脸上有血，拿着铲子，气喘吁吁地站在土里露出来的人骨旁。宋归宜则浑身是血，用胶布给宾馆老板嘴上绕了两圈。好在黎素开了录音笔，在宋归宜审问宾馆老板时录下了全程，也就免去了许多麻烦。

之后经过交涉、调查、问询和一系列的交接手续，到第二天中午，黎素被继父亲自接走了。他的脸色喜怒难辨，只是沉默不语。黎素也懒得试探他，打了个哈欠，问道："宋归宜怎么样了？"

"缝了两针，有点脑震荡，还在医院里。"

黎素精疲力尽了，茫然地点了点头，就坐车回去洗澡了。她在家里睡了一天，之后又接受了几次问询。又过了一周，案子的调查已经有了结果，黎素可以去看望宋归宜了，医院里王帆也在，难得见他穿着制服。

王帆见黎素走进病房，严肃道："正好你也在，那我和你们说一下这次的事情。具体的办案过程是不会和你们说的，这是规定，不过你们也不用担心，没有做的事情也不会冤枉你们。这件案子组织上很重视，成立了专案组，定性为'7·21连环杀人案'。对你们揭露这个案子，勇于和犯罪分子搏斗的精神还是表示肯定的。"

黎素见他一本正经打官腔就想笑，强忍着笑意点点头说道："好的。"

王帆继续道："宋归宜同学这次把对方骨头打断了，属于正当防卫，可也有点防卫过当了。还有就是你们贸然闯入这种地方，是非常冒失的行为。下次你们还是要先通知公安机构，不要自己胡来。"

宋归宜躺在床上，脑袋上还有绷带，虚弱道："这样有钱拿吗？"

"这当然是没有的，见义勇为，要是说钱那太俗了。不过有锦旗给你们，已经去订制了。"

宋归宜抢先道："把锦旗送去她家好了，我不用了。"

黎素闻言急忙摆手："不客气，放他那里就好。"

王帆笑道："这就不用谦让了，你们都有份。"

宋归宜无可奈何地捏住鼻梁："我不是这个意思，我是说锦旗太丑了。"

"这叫什么话，组织上给予的肯定怎么能说丑。再说了，金色红色的，多喜庆啊，你一个学计算机的，以后也就是程序员同志，本来也就是穿格子衬衫的审美水平，就不要挑三拣四了。"

宋归宜苦笑道："那谢谢了。"

王帆收敛了笑意，极为郑重地说道："不，这次是我们应该谢谢你。怎么说呢，这种事说到底还是我们的责任，如果不是你发现，可能还会有更多受害者，这点上还是要感谢你的付出。不过说真的，你什么体质啊，都两起了，你一接手失踪案就变成凶杀案。"

"和我没关系，失踪案本来就有可能是谋杀案，只是很多都不了了之了。"

王帆板起脸："你这话有点没意思了，不要得意忘形。"

"你误会了，我没有不尊重你们的意思。你就当我是个倒霉人吧，所以总是会遇到一些倒霉事。"

"你小子比以前会说话了，不错。"他笑笑，又对宋归宜说了些好好养病的话，就一拍他肩膀，意味深长地对黎素笑道，"那我就不打扰你们了。"

黎素这才后知后觉，她和宋归宜这次遇袭，把事情闹大了，倒让一件事广而告之了：他们两个孤男寡女，周末去荒郊野岭开了房，她还穿着宋归宜的衣服。黎素顿时觉得冤枉，他们还算清清白白，怎么就无端担了个虚名。

黎素低头看宋归宜，他的脑袋绑得像个网兜里的苹果。为了方便包扎，他的头发剪短了，胡子倒是留出来些，整张脸脏兮兮又委屈巴巴的，想起他那个晚上野兽似的凶悍面孔，像是完全换了一个人。

黎素笑起来，宋归宜看着她，也跟着笑："忘了和你说了，不好意思。"

"为了什么？"黎素一愣，倒不是装傻，是真不明所以。

"为了很多事，王帆刚才说得对，是我莽撞了，让你遇到危险。"宋归宜偷偷看了看她脖子上的瘀痕，"你有什么想问吗？"

黎素转了转眼睛："你一开始就知道这间旅馆有问题？"

宋归宜点头："考虑到旅馆的位置，肯定在整个计划中是一个重要的据点，既可以安置老人，暂时消除他们的戒心，也可以避免他们逃走或者求救。但我当时并不确定旅馆老板有问题，不过到了那里，基本可以确定了。这个宾馆基本没有人住，但二楼的两个房间特别干净，布置也和其他房间不同，就是我们住的那两间。"

"你也在房间里发现摄像头了？"

"对，本来想提醒你，但是我脑袋开花了。"

黎素笑了，满含怜爱地看着他的伤口："既然你觉得他有问题，为什么还吃他给的饭和水？"

"你好像把我想得太蠢了，我妈从小就教我不吃陌生人给的东西。我去洗手间催吐了，喝一点水方便润滑。"

"如果我没有发现问题，也被迷晕了，那你准备怎么办？"

"有两种可能，要么你安安静静睡过去，一切解决。就和现在差不多，他最多被揍一顿，这也是我原本设想的。但是在那天晚上，我突然明白会有另一种结局，你会受伤，或者别的什么，那这样的话，我会杀了他。"

"认真的吗？"

"不认真。"

黎素说道："还有一个问题。这一系列事，完全不像是你，做事太莽撞了，又完全不在乎危险，这次要是有一点意外，我们就不会这样全身而退了。你应该知道的，什么刺激你了？"

"你家老头子，就是你继父，他说的那些话有些伤害到我的自尊心了。我好像就是这种人，自尊心挺强的。不过确实是我莽撞了，虚心接受，但未必会改。不过我确实在某些方面受了教训。"

"例如说？"

"例如说这个。"宋归宜猛地抓过黎素的领子，迫使她弯腰，单手勾住她的脖子，飞快而迅速地亲了上去。他嘴里有薄荷糖的味道，像是一缕风吹过。这是个双人间，对床的病人在昏睡，床帘也拉起，这是个仅限于他们的秘密，一闪即逝。宋归宜松开她，神情窘迫，眼神放空，"就这样，但你不准和别人说，不然我吊死在你家门口，我真的会的。"

"我相信你。"黎素失笑，舔了舔嘴唇，"不过为什么呢？我要一个认真的解释。你对我一直很戒备，觉得我好像是什么巫婆，会偷偷把你变成只小老鼠什么的。我以为每次都是要我主动。"

"你对我很重要，黎素，我一直在否认这一点。一码归一码，我确实不太喜欢你，很多时候，你装模作样的样子很讨厌，但我还没有做好失去你的准备。那天晚上我看到你被掐住，突然会害怕，然后我就知道了自己的想法。怎么说呢，我爸妈挺爱我的，我的朋友也很关心我，他们觉得我古怪，觉得我孩子气，想把我引上正途，

111

想让我成为期望中的样子。他们从没有见过我最坏的一面，只有你见过。你理解我是什么样的人，我之前一直担心，一直担心你戏弄我，把我当作一个笑话。可是现在我想通了，就算你别有所图，你的理解也是真的，人不可能伪装出他们从不拥有的情感。就这样，有你在身边，我很平静。"

这下害羞的倒成了黎素，宋归宜像是突然剖开了胸膛，剜出心来，交到她手上。她有些感动，但更多的是不知所措，不停地拨弄着头发，近乎语无伦次道："我不知道该说什么。我本来只希望你随便夸夸我，说我很漂亮啊，或者身材很好啊之类的，没想到你说了这个。太真诚了，真诚得让我有点不好意思。"

"哦，对了，这件事我和你说清楚。你太自以为是了，你的身材只能说平平无奇，我以前有个室友胖到一百八十斤，胸比你大不少。"

## ·008·

宋归宜出院后的两天过得都很堕落。医院里条件一般，床位也紧张，宋家父母就把宝贝儿子接出院了。他们原本担心宋归宜这个伤员在家无人照顾，没想到来照顾他的人还有轮岗。先到的自然是黎素，她不光人来了，还一并带了不少礼物。宋归宜随口说要吃荔枝，她就买了一箱，似乎是空运来的，杨贵妃都没有这样的待遇。另外还有新西兰的牛奶、澳大利亚的牛肉和一些去疤的药，光是把这些东西从车上搬下来就花了两趟。

宋家父母连声向她道谢，又请她吃雪糕。宋归宜吃着荔枝，在一旁赌气着想，自己才是他们的儿子，怎么这点小恩小惠就围着她打转了。

黎素倒还只是淡淡道："有什么想要的，不够再和我说。"

宋归宜说道："猫归我了。"

"好，那我开车去接。"

宋归宜没想到她答应得很爽快，就别扭道："不用了，长途跋涉猫会应激的，你就好好照顾它。你可以定期给我发点照片什么的。"他想让黎素留下陪着，终究不好意思开口。她倒也领会，就留下来同他说话，一边剥荔枝喂他吃。

宋归宜吃得心安理得，倒是他妈妈经过，瞧见这一幕，调侃他："你这娇娇宝宝啊，吃东西还要人家喂啊。"

宋归宜恼羞成怒，直接起身把门关上了，黎素手指沾了些汁水，懒得去擦，直接将指尖含在嘴里舔掉。宋归宜瞥见了，眼神一顿，别过头去。他是初见时就喜欢观察手的人，手经常能透露最多的信息。黎素的手指纤细，指甲修剪得很整齐，不涂指甲油，但留有护手霜的香味。他抿着嘴，用没受伤的手拍了黎素的手背："就是……上次那个……在医院说的事情，还作数吗？"

黎素歪着头做无辜状："什么事？"

"不准装傻。"

黎素笑着吻了他的额头："总是有效的。"


宋归宜这次后脑勺让钝器砸了，只有脑震荡是万幸。手臂上的那刀也刺得深，好在没有割伤手筋。他把整件事避重就轻又说了一遍，晚饭时已经明显感到父母看他的眼神不对劲。他们并没有直接开口，只是反常地用家长里短搪塞过去。

宋归宜心里有些厌烦，直截了当道："你们想对我说什么？还是又觉得我疯得厉害了？"

宋母急忙否认道："没有，我们只是觉得你长大了，出了这么大的事，我们一点都不知道，我和你爸爸本来还以为你和黎小姐是出去玩了。唉，也不是说不好，就是太危险了。你怎么一点也不和我们说，感觉我们都不了解你了。"说到伤心处，她几乎要落泪了。宋父则在一旁板着脸叹气。

宋归宜面带尴尬，有些愧疚，他像是做错了什么，可也说不清错在哪里，更无从改正。他不知所措了，就匆匆逃回房间关上门。但隔着房门，他依旧能听到他们说话的声音。他母亲说道："他这样有点像你弟弟啊，要是真的那样，怎么办啊？"

"你不要这样说，那是很久以前的事了。"

第二天黎素是上午来的，下午接替的是沈医生。看得出他是有意避开她，掐着点过来的。宋归宜起先不理解，后来才明白是避嫌。沈墨若以前追求过黎素，不想让宋归宜误会，以为他是为了刻意与她见面才来探病的。

沈医生实在是个好人，乃至于摆出些上门女婿的殷勤劲，带着生蚝和三文鱼上门，据说是直接从黑门市场空运来的。宋家父母很惊诧，想要回礼都不知道有什么能送出手。宋归宜倒是无所谓，懒洋洋道："也别费心了，他家里挺有钱的，对他来说是举手之劳的东西，对我们来说踮起脚也够不到。要是硬撑着给他回礼，也就不是他的本意了，就收下吃了吧。"

宋母追问道："他家里是做什么的？"

"不知道，就知道挺有钱的。他在市区有间私人心理诊所，是他父母给他钱开的。我在他那里面做咨询，也是一次都没花钱，他还让我蹭吃蹭喝了。"

"看得出来教养很好，完全不骄纵，脾气蛮好的样子，对你也照顾。"

宋归宜耸耸肩，道："那你们准备怎么样？让我嫁给他算了，三年抱俩。"

宋母笑着骂他："你怎么还和小孩子一样说话没轻没重的，我记得他是黎小姐的朋友，人家条件这么好，还看上你了，你要好好珍惜啊。"

宋归宜装作没听见，起身把荔枝壳丢进垃圾桶里。

宋归宜手臂上的伤口深，稍有不注意，又开始流血，正巧沈墨若在场，急忙要带他去医院复诊。宋归宜嫌麻烦，只推托一会儿就好。沈墨若微微叹了口气，道："你怎么伤得这么厉害，当时肯定很凶险。你这样子真是太胡来了。"这语气完全是拿他当个孩子了。

宋归宜倒是无所谓："还可以，对方被我打得更惨。"

沈墨若叹气："这也不是什么值得骄傲的事情。"

"不是吗？可是我真的挺骄傲的。"


沈医生见他那得意样，无话可说，就顺手帮他把洗衣机里的衣服晾了。他晚饭不准备留下吃，宋归宜也不挽留。见现在家中并无其他人，宋归宜便端坐在沈医生面前，踌躇着开口："有一些事，我从来没和人说过，你是第一个。你做好准备，不要告诉别人。"

"好的。"

宋归宜面无表情道："那我说了，我喜欢男人，我已经爱上你了。"

沈墨若像是让开水烫到大腿了，惊得从椅子上站起，脸色煞白，支支吾吾半晌说不出话来。宋归宜见他这样，大笑道："我开玩笑的，你不要心脏病突发啊。"

沈墨若这才松了口气，惊魂未定道："还是不要开这样的玩笑，我很容易当真的。"

"先说一件吓你一跳的事，这样接下来我说什么，你都不会觉得震惊了，不是很好？怎么说呢？你也知道那件事，我的室友把车

115

开河里了，我没有救他，然后被很多人骂了，受到了很大的心理创伤，得了 PTSD，就来找你接受治疗了。其实这是假的，我在心理评估时就没说实话，我休学也好，来找你也好，都不是因为这件事。"

"可是你的症状是确实存在的，你确实有情绪麻木、记忆断层、警觉性过高这样的症状。"

"那是因为我有精神分裂。其实我是被蔡照那件事刺激到精神分裂发作了，这病是遗传。"宋归宜笑着冲他一摊手，继续道，"你见过我爸妈，他们挺普通的，就是普通的正常人，好好工作，然后养大一个孩子。其实我爸还有一个弟弟，他很聪明，高出标准值的聪明，简直是基因突变。我爸连英文都不认识，他却能靠着奖学金去美国留学。但是他疯了，精神分裂。一开始是严重的焦虑，然后是幻听，更严重的就是幻觉，到最后再也分不清现实和幻觉。他现在还在精神卫生中心治疗，我爸两个月看他一次，这件事他们都不敢和别人说，怕别人觉得我和他一样。"

"你不会的。"

"从概率来说，我会的。这是遗传病，而且是父系的遗传病，Y 染色体本就不稳定，我很可能也会精神分裂。我如果是个女孩子，情况大概会好一点，但黎素不一定会高兴，她可能不太想和我当姐妹。"

"这件事她完全不知道吗？"

"不知道，我只和你一个人说。她不一定能接受，精神分裂离疯子就只差一步了。她喜欢我，主要还是因为我算个聪明人，再拖拖吧。我现在情况怎么样？我已经有间歇性的耳鸣了，作为一个专业人士，你觉得情况会恶化吗？"

"这我不能下结论，需要后续更详细的检测，如果你愿意去医院的话。"

"我不愿意，我这辈子最讨厌医院了。你也不用安慰我，我知道情况不太妙，精神分裂很容易有暴力倾向，至少我是这样。"

"可是你没有，所有人都会有一些恶意的念头，但是你只要克制住了，就没事。人与野兽的差别在于自控。"

宋归宜笑着反问道："那你有过这样的念头吗？"

片刻沉默后，沈墨若回道："如果我说有，你感觉会好点吗？"

"你既然这么说，那就是没有了。"宋归宜苦笑道，"我挺喜欢我叔叔的，我是说在他没发疯的时候。他会给我带巧克力，陪我去科技馆。他本来想在学术界大展身手，但是处处受到排挤，你应该了解的，这是一个很小的圈子，他压力太大，就崩溃了。所有潜在患者都不能受太大的刺激，我也一样。我或许应该练练普拉提。"

沈墨若低头淡淡微笑，宋归宜也笑："我叔叔以前告诉我不要怕交不到朋友，只要做好自己，属于你的东西就会出现。我对这话有所怀疑，有什么是真正属于我的呢？或许从来没有，有的不过是一个破碎的未来。"

沈墨若没有说话，只是紧紧地握住了他的手。片刻的诧异中，宋归宜发现他的手很温暖。他笑着站起身，用没打绷带的那只手拍拍沈墨若的肩膀："谢谢你没有说生活会好起来的这种屁话。也谢谢你听我唠嗑，你该走了，路上小心。"

·009·

回家养伤的第三天，宋归宜接到了王帆的电话，通知他去一趟警局。黎素亲自开车来接的，她也要一并过去。

一见面，王帆看着像是几天没睡一样。"7·21连环杀人案"又是杀人埋尸，又是跨区的大案，网络上也闹得沸沸扬扬，上面要求迅速侦破，几个地区的刑侦部门连夜开会成立专案组。他也在专案组里，跟着一群人连轴转，多地跑，四处走访，势要把每个细节都捋清。

他打了个哈欠，倒还不忘拿宋归宜寻开心："噢，小宋同志你看着胖了一点了，不错，照这个趋势，过年估计能宰来吃了。"

宋归宜不搭腔，问道："这次是什么事？"

"这次叫你们来呢，主要有两件事。一个是通知你们一下，到时候可能要出庭做证，不过也没什么可紧张的，我们肯定会保证你们的安全，在法庭上实话实说就好，要是有一些细节忘记了，就说忘记了，别的没什么了，具体时间和注意事项到时候会另行通知。第二件事呢，是这个案子还有一些细节问题，需要再和你们核对一下。"

至此，宋归宜才了解这桩案子的全貌。

赵玉珍，女，五十八岁，十几年前进城打工，在外省还有一子，她每年会定期寄钱回家。儿子今年结婚，得到了她二十五万的买房钱，自称对她的罪行一无所知，只以为她是个保姆。她本人交代，犯下的第一起杀人案是在进城五年后，当时她负责照顾一位患有阿尔茨海默症的九十四岁老人，她称这位老人性格极其暴躁，时常辱骂她，并把痰吐到她脸上。老人的家人也不堪其扰，时常在赵玉珍面前诉苦。就这样，赵玉珍在该年的十一月底，用枕头闷死了老人。家属认为这是自然死亡，没有验尸。在赵玉珍离职时，她拿到了一个家属给的红包，她认为这是家属给她的酬金，于是她坚定了想法。

警方根据她的口供找到了她当初的雇主赵先生。赵先生一家对此全盘否认，他们表示那个红包只是给她的辛苦钱。

次年，赵玉珍第一次有预谋地犯案，她当时在医院做看护，同时挑选下手的目标。她称，医院里有许多丧偶的老头，经常对她们这些女看护说荤段子，这让她找到了可乘之机，于是她选择了丧偶五年，当时七十一岁的王先生。王先生因为心脏搭桥入院，赵玉珍做了他的看护，他对她很有好感，而王先生的子女很少看望他，甚至请看护的钱也是他自己出的。在一个月的相处后，两人感情逐渐升温。王先生出院后，他们秘密幽会过一次，王先生经常抱怨子女不关心他。

赵玉珍就提出："你不妨离家出走试试看，不要和他们说，出去旅游几天，让他们急一下。你有时候就是太顺着他们了。"

王先生被说服了，于是带着银行卡、存折和五万现金离家出走。赵玉珍和他约定在外省的一家宾馆见面，这一次赵玉珍开房用的是亲戚的身份证。碰面后，她唆使王先生取出存折里的一部分钱，然后就喂他喝下放了苯二氮平的水，这药是她以前在医院工作时积攒的。王先生昏迷后，赵玉珍就把人带到浴室杀死，用事先准备好的一个行李箱装尸体，然后坐出租车将尸体运到郊区外她以前的旧宅，把尸体埋在后面的菜地里。

因为运尸太吃力，赵玉珍就想到了找帮手。她从熟人里面找了一个信得过的。

余小年，男，三十二岁，之前袭击宋归宜的宾馆老板。他和赵玉珍是亲戚关系，同住一个村。三年前余小年离开村子，说是和赵玉珍一起进城打工，实际上是共同开始犯罪。余小年之前因为偷电瓶车坐过牢，之后就靠打零工为生，在村里是个二流子，被人看不起。他决定要赚个大钱，让人刮目相看，所以很爽快地同意了跟赵玉珍合伙。

余小年对犯罪事实供认不讳，但并无多少负罪感。余小年之前有犯罪经验，在计划上更为缜密。他盘下了乡下的一处旅馆，位置极为偏僻，将那里定为杀人埋尸的地点。因为盘下旅馆的花销不小，他们迫切需要更多的钱，就采取了另一种手段。将受害者引到旅馆后，就把他们关在房间里，断水断食饿上一天，然后囚禁一两个月，等风头过去了，再强迫他们去就近的银行取钱，表示只要愿意取出钱，并且不报案，就放他们离开。取钱时，余小年会装作客人在旁监视，为了避免被人怀疑，每次他们都会选择人数较少、位置较偏僻的支行，拿到钱后，他们就把老人杀害，再埋入后院。

犯下前两起案子时，他们还担心事情败露，但是赵玉珍很快发现，失踪者家属普遍以为这是记性不好的老人意外走丢。为了减少风险，他们花了更长的时间挑选被害人，专门选择那些与子女关系恶劣的独居老人。赵玉珍会先花几个月的时间和老人混熟，并且定期在老人的饮食中放入药物，让他觉得疲倦不堪，增加他对自己的依赖。而在这段时间里，她则会摸清老人的资产和账号密码，并且配一把防盗门钥匙。

至于第四名受害者许先生，有一次在家中心脏病突发，幸好她及时发现，将他送医，许先生由此对她十分感激。两个月后，她还是按照原计划绑架了他，并且将他杀害。

据他们交代，除了埋在宾馆后院的四具尸体外，还有一具尸体埋在赵玉珍老家。

他们在近十年里犯案五起，死者均为七十岁以上的独居老人。除一人是心脏病突发死亡外，其余都是他们亲手杀死的。

王帆叹气道："唉，这个案子你说有多难。其实倒也不是太难，找个有经验的刑警也能找到嫌疑人，就是没想到竟然弄得这么大，市里面对这件事很重视，这次开会点名批评了我们，说以后要提高对失踪案的重视，不能因为是民事案件或者报案人不在意就忽略。"

宋归宜说道："这是好事啊。"

"是好事，可我叫你来也不是因为这个。你看，赵玉珍基本把底都交了，可是她就是没承认自己杀了霍劲松。她说她是有考虑过拿他当目标的，可是霍劲松这个人很小心，并且人高马大，赵玉珍觉得弄不好无法制服他，就放弃了这个目标。我看她不像是说谎。"

黎素问道："那为什么这次找她时她失踪了。"

"她去参加她儿子婚礼了，我们还是在流水宴上把她抓住的。"王帆叹了口气，"霍劲松失踪案不管和这 7·21 大案有没有关系，我们都会彻查的，他的社会关系不是很复杂，查起来不会太难的。"

宋归宜问道："一般是从亲密的人开始查起，所以他儿子是嫌疑最大的了，是吗？"

"可以这么说。你对霍东有什么了解吗？"

"不了解。"宋归宜眼神放空，猛地皱起眉，"你们有没有听到手机震动的声音。"

王帆和黎素对视一眼，面面相觑。他们进来前通信工具都是上交了的，也签署了保密协议，这里也是隔音的环境，连呼吸声都能捕捉到，绝不可能传来铃声。

宋归宜见到他们疑惑的神情便也了然，无奈微笑："抱歉，那就是我又开始幻听了。"

黎素担忧的目光落在他肩上。

### 010

"这案子查起来不会太难。"王帆说完这句话过了一天半，他就受了一个教训，这个教训就是不要太早下判断。

这桩失踪案比寻常的案子要难办许多。一来，距离案发已经过了十几天，失踪者的家早就打扫过几轮，就算有线索，也早已被破坏了。二来，这案子当初是民事案件，证人口供问得很敷衍，现在再找当事人问，许多细节已经记不清了。更关键的是，霍劲松住的是旧小区，楼道口没有监控，小区门口有摄像头，但记录只保持一周，现在已经清空了，只能靠保安这个人证确定霍劲松最后出现的时间。但说实话，这人属于关系户，在这儿当保安前是下岗工人，把活干得很敷衍，不是很靠谱。

最后王帆只能从常规手段入手，领着法医去现场。

季明礼撅着屁股，蹲在地上找血迹，嘴里说道："地板上有血，你把窗帘拉一下，我要做血迹测试。"

他们在书房地板缝里找到了血迹，这里也可能是第一案发现场，拉上窗帘，用鲁米诺检测，地板上还有三四滴血迹。

鲁米诺只能闪三十秒，季明礼急忙拍照，对着照片分析道："血迹是呈圆形，从高处滴落，具体高度我要试验一下。不过凭经验判断，这个大小是在一米七到一米七五的位置滴落，也就是头部受伤。"

王帆想起资料上的数据，道："霍劲松差不多是这么高了。你说有没有可能他儿子激情杀人，在这里杀了他爹。"

"这很难说，这点出血量太少了，而且不确定是霍劲松的血，至少要先测个 DNA。"

话虽如此，霍东的嫌疑却陡然增大，按惯例，审讯室总是免不了要跑一趟的。接电话时，霍东还推三阻四，说下午有个学术研讨会要开，问能不能换个时间。

王帆哭笑不得，书呆子到这程度了简直是个笑话。他隐晦暗示道："现在在你父亲书房里发现了血迹，你总要来配合调查。"

霍东顿了顿，轻轻叹气，道："那不是他的血，是我的血。"

"你怎么会流血？"

"这事说来有些复杂，我还是当面与你们说清楚吧。你们需要我什么时候过来？"他这样一主动，倒像是反客为主了。王帆隐约觉得不妙，遇到警察，普通人再怎么问心无愧，终究会慌乱些，镇定到他这地步，无论有多少嫌疑，心理素质都已经远胜于常人。

霍东是个书卷气颇浓的男人，说话彬彬有礼，语调温和，穿着一件熨烫得很平整的普通白色衬衫。兴许是在警局的缘故，他多少有些拘束，不时用余光扫向王帆，但始终面带笑容。

根据他的叙述，他与霍劲松发生冲突完全是为了一个女人。霍劲松过去有个女友，到了谈婚论嫁的地步，但女方后来出国去了，近期又联系上他，说新丧了丈夫，想要再续前缘。不知女方说了什么话，霍劲松竟有了出国与她养老的冲动，几次汇了钱过去，还准备卖房套现。之后霍东从保姆处得到消息，急着赶来劝他，但霍劲松毫不听劝，反而在争执中动手打了他。

那天是周四，霍东被烟灰缸砸伤，流出血来，便开车去医院检查伤口，好在伤得不重，不用缝针。正巧他下午也没课，就直接回家养伤，监控有拍到他的车开出小区，社区医院也有他的就诊记录。

王帆一时间找不出他话里的破绽，只得追问细节："你知道那个女人叫什么吗？"

霍东摇头，道："这我不知道，好像姓王，银行的汇款单上应该有记录吧，你们可以去查。"

"倒不用你教我们怎么做，你还是管好自己吧。"

半小时后，季明礼那头也传来消息，书房提取的血迹与霍东DNA一致。按规定，王帆还能强留霍东几个小时，但一番问询下来，他的证词不见明显的疑点，态度平和。王帆虽然疑心，但只能先把他放了回去。

之后王帆与宋归宜通了个电话，大致说明了情况。宋归宜那头倒也笃定，斩钉截铁道："就是他做的，你也是这么想的吧。"

王帆道："熟人作案可能性很高，从人际关系排查，确实是霍东嫌疑最大，但动机和手法现在都不明确，这才是定罪的关键。"

"其实我有一个推论，你能不能帮我找一个人？"


宋归宜交代了几句就挂断电话，继续躺平在沙发上。黎素住的小区外面在修路，意外弄断了一条线路，两栋楼都停电了。空调电扇就不用说了，冰箱也罢工了，黎素借口说雪糕会融化，立刻拿出来吃。

宋归宜否定她道："放在冰箱里反而不会融化，因为隔热了。"

"说得很有道理，那你要不要吃？"

"吃的。"宋归宜摊手，示意她拿一根过来。

于是一人叼着一根雪糕，脸上盖着湿毛巾，享受温室效应下北极熊的待遇。宋归宜暗自庆幸昨天把绷带拆了，现在只用一块防菌胶布盖着伤口，不然汗如雨下更容易感染。

黎素脱到只剩吊带裙，一条腿架在沙发上，明晃晃一片白。宋归宜热到懒得多看她一眼："什么时候能修好？"

黎素有气无力道："物业说在抢修了，最多半小时。"

"这样太无聊了，我们还是动动脑子说点正经事吧。你说霍东到底是个什么样的人？"

黎素反而把问题抛回去："你觉得呢？"

宋归宜道："我不知道，我没有和他正式接触过。他在网络上的发言看着挺平和冷静的，就是义务进行科普，几乎不和人吵架，也不透露私人生活，挺一板一眼的。这样的人杀人时会是什么状态呢？"

黎素稍稍坐起身："你还记得霍劲松的书房吗？那里没有让保姆整理，却非常整洁，桌面上几乎没有东西。还有旁边的书架上，书也是按照拼音字母排序摆放的。霍劲松是个非常在意秩序的人，也有很强的控制欲。这种秩序感对霍东也有影响，我见过他一次，发现他有点强迫症，脱下来的鞋必须要对齐摆好，筷子也要摆齐。但是他并不像是有控制欲的人，反而更像是活在父亲的阴影下。而且他们不是有血缘关系的父子，道德上的束缚会更少，潜意识的反抗会增强。"

"你这算是有感而发吗？你继父也蛮讨人厌的。"

"我还可以，反正我也挺讨人厌的。"

"这倒是实话。"

黎素笑笑，道："其实我和我继父的关系很复杂。你还记得我有个弟弟吧，没有血缘的，是我继父的亲生儿子。他从楼上摔下去死了，他活着的时候，我们关系就不好，他从楼上摔下去的时候我就在客厅看电视。本来他在阳台上自己玩，和我隔着几步路的距离，结果我没留心他，他就摔下去了。我继父其实有怀疑是我把他推下去的，他暗地里应该挺恨我的。"

"得了吧，黎素，别自暴自弃的。你确实有点怪脾气，但你不是什么坏人，我很了解你。这就是意外，你继父那个糟老头子爱怎么想是他的事。"宋归宜揉开皱起的眉头，"不聊这个话题，就事论事，如果霍东动手了，他到底是怎么做的？就算现在离案发时间隔了很久，但现场也会留下痕迹，肯定有我们没注意到细节。"

"就算有，现在也很难找到了。已经过了十几天，周边的监控不一定都保存，房子里没有血迹，没有尸体，就算按刑事案件的标准看，也有些难办。"

宋归宜用毛巾拭去些汗，道："我们来复盘一下，就按照霍东的证言来，看看哪些地方他可能撒谎。首先他是周四去看了霍劲松，这点是肯定的，有监控为证，然后他待了两个多小时，开车走了。据他说是头被打伤了，医院确实有他的记录，然后他开车回家。周五霍劲松离开，然后失踪。到了周一，保姆发现霍劲松失踪，和霍东同时打开书房，发现离家出走的纸条。先确定一件事，案发现场是不是在霍劲松家，如果不是，那基本是霍东把他叫出去杀害的。可是这样的话，那张纸条是怎么放进去的呢？如果是，那血迹怎么解释，完全没有鲁米诺反应。"

"鲁米诺是和血液里的铁反应，能用次氯酸漂白剂干扰，有没有可能他处理过了？"

宋归宜斩钉截铁道："不可能，漂白剂干扰鲁米诺的方式是一起发光，有血也亮，没血也亮，但是不像鲁米诺是闪烁光，用漂白剂持续时间更久。王帆说当时的现场不是到处发光，而是几乎没光。而且书房有墙纸，如果血溅开，用漂白剂处理，墙纸会褪色的。"

黎素有半晌没搭腔，倒不是遭反驳受了打击，只是热得疲惫。宋归宜见她发蔫，就起身把毛巾拿去洗了，重新浇上凉水，往她额头上一盖。她稍稍眨眨眼，便算是道谢了。

过了几分钟，她倒是缓过劲来了，说道："我刚找朋友去问了，要到了一张课表。霍东周五上午下午都有课，一般都待在学校里，我觉得不太可能是那天下的手。"

宋归宜心不在焉的，见一滴汗从她锁骨淌下，没入胸口之中，就别开眼神："你倒是哪里都有朋友。"

126

"我的业余爱好是交朋友，就像你的业余爱好是找失踪人口。"

"有没有可能他有帮手？"

黎素瞄了一眼，道："说一些你不爱听的话，霍东这人有点像你，内向谨慎，你设身处地想一下，你杀人会找帮手吗？"

"那基本是确定了，他是在霍劲松家里作案的，但是怎么能做到一点血没有，又把尸体带出去的？"

"这倒不是很难，只要你特别细心。"黎素道。

宋归宜不吭声，眉头紧皱。用塑料布或油布的话确实可以做到不留血迹。楼道里本就没有监控，一旦手段高明到这地步，往往只能靠间接证据来定罪，如购买塑料布或油布的记录以及刀具的购买时间。

但霍东究竟能缜密到何种程度？如果他像完成一个课题般，兢兢业业筹划半年，那样的记录他必然早就隐藏了。

宋归宜莫名生出些挫败感，像选择题蒙对了答案，却不清楚过程。他给王帆打了个电话，简单说了黎素猜测的可能，道："有没有可能把下水管道拆下来检测血迹？"

王帆道："这其实挺困难的，因为整栋楼共用一组排水系统，不可能单独拆一层。但是你这个思路应该是对的，我们局里能想到别的办法。谢了，这次你也算是帮了不小的忙，可以歇着了。"

### ⚬.011.⚬

挂断电话，宋归宜道："基本能确定是霍东了，警方只要有办法检测到管道里的血迹，就可以定罪了。其实这种只有一个嫌疑人的案子，不管怎么查都能查到的。"

"说得很有道理。"黎素一边听着，一边顺手从口袋里掏出烟要点上，忽然又像想到了什么，她一下子停住了动作，明知故问道，"你不抽烟吧。"

宋归宜摇头："怎么了，你不是知道吗？"

她扭头，狡黠一笑："和你说个事，你要是愿意先原谅我，我就和你说个抽烟的人才会注意到的线索。"

"你先说，我再考虑原不原谅你。"

"你的花是我熏死的，说到底我也不想，但那个角落抽烟比较通风。"

宋归宜面无表情道："我早就知道了，叶片都烧焦了，你还喜欢用烟头烫我的花。没事，我早就报复回来了，我用你的毛巾给猫擦过脚，我们扯平了。好了，说吧，到底什么线索？"

黎素把最开始的几张书房现场照调出，把烟灰缸放大："看这里，烟头是扁的，这是用脚踩熄的烟头。如果是在烟灰缸里掐熄的，烟头是皱的，所以这些烟头是在外面踩灭之后再丢进去的。"

"你为什么不早说？"

"因为之前我没想通这个细节意味着什么，我是刚才才想明白的。霍东是为了伪造霍劲松失踪的时间，但他反而弄巧成拙了。"


宋归宜不准备在黎素家过夜。他到家时已将近黄昏，见父母都下班了，他说道："一会儿黎素要过来，她有东西要拿过来。"

宋归宜这话说得有恃无恐，他父母反而很是不好意思："你这一直收别人东西也不回礼，不太好吧。"

"没这个必要。"宋归宜从冰箱里拿出水果，一大半都是探病时的礼物，"他们送东西给我，是他们的举手之劳，我记着人情，等他们需要我帮忙的时候，我也能回个举手之劳。"

他父母不太理解这话，多少觉得他是在诡辩，但终究也是个成年人了，也就没有干涉他太多。半小时后，宋归宜接了个电话，就叫上自己的父亲，下楼去搬东西了。

黎素这次是叫出租车来的，戴了顶帽子，挡住了大半张脸。她让司机帮忙从车上搬下一个箱子，这次是冰激凌。

宋父连忙过去搭把手，看得不仔细，随口问道："小黎，你今天怎么不开车啊？"

帽子取下来，露出一张明晃晃带着稚气的笑脸，黄宣仪说道："因为我不是黎小姐，我是黄小姐，我叫黄宣仪，叔叔好。"

宋父一脸茫然地看向儿子，宋归宜从旁解释道："是我让她来的，我想实验一下在刻意误导的情况下，人有多容易被认错。现在看来，是非常容易的。还有，冰激凌不错，谢了。"

## 012.

宋归宜约了霍东见面，选在他没课的周一下午在快餐店。他不确定霍东会来，但还是等着。他等了半小时，心不在焉，直到有人拍他的肩膀。

比起照片，霍东本人看着要更文雅些，白衬衫有些透，里面加了一件背心。他带着笑意说道："小黎说你是她的男朋友，想见我一面，问一些学术上的问题。"

宋归宜勉强笑了笑，道："可以这么说，因为我想问你杀掉养父的事情。"

他们坐在快餐店的角落位置，空调风正对着宋归宜后背吹，一丝寒意顺着脊背往上爬。霍东静静凝视了他片刻，依旧面带微笑，

129

道："原来你想说这件事啊，有什么看法吗？"

"自首吧，趁现在还来得及。"

霍东瞥了他一眼，淡淡道："先说是不是，再问为什么。你倒说说看，我怎么杀的他？"他的神情丝毫不见慌乱，而是一种笃定的游刃有余，愈发像是老师在课堂上叫起一个打盹的学生，问他黑板上题目的答案。

"你让所有人以为霍劲松是周五失踪的，给自己制造了不在场证明，其实他周四就死了。那天你去见他，杀了他。然后你去看病，留下记录，正常回家。到周五，你叫了一辆出租车回到小区，在书房留下纸条，锁上门。再拿出行李箱，穿上他的衣服，扮作霍劲松的样子出门。他和你个子差不多，只要帽子挡住脸，戴口罩，就会被认错，你故意留下保安这个人证。但这个计划有破绽，如果监控还在，警方可以通过排查车辆找到那辆出租车，从司机那里可能会回忆出你。"

"但是监控不在了，不是吗？"

"我想这也在你的计划里。如果这是民事案件，一般没有这么多警力细致看监控，而如果变成刑事案件，那么赵玉珍会成为第一嫌疑犯。所以我觉得我像是被你利用了一样。"

"原来她是你找到的啊，很厉害啊。你比我想象中动作要快，一周不到就找到赵玉珍了，不过可惜还是来不及了，附近的监控一周清一次，警察接手的时间刚刚好，这也是你的功劳。"

霍东突然起身，不是往外走，而是去买了一包薯条，等餐的间隙，他重新坐回宋归宜身边，漫不经心道："我有点馋，你继续说。"

"我有几个问题要问你。你为什么要用打印机打出那封信，这是个明显的疑点，老年人很少会用打印机，一般都是手写。"

霍东吃得津津有味："因为负责民事的警察一般不会想这么细，

这封信可以让整件事直接被定义成最普通的离家出走案。那个签名是让他签在白纸上，我再去打印的，所以可以做字迹比对。再说也不是所有老人都不爱用打印机，只要我咬死他最近手握笔无力，谁也不能反驳什么。"

"那你有想到烟头的问题吗？"

霍东闻言倒是一愣，紧盯着宋归宜："你说的是什么烟头？"

"因为霍劲松抽烟，而且习惯性每天中午清理一次，你就在书房的烟灰缸里放了烟头，假装他周五下午还在家。可是弄巧成拙了，这个烟头是你用脚踩灭的，形状不对。你还拍了照片给我，留下了证据，不过这张照片我还没给警方。"

霍东擦干净手指上的油渍，摩挲着下巴，思索着说道："是我疏忽了，我不抽烟。不过书房早清过了，那些烟头没有了，就算有也当不了什么证据。"

宋归宜微微叹了口气，说道："其实比起这个，我更想和你谈谈动机。你是要见你生母一面吗？"

"你们的进度已经到这里了吗？"霍东轻轻叹出一口气，慢条斯理地用纸巾擦手指。

"这不正是你期望的吗？从霍劲松的汇款记录很容易就能找到汇款对象，就算在国外，只要能联系到她，就能戳穿你的谎言。你的生母叫王雪琴，对吗？她不是正规途径出国，而是作为黑户去打工。你是为了她而要杀霍劲松吗？或者说，你要做得更绝吗？"

"你简直像是在套我的话，没必要吧。"他打了个哈欠，略带调侃地瞥向宋归宜，"你该不会随身带着录音笔吧？等我自投罗网？我记得这种录音证据是不能定罪的，不过算了，我确实该找个人聊聊这个事。你一看就是独生子吧，父母很宠爱你吧？"

"还可以吧。"

131

"你运气不错，但永远都不会理解我的感受。我爸为了救霍劲松死了，表面上他说是为了报恩才收养我，其实是他生不了孩子。我那时候成绩不错，他才看上我的，然后给了我妈一笔钱，对我说是她不要我了。"

"难道不是吗？"

"我妈只是想让我过好日子，觉得让他这样的条件收养，我就能出人头地。可是她没想过，到这样的家庭去，我活着一点尊严都没有。霍劲松完全就是拿我当工具，我做的每一件事都要先经过他的同意，不然对我不是打就是骂。在外面他总是一遍又一遍说我家有多困难，都是他知恩图报收养了我，我才有今天。他也不过是想让我给他养老。哼，要是让我选，我宁愿和我妈在一起。"

"你觉得和生母在一起会幸福，所以你想要离开他？他不同意，对吗？"

霍东冷笑一声道："他怎么可能这么轻易让我走，我可是他重要的投资啊，连我考大学，他都不同意我去外地。我工作后，不管多晚，他哪怕咳嗽一声，也要让我过来照顾他。我妈在国外过得不好，后面一任丈夫也死了，她想回国来看我，但她没有我的联系方式，只能先找霍劲松。他知道后就千方百计阻挠她，给她钱让她不要过来。"

"那要卖房了是怎么回事？"

"我知道了这些事，他怕我和我妈走了，就想把房子卖了，把所有的钱攥在手里，这样他就必须和我一起住，逼我继续照顾他。"

宋归宜诧异道："这也算不上什么威胁，你不至于为了这个杀人吧。"

"说来也好笑，我看不起霍劲松的伪善，但他好面子的这点我却继承了。周围谁不知道我是个孝顺儿子，连我老婆一开始也是因

132

为这个喜欢我。我的朋友霍劲松都认识，要是他到处说我不孝，周围人要怎么看我？我的名声就全毁了。"

"不只是这个原因吧，其实你也一直在等着霍劲松的遗产吧，是他把房子低价卖了也不愿意留给你，这才把你惹恼了吧。"

"随你怎么想吧。"

一群赶作业的学生有说有笑地从他们座位旁经过，待他们的欢笑声远去后，宋归宜才道："你自首吧，现在还来得及。"

霍东冷冷哼出一声："你没有别的话说了吗？那我就走了。"

"等等，你真的觉得没证据吗？既然你要杀霍劲松，所有的工具你都提前买了，就说明你早就有这个打算。那这就未必是你的第一次尝试，因为你原本可以选一个更隐秘的方式，装成意外。但显然基于一些事，你失败了。"

"你想说什么？"

"霍劲松遇到赵玉珍是因为他住院了，而他那次入院是因为心脏病突发，对老人来说这很常见，但是当时的检验报告上显示，他的肝功能异常，血液内的硒含量偏高。你是研究半导体的吧，要接触到硒其实很容易吧。"

霍东脸色微变，道："那又怎么样？你有我投毒的证据吗？"

"你把硒下在霍劲松的维生素胶囊里了吧。你不知道啊，你家的保洁白娟爱贪小便宜，她一直偷拿霍劲松的维生素吃，她也出现了硒中毒的症状。她手里还有没吃掉的维生素，这个就足以作为证据，谋杀未遂也是谋杀。"

霍东愣了愣，淡淡道："警察要起诉我，需要证人吧。他们会把我妈叫过来当证人吗？不知道我还有没有机会再见到她。"

一天后，霍东被捕了，他在审讯室里交代了他的犯罪计划。他提前半年分批购买了塑料布、绳子、刀，并且在购物时戴上帽子，避免被监控拍到脸。他借用亲戚的医保卡购买了安眠药，周四那天他把药下在茶里让霍劲松喝下，勒死他后拖到洗手间，铺好塑料布，在塑料桶里放血。然后把管子插入下水道倒走，因为他知道鲁米诺只会检测下水道口。但这次警方将摄像头探入管道中，通过对单一楼层停水，在下水道内喷洒鲁米诺，检测到了血迹，并且拍下了照片。

霍东交代，他曾事先找同校的老师学习了解剖学基础，方便处理尸体，处理完毕后用烟灰缸打伤自己，开车从正门离开，去医院处理伤口，留下记录。

到第二天午休时，他再搭出租车回到小区，布置完现场后，他换上霍劲松的衣服，戴上帽子口罩，还有假发和假胡子，故意在保安面前跟跄一下，让他留下深刻印象。

虽然霍东删除了行车记录仪的数据，但警方还是通过技术恢复了记录，结合监控，最后找到了抛尸的地点。在这样确凿的证据之下，霍东的杀人罪名成立。因为他的生母王雪琴没有直接参与案件，再加上签证问题，最后上法庭时，她并没有作为证人出席。

在法庭上，霍东的律师想以行凶时精神失常为他辩护，并且拿出霍东曾经因为情绪问题入院的诊断报告。但作为证人出席的精神科医生认为他已经痊愈，长时间的有预谋犯罪显然是在精神正常时做的计划。

最后霍东的妻子提供了关键性证据：在霍东的私人笔记本中藏有一个加密文件，解锁后是一个表格，里面写着他所有熟人的名字。霍东在里面挨个给他们打分，其中得分最低的是霍劲松，只有五十分，名字已经标红了。排在倒数第二的是霍东的妻子，六十分。

## 013

案件结束后，黎素的继父邀请宋归宜吃晚饭，说是邀请，其实就是居高临下地知会他一声，让他做好准备过去。宋归宜叛逆心起，完全不想理他，但黎素劝道："你这次要是不去了，还有下次，不如一次把事情了结。"

于是宋归宜刮了胡子，把自己收拾了一番。

陆涛是个很高的男人，他的地位让他显得愈发不容冒犯。他一见宋归宜空着手上门就皱眉："你倒是做客人来了。"说话的口气不是很重，带点调侃，多少已经看透宋归宜的脾气了。

他和宋归宜在客厅谈话，他负责谈，宋归宜负责吃水果，各有分工，各得其所。他说话的口吻是指导工作式的，首先批评了宋归宜太莽撞，明知有危险的情况下还是带着黎素去荒郊野岭，以至于遭遇到危险。虽然最后事情平稳解决了，但还是太冒险。不过他话锋一转，肯定了宋归宜的胆识和谋略，承认自己先前的论调有些太草率了。

"我之前对着黎素骂了你一通，估计她已经让你知道了，我的态度是，依旧对你持有这种看法。你的性格有很多不稳定的地方，还有一股子知识分子的臭清高脾气，以后出了社会也好，成家立业也好，如果不改正的话，这两点都是很要命的。"

"我知道，我也不会改的。"

陆涛摇着头，嗤笑道："看看，你就是小孩子脾气，别人越是让你做什么，你越是要犟。我这次叫你过来还有一件事，我觉得你还是个可用之才。虽然你现在休学了，但是早晚还是要重新读书，拿个文凭找工作的。你要是以后对司法体系有兴趣，我可以给你引路，现在确实缺你这样的人才。当然了，不是拉关系走后门，这点你要记住，我不是这样的人。"

宋归宜吐掉荔枝的核，回道："感谢抬爱了，不过我对这个没什么兴趣，能毕业就不错了。其实我这次来，是另有一件事。"他忽然起身，从口袋里拿出一卷软尺，在墙上比了个位置，"这里大概就是一米一。"

陆涛不解道："你想说什么？"

"我去过你们家了，我是说以前那个家。你亲生儿子摔死的那个地方，我量了一下阳台的窗户，大概离地的高度在一米一，一个十岁的男孩身高大概在一米四以上，他当时应该是站在凳子上的，这样才能把上半身完全探出窗外，就算这样，如果黎素真的要推他的话，也必须把他的腰部以上都推出窗外，这对一个小女孩来说是很困难的。你应该很清楚这点，你为这事怪她根本就是推卸责任。"

陆涛强忍着怒气，打断道："这是我的家事，和你无关。"

宋归宜不怵他，依旧面带微笑道："我还没说完呢。其实按照窗户的高度，家里面的两个孩子都是很难打开窗户的，所以窗户开着，一开始就是某个监护人的失误。你说呢，陆先生？"

陆涛脸色大变，气得嘴唇都哆嗦，手往门口一指，吼道："滚出去，这里不欢迎你。"他身后黎素的母亲吓得脸色苍白，连勉强维持体面的话都说不出。

宋归宜笑笑，仍是满不在乎道："好的，再见。不过你本来要留我吃饭，我饿了一顿过来的，要不你们让我打包几个菜带走？"

陆涛气到发笑，黎素母亲急忙把宋归宜连带着黎素一并往门外推，但也不忘往她手里塞了点钱，低声道："出去吃点好的。"

宋归宜这样突然发难，事先没有和黎素商量过。按理说她应该生气，但当真发生了，她的情绪依旧是淡淡的。原本她和继父的关系就差，现在不过是彻底撕破脸了。她苦笑道："你这样让我很难做人啊，我继父会觉得是我唆使你说这种话的。"

"恰恰相反，他只要稍微动动脑子，就会知道没人能唆使我，我是在帮你。"宋归宜低头，很随意地踢开地上的一块石子，"他和他的老朋友霍劲松一样都爱当好人。反正你们家就这样了，你妈不敢反抗你继父，你继父永远不会承认错误，他会在心里更恨你的，但是在表面上，反而会对你更好，要不然你破罐破摔，毁了他的名声就不好了。"

"可是托你的福，我可要无家可归了。"

"反正他也不会断你的生活费，有钱花，又不用回家受气，不是挺好的。"宋归宜歪着头，冲她一笑，道，"那你干脆去我家吃饭吧。"

"你是不是就在这里等我啊？"黎素笑道，"你就故意弄得我无家可归，好让我对你死心塌地。"

"有可能。"


宋归宜没提前通知父母就带着黎素回了家，打了父母一个措手不及，好在黎素也不挑剔，买了几个熟食，勉强就能应付过一餐。只是黎素隐约感觉到宋归宜的父母有些紧张，近乎拘束了。按照常理，儿子忽然把同居女友带回了家，基本就是确定关系的暗示，但宋归宜大大咧咧在餐桌上承认道："我刚才差点把她继父气死，所以被赶出来了。"

宋家父母面面相觑，一时不知该做何种反应，下意识瞥向黎素。黎素笑着打圆场，道："他开玩笑的，我爸今天临时有事不在家，所以就不留他吃饭了。"

粉饰的太平也是太平，宋家父母也没有追问，如此就安安稳稳吃完一顿饭。临走前，宋母拉着黎素说悄悄话道："小黎，我家儿子这段时间就麻烦你照顾了。他许多时候都挺任性的，也要麻烦你包容着些。"

"没有，他挺好的，我需要他照顾才是。"

"我知道你是个好孩子，你也不用和我客套，我自己的儿子，我自己最清楚了。他一直都是个有点偏激的孩子，遇到事也不会和人商量。"

"我倒觉得不是偏激，他只是对在意的人格外关心罢了，也不是什么坏事。"她微微一笑，道，"我知道您担心他，我会看着点儿的，不会让他遇到麻烦。"

黎素觉得宋归宜依旧有许多令人捉摸不透的地方，他们在正式交往前，在学校也见过许多次，都给她留下了极深刻的印象，但黎素提起时，宋归宜似乎全然忘却了，一脸茫然的样子也说不清是不是装傻，又或者他的记性当真坏到这地步。黎素总觉得他的恍惚不完全是因为蔡照的事所引发的创伤后应激，甚至是他的性格也有些变化。

黎素依旧持无所谓态度，做两手准备。如果他当真有事瞒着她，她早晚会知道。如果他只是受了太大的刺激还没有完全恢复，她也有耐心陪着他继续休养。

回去的路上，黎素一边开着车，一边忍不住偷笑。宋归宜坐在副驾驶座上斜眼睨她，问道："你在偷笑什么？从我家回来就这样，你喝假酒了？"

黎素道："你妈给我看了你小时候的照片，你怎么长得和土豆似的，现在倒和芦笋一样，又高又瘦的。"

宋归宜嘟囔道："我发育比较慢啊，你不准嘲笑我。我看你也好不到哪里去，回去我也要看你的照片。"

黎素耍赖不肯，笑着同他开了几句玩笑，宋归宜也跟着笑，车里的气氛轻松得恰到好处。他顿了顿，迟疑道：“我有件事想和你说。”

　　“嗯，怎么了？”黎素似乎毫不起疑。

　　“没什么。”宋归宜淡淡笑道，“我忘记想和你说什么了，下次记起来了再说吧。”

失 踪

# 十年前的失踪案

第三案 CHAPTER 3

踪案

Case Number Three

第三案

⟋001⟍

霍劲松的案子后，宋归宜闲了很长一段时间。黎素怕他闲在家里容易胡思乱想，就找了许多借口领他出门散心。

这天他们带猫做了绝育手术。

从宠物医院返回的路上，黎素问道："周六我有个不算朋友的朋友过生日，开派对请我过去，你要一起吗？"

宋归宜问道："去做什么呢？"

"吃吃喝喝说点儿废话，都是些无聊的人，做什么不重要，关键是要消磨时间。"

宋归宜嗤之以鼻，眼前浮现出一百只鸭子共同叫的场面，讥嘲道："那她们可以一起研究流体力学，特别能消磨时间。"

"听着不错，你可以去教她们。"

"你还是饶过我吧，我只想一个人安安静静地待着。"

"先别忙着拒绝，她们会给你发红包的。吃的东西也不错，据说有两百块一盒的小番茄，你就不好奇吗？"

宋归宜撇撇嘴，似乎被小番茄打动了，说道："好吧，那去之

142

前我需要去裸条借贷，花巨资买一身好衣服吗？"

"不，穿牛仔裤和白 T 就可以了。她们见过好衣服，但是青春才是无价之宝。不过先说明一下，真的会很无聊。我都能猜到她们说的第一句话，'亲爱的，你今天好漂亮啊，这个小帅哥是谁？'"

"亲爱的，今天你好漂亮啊，这个小帅哥是谁啊？"

好像黎素牵着一只熊猫入场，目光齐刷刷落在身上，宋归宜有些不自在。

在场的都是年轻女人，两个短发，三个长发，他不太会判断年龄，大约都是三十岁，或者再大几岁，只能肯定的是比他母亲年纪要小。

生日会的主角是位小个子的女士，留着到肩膀的蓬松卷发，穿一件黑色的吊带裙，外面披一件米色的西装，弄不懂她究竟是冷还是热。黎素叫她米兰，宋归宜不知道她有没有妹妹叫米线。

黎素笑着为彼此引荐："这位是宋归宜，这位是米兰达，今天的寿星，我带他来沾沾你的喜气。"

宋归宜干巴巴地说道："生日快乐。"

米兰一只手搭在他肩膀上，笑道："你多大啦，怎么还和个小兔子一样。"

这修辞手法太高明，宋归宜一头雾水，自己凭借努力长到一米八五，怎么就变成兔子了。他嘟囔一句："那我应该是安哥拉巨兔了。"

米兰闻言大笑，对着黎素说道："你从哪里找来这么个活宝啊。来来，过来坐。"宋归宜也没有再争辩，只是顺从地由她领着，坐到沙发上去。

这次生日会租的是市区的会所，是以前的老洋房改建的，算是古董建筑，估价上亿，连门把手都是黄铜的，很有气派。

他们坐在大厅的丝绒沙发上聊天，面前的桌上有个三层的点心架，摆着三明治和颜色鲜艳的马卡龙。旁边是个果盘，有应季的四五种水果，黎素说的两百块一盒的圣女果也在其列。剩下的还有四五碟点心，像是伊比利亚火腿卷着的哈密瓜，切小块的黑松露抹茶蛋糕。正中间是芝士火锅，融化的芝士倒点白葡萄酒，旁边是一碟子切好的法棍，蘸着吃。

黎素假惺惺又甜蜜蜜地同米兰聊天，宋归宜则打了个大大的哈欠。门外传来说话声，是工作人员在检查请柬，有位客人姗姗来迟了。宋归宜朝门口望去，就见沈墨若推门而入。他们的目光撞在一起，倒是同时一愣。米兰立刻上前招呼道："你可算是来了，沈医生，这位是宋归宜，小黎的男朋友。"

沈墨若装作初次相见，郑重地握住宋归宜的手："你好，我叫沈墨若。"

宋归宜点头，也就顺势演下去，说道："好，我记住了，沈医生。"

"你叫我名字就好。"沈墨若想起最初宋归宜总是故意叫错他名字，不由得会心一笑。

沈墨若以前追求过黎素，这件事在交际圈里不算秘密。此刻三个人站在一起，旁人投来的目光意味深长。黎素倒是落落大方，上前和沈墨若寒暄了几句。

沈墨若也应答得体，随口说道："你头发是染了个新颜色啊。"

黎素说道："对，浅一号的棕色，上周刚染的，你还是第一个发现的。"她这话意指的是其他几人，米兰却误以为是指宋归宜，娇嗔着拍他肩膀，"小黎不高兴了，快去哄哄她吧。"

宋归宜不吃这套，面无表情道："不用了。"

此话一出，无人应答，整个客厅回荡着尴尬。米兰偷瞄黎素，眼含怜悯，觉得她找了个软饭硬吃的小白脸。

沈墨若急忙岔开话题，解释迟到是路上耽搁了，又拿来了赔罪

144

的巧克力。众人吃吃喝喝过了一阵，只当作无事发生。

吃到尽兴后，黎素又是故作无意开腔，提到宋归宜和米兰是同一个星座的，生日只差三天。这自然是鬼话连篇，但也不至于拿他的身份证求证。米兰是今日的寿星，自然大方讨个口彩，给宋归宜发了红包，算是提前庆祝他生日。余下几位客人也依次跟上，沈墨若虽然知道内情，但也不说破，一样是笑着给了钱。宋归宜则照单全收，想着接下来的生活费是有着落了。

一番热切拥抱告别后，生日会算是结束了，宋归宜跟着黎素走了。黎素半开玩笑道："你确实应该拿几个红包，刚才你捡东西的时候，有人在盯你的屁股。"

宋归宜不置可否，只是盯着她头发看，嘟囔道："是我色盲吗？感觉你花两千块，从一种棕色染成另一种棕色，完全没差别啊。"

黎素偷笑，宋归宜终究还是吃味，他是个在细节处孩子气的人，让沈墨若比自己眼尖了一回，就不太高兴。她小心翼翼地哄他，笑道："我下次把这玩意儿染成绿色，让你一眼看到。"

宋归宜扭头，不去理睬她："你的朋友好像因为我的言辞有些不太开心啊，不要紧吗？"

"这是好事啊，你让她们尴尬了，下次她们就不会再请我了。"

"你为什么要这么做？"

"因为我也不想来啊，但她们请我总要给个面子，不能闹翻。交情自然变淡是最好的，这样我以后用得到她们再联系的时候，也不会对我有太多芥蒂。"

"你真是个浑蛋。"

"谢谢夸奖。"

宋归宜懒得搭理她，赌气般侧过身，拿出手机玩数独。黎素也不挂怀，去车上开空调。她刚一走开，沈墨若就上前，对着宋归宜蹒跚着开口："你能过来一下吗？我有事和你说。"

宋归宜近于乖顺地过去了，沈墨若则揣着满腹犹豫："刚才的事你不要在意，我和黎小姐现在没什么关系了。"

宋归宜道："在意什么？你们不还是朋友吗？干吗扭扭捏捏的，你是喜欢她，又不是喜欢我，在意我的看法做什么？"

沈墨若叹气："终究有点尴尬。"

"没什么尴尬的，我都看过你屁股了。"宋归宜叹了口气，日头照得他满心烦躁，恶作剧的念头闪过。他突然捧住沈墨若的脸，就着他的面颊亲了一口："好了，消停了吧，我说了你追过她不是什么要紧事。你还有别的事吗？"

沈墨若瞠目结舌，支支吾吾道："黎小姐在你后面。"

宋归宜转身，黎素抱肩站在几步外，一副撞破好事幸灾乐祸的笑脸，很自觉道："我再去看看车里温度怎么样了，你们慢慢聊。"

"其实我是有件事想找你帮忙，不知道怎么开口，没想到这次见面碰到你了，就很巧。"

"别说废话，什么事？"

"我不知道怎么开口，我有一个朋友。"

"你说的朋友不是你自己吧？"

沈墨若哭笑不得，摇头道："不是不是，我是认真的，我有个朋友失踪了，是个女性，想让你帮忙。"

宋归宜神色凝重："什么时候的事情？她多大了？"

"十年前的案子了，她失踪时才十八岁。"

宋归宜皱眉："你拿我寻开心啊。十年了，蚂蚁竟走都能从上海走到喜马拉雅山，这怎么查啊。你另寻高明吧，我是肯定不行的。"说完，他头也不回转身上了黎素的车，把门一甩，示意立刻开车。

黎素等到家后才问他出了什么事，宋归宜简单复述给她。她倒不急着开动，转而问道："你知道他家是做什么的吗？"

"应该不是卖衬衫的吧？虽然我看他没穿过重样的衬衫。"认识了沈墨若后，宋归宜才知道《了不起的盖茨比》所言不虚，确实有人家里堆着山一样高的衬衫，他的衣柜估计比宋归宜家的停车位都大。他从没穿过有明显商标的衣服，春夏季全是真丝衬衫，办公时穿白色或淡蓝色，但领口和扣子有细微差别。私人时间常穿印花衬衫，宋归宜最喜欢一件巴洛克风格的。秋冬时他会在衬衫外配背心，穿过两次织锦缎的背心，更多时间穿针织的羊绒背心。穿西装时，换过五套袖扣，三款是珐琅的，一款黄铜，一款有宝石。

光是衬衫当然不贵，但他每换一件衬衫就配一款名表，单是宋归宜认识的就有三块劳力士，两块百达翡丽和一块江诗丹顿。

黎素微微一笑："是吗，我倒是没有刻意在意这个。他家不是做服装的，是生产番茄酱的。"她报了一个牌子，宋归宜发现家里用的也是这个牌子，算得上是个国民品牌了。

"哦，那又怎么样呢？"

"他如果要想找人调查，肯定有很多办法，但是他没有找别人，来找你了，说明他相信你，或者他有什么难言之隐。你只要尽力而为，他可以接受一切结果。"

"你说得很有道理，不过你是不是有私心？"宋归宜见黎素有片刻愕然，故意一本正经道，"我看穿你了，黎素，你就是吃腻我做的菜了。"

"这个我倒是不否认。"

两天后宋归宜莫名牙疼，可能是长了智齿，黎素故意推托有事，让沈墨若送宋归宜去医院。沈墨若正巧有个朋友是牙医，就把宋归宜带到他的私人诊所。

一进门，就能看到墙上挂的哈佛牙医学院、哥伦比亚大学、加

147

州大学的证书，此地显然卧虎藏龙。宋归宜的医生是个爽朗的中年男人，给他做了详细检查，拍了片子，而后拍了拍宋归宜的肩膀："你是智齿横生了，拔了吧，不然会顶到旁边的牙齿，而且你有两颗智齿横着，我劝你一起拔了。"

宋归宜声音抖了抖："突然了点啊。"

医生劝他："别担心，现在科技发达了，不像以前拔这种牙还需要榔头敲下来，现在把智齿切成小块，一块一块给你拿出来就好了。"

宋归宜冲出去要和沈墨若讨价还价："我要拔牙，医生说至少两个小时，让你等着太麻烦了，改日吧。"

沈墨若从绘本中抬起头："没事，我可以玩玩手机，很快就过去了，我等你。"

"你可以有事。"宋归宜咬牙切齿，腮帮子又开始痛。

沈墨若坚持道："我真的没事。"

"你没事，可是我有事，我不想拔牙。"

沈墨若失笑，把手里的绘本拿给他看，这是为害怕拔牙的学龄前孩子准备的，书名是《我是大孩子，我不怕拔牙了》。

"你要吃糖冷静一下吗？这里有水果糖。"

"柠檬味，谢谢。"宋归宜接过糖，含在嘴里，"这是我人生的一大难关，所以有件事我要先和你说清楚。昨天你拜托我的事，我不同意，不是因为我不想，我是担心这太容易失败，很有可能我会找到一点线索，但是我找不到结果。我不想给你无谓的希望，最后再让你失望。"

"你能帮我，就已经够了，一切结果我都能接受。你坦白告诉我，这案子有希望吗？"

"实话说希望很渺茫，不过要是当初证物保留得很好，现场没有被破坏，可能还是有希望。"

"其实我有个细节没告诉过你。"

"什么细节？"

沈墨若挠着头，尴尬笑笑："我把现场打扫了一遍，在警察到之前弄得干干净净。"

"沈墨若，你坦白和我说，你是凶手吗？不是凶手，那你是傻子吗？"

"我想我应该不是凶手。"

"我现在后悔来得及吗？"

沈墨若眼含藏不起的笑意，投以温柔一瞥："来得及，你不干了，我就让医生给你拔牙的时候不打麻药。"


宋归宜拔掉智齿，嘴里咬着纱布，麻醉剂的效力还在，医生还给了他三片止痛药。沈墨若无微不至地照顾他，拿了块湿纱布擦干净他嘴角的血，亲自扶着他上车，开车送他回去。宋归宜没办法说话，只是颤抖着手指打字，让沈墨若把失踪案的全过程描述一遍。

沈墨若叹了口气，说道："这是我大学的事了，失踪的是我的同学，名叫杨云亭，她失踪的时候是大一。她是音乐剧社的成员，当时社团正在排节目，要在十一月校庆时表演。周五下午三点以后没有课，通常彩排的时间就在三点到五点，可是这天杨云亭身体不舒服，下课后直接回家了。我们学校的学生很多都是本地人，家住得近的几乎都会回家住。因为担心她，那天的彩排提前结束，我和另一名女同学于四点十分出发，坐车去她家看望她，到的时候大约在四点三十分。她是单亲家庭，她母亲那时候在工作，家里只有一个老年痴呆的外婆。她的自行车还在楼下，敲门没人回应，但那个同学有她家的钥匙。进去后发现她不在家，以为她是特别不舒服去医院或者只是为了逃掉彩排。我们等了十分钟，也没什么事情做，

149

发现她房间有个杯子碎了，床也没有铺，玻璃碎片掉在床底下。我和那个同学怕她被妈妈骂，就帮她把碎片扫掉了，还丢掉了窗台上的一个烟头。我以为是她不想被家人知道的个人爱好，然后到五点十五分，我们就回去了。周一上学时，我才知道她失踪了，警察把我们分别叫去问话，说她房间的地毯下有血。"

"先问一下，你大学是什么学校的？"

"市立女校。"

"你在女校读书？"

"女校也有一个男生班的，我那一届除了我之外还有三个男生。"

宋归宜想象着沈墨若穿女校制服的样子，笑成一只快活的大鹅，肩膀一阵抖，扯动伤口又痛，强忍着不笑开，险些被自己的血呛到。笑完后，他便知道事情麻烦了，一来，这种情况首先怀疑的是男学生，杀人搬尸是个体力活，动机也方便找。二来，宋归宜很不擅长和异性打交道。

## 002

拔牙回家当天，宋归宜左边脸颊肿得足有半个馒头大。休养在家的时间里，他就忙着让王帆想办法放他去第一现场。

王帆没怎么推拒，但嘴上占便宜总是少不了的："你小子什么毛病？查失踪案查上瘾了，现在的你还不过瘾，你还找十年前的了。"

"帮……帮朋友忙。"

"怎么说话口齿不清的？喝大了？"

"牙，我拔牙了。"

王帆大笑："哈哈，你多大了？五岁有了吧，还吃完糖不刷牙啊。"

宋归宜不方便说话，只能由着他取笑。王帆单方面宣布胜利也觉得无趣，就清了清嗓子，说道："还是老规矩，我把事情简单和你概括一下，你自己记好啊。杨云亭，女，十八岁，于十年前的十月十三日下午失踪，母亲杨露在当天晚上九点报案。那时候已经有血迹检测，在对她房间检查后，发现地毯下有血迹，但是已经被擦过了。检测后确定是杨云亭的血，这种出血量，基本是重伤了。根据她的同学回忆，他们曾在周五下午四点三十分去过她房间，还打扫过卫生，丢掉一个烟头和碎玻璃杯。玻璃杯在杨家的垃圾桶找到了，里面检测到有安眠药残留，没有提取到指纹。但是烟头丢在外面的垃圾桶里，没有找到。当时派出不少警力在周边排查询问，但没有得到什么可靠的线索，这个路段当时还没有监控，本案也就成了悬案。对了，关于这个案子，还有一点值得注意，是失踪者复杂的家庭关系。"

　　"复杂在？"

　　"杨云亭是非婚生子，也就是私生子，当初不知道是怎么登记上户口的。"

　　两天后，宋归宜终于能流畅说话，就叫上黎素和沈墨若，三人一起去杨云亭家。但中途沈墨若又问道："能把黄小姐一起叫上吗？"

　　宋归宜问道："和她有什么关系？"

　　"没有关系，只是她最近和家里闹得很僵，找个理由让她出来走走比较好，如果你觉得不合适就算了。"

　　"我无所谓，你让黎素决定吧。"

　　黎素笑道："当然可以，不过还是和以前一样，天黑前要让她回家。"


　　宋归宜的脸还是浮肿的，只能戴着口罩出门。黄宣仪一到，对他口罩下的真容很感兴趣，不住哀求道："你就让我看一眼，我绝对不会笑话你。"

宋归宜拗不过她，就把口罩摘下来给她看了，之后黄宣仪整整笑了一路。宋归宜两指抵着太阳穴想，女人都是大骗子。

杨云亭家在二楼，在当年算个中高档楼盘。小区大门正对着一条林荫道，梧桐树高大，两侧并没有小商铺，所以当时很难找到目击者取证。但最近的车站就在五百米外，旁边是主干道，作案后使用交通工具逃逸并不难。

杨云亭失踪三年后，她的外婆就过世了，之后母亲杨露搬出了这栋房子。但房子并没有出租或售出，还是保持了原有的布置，方便重启调查时再取证。

沈墨若说杨露对他还是有怨气的，觉得要不是他丢掉了那个烟头，人早就被找到了。不知道他是怎么说服她的，竟然允许他们来此调查。

如果说沈墨若当真有什么天赋，那便是亲和力。他就是盯着个垃圾桶看起来也是情真意切，但凡和他待上十分钟，就能相信他是你失散多年的兄弟。宋归宜学不会这本事，要他搞定这事，只能用威胁，黎素则用利诱。

房子是三室两厅的标准间，杨云亭的房间在外侧，如果发生争执或打斗，客厅是能听到的，当时家里也确实有人在，只是杨云亭的外婆有阿尔茨海默症，完全不能作为证人。虽然也是有看护照顾老人的，但是工作时间只在早上八点到下午两点。如此一来，熟人作案的可能性很大，是特意掐准时间上门的。

杨云亭的房间很素净，书桌下面铺着地毯，对面是衣柜，衣柜旁是床头柜和床，房间里是落地窗，外面就是阳台。案卷上说外面当时有个平台，想从外面爬到阳台再闯入杨云亭的房间，困难不大，至少对男人是这样，但是现场没发现脚印，沈墨若的功劳应该不小。

他对这个案子念念不忘，宋归宜多少明白原因，问心有愧是少不了的。

黄宣仪跟着出来，以为是郊游，在一旁百无聊赖地和黎素聊天，又夸她新染的头发好看。宋归宜气闷，好像世上就他是瞎子。他拍拍黄宣仪的肩膀，说道："叫你出来就是一个事，装死人。好了，你挂了，倒下。"

黄宣仪犹豫着往地上瞥了一眼："地上干净吗？我能不能铺个什么东西。"

宋归宜说道："没事的，你看桌上都没有灰，地板肯定是定期清理，我们也是脱了鞋进来的。"

黎素见她依旧犹豫，便提出由自己代替，宋归宜拦住她："你还有别的事，你来当凶手。"

听了这话，黄宣仪顿时来了兴致，干脆利落往地上一倒，闭上眼，歪着头，舌头吐出来，一副横死的样子逗笑了黎素。宋归宜倒是没笑，他伤口还在疼。

宋归宜指挥黎素："好，你现在把人捅死了，地上一摊血，你准备怎么处理现场？"

黎素的眼神沉下来，倒也入戏，蹲下身打量着装死逗趣的黄宣仪："她现在浑身是血，如果我贸然拖动尸体，血会沾在我身上，还可能会留下指纹。"她找了块抹布，装模作样擦起了地，"现在血基本擦干净了，就是处理尸体，怎么带出房间？"她双腿分开微屈，弯腰压低重心，双手环住黄宣仪胸口，想把她往外拖，她咬紧牙关，下狠力，却也没把人完全抱起。黄宣仪倒是痒得发笑，蜷缩着把黎素往怀里一拉，两人笑成一团。

宋归宜上前拍拍她："喂喂喂，严肃点，你死了，怎么还诈尸啊，不要乱动。黎素你也是，杀人杀得很随便，就你这个态度，枪毙十次都够了。还有多吃点饭，你力气太小了。"

他捏紧鼻梁，叹了口气："这就是第一个问题，一个普通的女生抱起一具年龄相仿的尸体是很困难的。如果是拖尸，不事先做准备的话，地上还会有别的血痕，所以有几种可能，一种是做好了准备，将尸体处理后带走，可是时间又来不及。杨云亭骑车回家，时间应该在三十分钟左右，这样的话，到你们到这里中间只有一个小时，处理完尸体再带离现场太勉强了。要么杨云亭受伤后还有意识，她是自己逃离房子的。那她又是在哪里被追上的呢？还有种可能就是合谋作案，有个男人也在现场。"

宋归宜一把把黎素打横抱起，轻轻松松把她抱到阳台再放下来，手在窗台上一撑，纵身跳了出去。

◦◦003◦◦

宋归宜当场跳楼，实在把人吓得够呛。黎素急忙探出头去看他情况，沈墨若也冲到阳台，黄宣仪仍坐在地上，一脸不明所以："刚才那是什么动静？"

宋归宜站在一楼的平台上挥手，确实对成年人而言，从外面爬入房间并不算困难，可要是带着尸体离开就是另一回事了。他从平台跳下楼，又绕回了杨云亭家，问沈墨若："为什么你们那时候会有她家里的钥匙？"

沈墨若道："这是她给另一个女同学的，只要和她关系好的同学，她都会给。因为她自己会忘带钥匙，遇到这种情况就可以找朋友要。"

"那你有吗？"

沈墨若解嘲般地低头一笑："没有，这种事总还是男女有别的。"

"我在考虑一种可能，凶手就是她的熟人，不然在白天入室，并且带着一个人离开风险太大，很可能凶手不是从窗外走的，而是从正门离开。你们刚才都听到了，一个人从窗口跳出去，声音是很响的，周围邻居必然会听到。这就意味着凶手知道杨家的情况，知道她家的老人是老年痴呆，看护有一段时间不在家，并且有钥匙。那么行凶的可能是一到两人，可能是一个身高在一米七以上的女生，或是两个女生合作，也是可以把尸体搬走的，当然，有个男生的话会更方便。这肯定是有计划的作案，地板上的血是处理过的，但是没有在现场找到带血的抹布，所以清理工具是凶手自带的。"

沈墨若思索片刻，说道："其实杨云亭的奶奶可能看到什么了，她虽然病得很厉害，基本不能正常说话，但是那天警察问她时，她不停在说'猫，猫，猫'。"

黄宣仪插嘴道："这是什么意思？是说猫是凶手吗？还是说动手的是极端猫咪爱好者？"

"算了。"宋归宜叹了口气，"这种证词有和没有都一样，当作不存在吧，还是关注案子本身的线索吧。你去问一下，当初有几个同学拿到了她家的钥匙。"

"不用问了，如果我没记错，有五个人，都是她最好的朋友。"

"什么鬼？用最高级的时候，数量都限定在一个，这姐姐怎么回事，最好的朋友弄出来五个人，还和散财童子一样见人就发钥匙。你们女生都这样？"他的眼神往一旁瞥。

黎素道："别看我，我只有朋友，但没有最好的朋友。"

黄宣仪接口道："我有最好的朋友，不过她谈恋爱了，最近不和我一起玩了。"

沈墨若微笑道："杨云亭就是这样的人，她很容易喜欢上别人，也善于和别人交朋友。她对每个朋友都是真心的，一视同仁。"

宋归宜冷哼一声："直到她的一个朋友干掉了她。"

今日的外出郊游便到此为止了，黄宣仪由沈墨若送回家。宋归宜则照旧上了黎素的车，黎素坐上驾驶位，突然朝着宋归宜伸手，露出个孩子般的坏笑："给我吧。"

宋归宜别开眼睛装傻："你指的是什么？"

"我是说你把礼物给我吧。"

"谁说我给你买礼物了？"

"我有看到你把一个小盒子揣腰包里。你一路上都犹豫来犹豫去，一直在偷瞄我，是不好意思送我吗？"

宋归宜噘嘴，瓮声瓮气道："不是礼物，是石灰粉，我准备趁你不备就用石灰撒你眼睛。"他每次害羞，耳朵都会发红，只是平时被长发挡住了，这两天因为拔牙浮肿不方便洗脸，把头发梳得整齐，露出来的耳朵通红。

黎素笑意更浓，嘴角荡出淡淡梨涡："真的？那拿出来看看。"

宋归宜不情不愿，从口袋里掏出一个用丝带绑着的蓝色盒子。拆开后里面是一对玳瑁发夹，颜色很衬黎素新染的棕发，他果然还是在意的。

黎素谢过他，直接别在头发上："挺好看的，这是真的吗？"

"想多了，我还不至于为了你吃牢饭，而且也没这么多钱，人造合成材料罢了。"

"我发现你很喜欢玳瑁。"

"是啊，我吃王八，养王八，戴的眼镜是王八，并且终于看上个王八蛋。一个完美的逻辑闭环，就祝你和王八一样长命百岁吧，不客气。"

晚饭前，宋归宜收到了沈墨若发来的照片，是一张校园里的合影。他圈出了其中六个，分别写上名字，并详细介绍了一番。

156

杨云亭在第一排，个子娇小，长发梳成马尾，意气风发。她对着镜头咧开嘴笑，微微昂起下巴。宋归宜留神多看了她几眼，琢磨出了熟悉感，直鼻鹅蛋脸，她和黎素长得有点像。但黎素的眼睛偏长，有种妩媚，杨云亭则是圆眼睛。所以沈墨若请他来帮忙才扭扭捏捏的，大概是不想让人知道这点。宋归宜给黎素看了照片，她耸耸肩，很无所谓道："这也没什么，他实在是想太多了，人的口味就是很固定的，总会喜欢相似的长相。她看着比我活泼。"

　　宋归宜点头："她看着像是你和小黄加起来，除以二。"

　　照片中剩下的几位便是嫌疑人了，宋归宜很费力地记着她们的名字。第二排有一位很醒目，不是因为漂亮，而是实在一脸丧气。这是个短发女孩，很不擅长面对镜头的样子，眼睛半闭着，头也有些歪，她叫沈容竹。

　　沈容竹在学生时代沉默寡言，为人内向，体育成绩很差，但是文采很好，作文获过市里的一等奖，是学生时代较常见的小规模才女。但这种才气不能当饭吃，大三那年，她的父亲坐牢，她很受打击，毕业后就基本和同学断了联系，四年前她在家里轻生。

　　第二排中间的是位大小姐，叫王宣飞。所有女生里只有她把头发披着，拨到一边。她很白，很漂亮，两颊丰润，下巴倒是挺尖，眼睛微微眯着，神情似乎很不耐烦。

　　王宣飞家里确实有钱，但是她有个小九岁的弟弟，家产没多少是为她准备的。她性格骄纵，一言不合就会当场发作，她同杨云亭关系不好，两人同在音乐剧社团，总是争论不休。不知道为什么，杨云亭还是把钥匙给她了，虽然之后她们又闹翻了，而且王宣飞还当众把钥匙还回去了。有传言称，王宣飞曾在更衣室里扇过杨云亭一耳光。

　　站在王宣飞身边的人就相形见绌了。她的刘海很厚重，肤色也偏黄，左手抱着右肩，神色拘谨。她的名字和打扮一样带着土气，叫邓娟。

邓娟是王宣飞最看不顺眼的一个。她不是本地人，普通话带着浓重的地方口音，父母为了让她在大城市求学费尽心思。她是住校生，为了节省时间学习，一周只洗一次头。一次她的头皮屑落在后桌的王宣飞书上，王宣飞就开始带头孤立她，当面嘲笑她是乡下村姑。杨云亭就是在这种情况下，主动和她交好，把她带进自己的交友圈。

第三排左侧有一位身材高挑，脸庞是中性化的清秀，头发剪得很短，愈发显得脖子修长，她叫许捷。如果是她的话，一个人扛走杨云亭倒不是问题。

最后一位很文静，且文静得平淡无奇。她戴眼镜，马尾梳得紧贴头皮，像是每个班里都不会缺的乖乖女。她叫徐欣怡，当时是班长，她和杨云亭是小学和初中同学，算得上是一起长大的，杨云亭的失踪似乎对她打击很大。这件事后性格大变，她现在是一位中年富商的情妇。当初和沈墨若一起去打扫卫生的就是她。

宋归宜问黎素意见："光看背景信息，你觉得谁的嫌疑大一点？"

黎素笑道："这我可说不好，不过哪一个都不像是省油的灯。"

004

宋归宜的计划如下：沈墨若谎称收到一封匿名信，上面写着"你们中有一个是凶手"。他以此为借口，召集另外五人见面，见面的地点定在饭店的包间，宋归宜作为他的朋友陪同。至于黎素和黄宣仪则待在车里待命。

见面时间约在上午十点半，许捷来得最早，她完全变了一个样，

158

波浪卷发大红唇，穿一件红色的连衣裙。她似乎又长个儿了，穿着高跟鞋比沈墨若都高了。爽朗的个性倒没变，见宋归宜是个生面孔，很自来熟地拿他打趣。

邓娟是第二个到的。她也脱胎换骨了，周身的打扮都紧跟当下潮流。锁骨发染成棕色，清爽的淡妆，短外套配长裙。她很客气地同众人寒暄了几句，介绍自己现在在外企工作，便低头紧盯自己的手机。

王宣飞其实是和邓娟同一时间到的，黎素躲在车里看到了。但她不愿与邓娟同时进门，就刻意绕着停车场多开了一圈，她的车是一辆红色的宝马。王宣飞和学生时代比并没有多少变化，她如今在父亲的公司里做个闲职，随口夸了句沈墨若的表，然后余光扫了眼邓娟，阴阳怪气道："你好像白了不少，以前又黑又瘦，和猴子一样。你做的什么医美？我最近有空也去试试。"

邓娟讷讷，看她的眼光似乎还是带着怯。许捷出来打圆场，岔开话题："我们的班长怎么还没有到？"

王宣飞漫不经心道："徐欣怡啊？别等她了，她说不定忘了这事。我上次看到她晚上一两点还在外面喝酒，现在大概在睡觉吧。她那脸啊，越来越看不懂了。"

话虽如此，他们还是又等了半小时。徐欣怡依旧没来，便只能撤下她先开席了。

等上完冷菜，才有人匆匆忙忙推门进来。她的打扮很朴素，脸却很陌生，一种现代医学改造过的美。徐欣怡打着哈欠进了门，懒洋洋道："不好意思，我来晚了。"

王宣飞瞥了她一眼，示意她坐到自己身边来："你的鼻子这次倒是整得不错。"

徐欣怡坦然一笑，道："是啊，这次找了个京城的名医主刀，

159

效果就很好，等消肿了会更自然。"

又上了一轮菜，众人也各自聊起如今的状况。王宣飞准备结婚了，订婚戒指还在选；邓娟下个月要外派出国去总部了；许捷当了三年程序员，准备换个工作；徐欣怡刚搬了一次家，她还听消息说沈容竹母亲也准备搬家了。

她们聊了一圈，沈墨若才找到机会插话，清了清嗓子："这是我上周收到的信，也报了警，没有查出什么结果，所以把大家叫出来讨论一下。如果是恶作剧，那再好不过，如果不是，大家这段时间可能就要小心一点。"他拿出那封伪造的匿名信，是宋归宜连夜做的，就算真的有人报警，也查不出端倪。信上的每个字都是从报纸上剪下来的，拼贴起来构成一句话，"我知道你对杨云亭做了什么，你有她家的钥匙。"

匿名信在那五人手上传阅，她们脸色都有变化。宋归宜不动声色，留神观察着，其中数许捷神色最慌乱，王宣飞表现得最平静。

许捷稍稍镇定下来，问道："你这封信是在哪里收到的？"

这个问题倒也事先排演过一遍，此时沈墨若装作回忆的样子，说道："上周三，我从邮箱里找到的。"

王宣飞冷笑一声："邮箱？就是那个放报纸的地方？不是吧，现在还有人订报纸杂志，该不会是你自己贼喊捉贼吧，沈墨若。"

沈墨若一惊，顿时像是作弊被抓当场，汗如雨下。宋归宜在桌下拍了拍他的手，示意他冷静下来。

宋归宜起身道："事情都过了这么久了，旧事重提也没这个意思。你现在急着跳出来，是不是做贼心虚啊，大姐。"

王宣飞怒道："你管我叫大姐？"

"不然呢，难道还叫你大妈吗？"

"你说话怎么这么没礼貌？"

"为什么要对你有礼貌啊，阿姨。"宋归宜扭头做了个鬼脸，朗声道，"本来今天叫你们来，就不是为了吃饭叙旧。其实那封信里写着你们几个人中间就有一个是凶手，这可不像是单纯的恶作剧，说不定就是事实，杨云亭的失踪案，你们每个人都有嫌疑。就拿你来说吧，王大姐，在学校里就和杨云亭不对付，说不准哪次吵架后一失手，就把她……"

王宣飞上前，狠狠一记耳光，抽断了宋归宜半截话头。她一把揪住他的领子，恶狠狠道："你敢再说一个字，我把你们门牙都打断。"

"你越是生气，看起来越像是恼羞成怒。"宋归宜舔了舔嘴角，隐约有血的腥味，他半张脸都麻了。这也是他计划的一部分，出言挑衅，激怒其中一人，尽量把嫌疑往她身上引，观察其他人的反应。他用余光扫向周遭，许捷一脸诧异，邓娟面露担忧，徐欣怡漫不经心弹着指甲。

王宣飞气极，手高高扬起，另一记耳光险些就要抽上来了，好在沈墨若同许捷一起把她拉开了。她脸色煞白，提着包怒气冲冲地走了。

她走后，徐欣怡帮着打圆场，道："不好意思啊，王宣飞最近心情不太好，她弟弟闹着要分家，她们家其实没留什么钱给她，所以急着要让她结婚，就给一套房。"

许捷道："别人家的私事，就不要在后面说三道四了吧。"

徐欣怡道："你不爱听，说不定别人爱听啊，邓娟应该挺高兴看到她倒霉吧，以前王宣飞那么爱欺负她。"

邓娟起身，面无表情道："你们先吃吧，我有事要先走了。"

这场饭局闹得不欢而散，不多时，另外两人也纷纷借故离开。沈墨若则急忙找冰袋给宋归宜敷脸。

宋归宜往纸巾上吐了口带血的唾沫，道："她可真是狠，我妈都没打过我。"

沈墨若道："不好意思，也是我没考虑周到，没想到她打你打这么狠。"

宋归宜不以为意，只是转而问道："杨云亭的生日是六月二十五日吗？之前去杨家，她抽屉里有张纸质的学生证，上面有写出生年月。"

"其实我也不太记得了，很多年过去了，我就记得是夏天生日，六七月份。你为什么问这个？"

"因为我刚才看见王宣飞的锁屏密码是0625。黎素是不是和杨云亭长得比较像？"

沈墨若略带迟疑道："是。"

"就从王宣飞开始查，让黎素去。"

"那需要我再做些什么吗？"沈墨若为他换了冰袋。

"你明天有空吗？陪我去医院吧，我的病好像严重起来了。我不只有幻听，还看到幻觉了。"宋归宜望着包厢一角愣了愣神，蔡照正站在那里同他挥手，身上滴滴答答淌着水。

─◦005◦─

黎素直接去王宣飞的公司找她，见面时，王宣飞望着她的脸，也是一愣，嘴微微张开，一个名字险些要脱口而出。黎素自我介绍道："我叫黎素，黎明的黎，昨天被你抽耳光的是我男朋友。"

王宣飞的脸垮下来，冷笑道："怎么了，你要找我问罪吗？"

黎素道："不是，很多时候我也挺想打他的，就是舍不得。我还要谢谢你代劳了，有空我请你吃个饭吧。"

"得了吧，你就是有话要问。真是甩都甩不掉，那就今天中午吧，我们出去吃饭，顺便聊聊。"

王宣飞选了家公司附近的日料店，价钱偏高些，好处是僻静方便说话。黎素出发前特意找了沈墨若，问杨云亭的喜好，特意在点菜时选了她喜欢的炸鸡块。

王宣飞又是一愣，低声道："以前杨云亭也喜欢吃这种东西。"

黎素淡淡道："是吗，这也很正常，本来喜欢炸鸡的人就不少。"

"可是你的习惯和她一样，都是先吃柠檬，再吃炸鸡。这种怪癖可不是人人都有的，这到底是巧合，还是你故意学她？"

黎素反问道："这不重要，关键是你为什么把她的习惯记得这么清楚，都已经这么多年了，你们关系很好吗？"

"你从哪里听来的鬼话啊？"王宣飞冷笑，"我们那叫关系好？说关系不好，那都是客气了。我和她关系闹得很僵，有几次就差要叫家长了，反正我们什么事都可以吵。要说那时候年少轻狂吧，也不是，现在见面了估计还是会吵。她其实是个一阵风似的人，没有脑子的。"

"我不太明白。"

"她性格挺莽撞的，说好听是乐观活泼，难听点就是又倔又冲动。她很容易产生热情，对别人很好，很容易和别人成为朋友，但你说她把谁特别放在心上，倒也不会。她就像是太阳，习惯别的恒星绕着她转。"

"可是听你的口气，感觉你和她的关系也没那么糟，你也没把她说得一无是处。"

王宣飞说话的气势弱了些："你就当是死者为大吧。"

"你确定她已经死了？"黎素小口吃了咖喱，味道很一般。但她是喝过宋归宜炖汤的人，近于无所畏惧。

"不然呢？失踪十年了，怎么可能还活着？她不是那种会甩下家人离家出走的人。而且地毯上有血，学校里都传开了。"

"事实上，是地毯下有血，不是地毯上，而且出血量并没有到致命线，虽然确实是一大摊血。"黎素对上王宣飞怀疑的眼神，解释道，"是沈墨若和我说的，他一直放不下这件事。"

"那你还想问我什么？以前警察不是都问过了，这么多年许多事我也早就记不清了。"

"钥匙的事呢？杨云亭曾把家里的钥匙给你。"

王宣飞有少许迟疑："对，她是给过我，但我很快还给她了。我说过了，她就喜欢随随便便和人混熟，但我没这种兴趣。"

"我有一些猜测，想找你求证一下，不知道对不对，纯属是我臆断，如果我有说错的地方，你不要生气。"

"好了，别磨磨唧唧的，直说吧，我听着。"

"你的手机锁屏的密码是杨云亭的生日。"王宣飞瞪大眼睛，欲言又止，紧咬着嘴唇，弄得口红斑驳一片。

黎素继续道："你很骄傲，你的出身很好，相貌也好，但你觉得父母给你的关注不够多，所以你更迫切地想要证明自己。你最讨厌的就是德不配位的人，但同样的，你很欣赏那些和你势均力敌的人。你不太喜欢和男生接触，因为他们会让你想到你的弟弟。你的弟弟不如你优秀，可是却得到了你得不到的东西。"

王宣飞冷哼一声，打断道："他何止不如我，他就是个废物。"

"所以你很享受在女生圈子里一呼百应的感觉。杨云亭完全不听你的，你一开始很生气，后来却对她有了朦胧的好感，因为她不是针对你，只是单纯和你性格不对盘。你们可能会斗嘴，但斗嘴的时候你也乐在其中。"

"我没有对她生过气，一开始就没有。她就是那种吵吵闹闹的人，又很自来熟，但不能说多讨厌。算了，你不会懂的，你继续说。"

"但你对她也有独占欲，她对别人，尤其是对你看不起的人的照顾让你很生气，所以你带头孤立邓娟。有人曾看到你抽了杨云亭一耳光，这应该是真的。但不是因为你嫉妒她，而是因为你恼火。她没有还手，也没有把事情闹大，只是假装什么都没发生。因为她问心有愧，她知道她伤害了你的自尊，她拒绝了你。"

王宣飞掏出一面化妆镜，用纸巾仔细地抹干净唇膏："我对她有很深的感情，我只能说这么多。"她的指甲剪得很短，没有涂指甲油。

"你还记得那个周五发生了什么吗？你当时在哪里？"

"你怀疑我？"她冷笑着一挑眉，"算了，随便你。我那时已经退出音乐剧社团了，虽然我知道她们每周五会在音乐厅排练，但我那段时间都尽量不和杨云亭打交道。我就在放学时看到她背着书包直接离开。我好像问过她为什么直接回家，也可能没有，反正很多年了，我也记不清，我只记得她的神色很慌张。那件事之后，我就把钥匙还给她了，我没兴趣当她五分之一的朋友。"

"你觉得如果你们五个人里有一个是凶手，会是谁？"

王宣飞斩钉截铁道："邓娟。有一点你说错了，就算没有杨云亭，我也不喜欢她。她想要的东西就像疯了一样要得到手，品行也一塌糊涂，我才看不上她。你还不如调查一下她，她是真的犯过罪的人。"她冷冷一笑，旧日的轻蔑态在眼底重现，"你不知道吧，她以前偷过东西。你不相信就去问沈墨若，他肯定记得的，这是赵松老师说的。"

<br>

──006──

黎素到家时，宋归宜刚洗完澡，没穿上衣，只在腰上裹了条浴巾，坐在沙发上喝可乐。黎素对他复述了与王宣飞的一番对话，宋归宜听完觉得收获不大："没什么大进展，结果只是知道了人性很复杂。"

黎素道："但还是要去找找那个赵松老师，邓娟偷东西这么私密的事她都知道，可能还知道别的隐情。"

"她估计退休了吧，这次换黄宣仪和沈墨若去吧，小黄这种小姑娘对套话有帮助。"

黎素笑道："管她叫小姑娘，你也没比她大多少。"

宋归宜不置可否，忽然抬头，望定黎素，问道："有一件事想问你，你到底是怎么看我的？"

"不怎么看，你挺好看的，就这样。"

"我今天本来要去医院，让沈医生陪着我去，不过我中途甩开他跑了，在家里躲到现在。"

"你怎么了？不舒服吗？"

宋归宜忽然伸手，指向落地窗方向，问道："那里没有人，对吧？可是我看到蔡照了。我有精神分裂的家族史。"

"哦，我知道了。"

宋归宜设想过许多次坦白的场面。按照黎素平日里的表现，也确实不至于暴跳如雷或是痛哭流涕，但她冷淡到这种程度，也是他始料未及的。

"那你为什么没有去医院？"她面无表情，说话时还不忘抽了张纸巾擦手。

"我不知道，我就是突然有点害怕。"

"害怕什么？"

"害怕一个答案，我隐约觉得现在这样也不坏，没必要做什么改变。去不去医院其实都无所谓吧，其实我也不知道我为什么会这么想。"

166

"你不知道？我倒是知道，因为你就是个懦夫。你是个自虐成瘾的家伙，你到现在还觉得蔡照那个倒霉蛋的死是你的问题，你觉得这个幻觉对你是一种惩罚，能让你良心上好过一点，所以你宁愿让情况恶化，也不去医院。"

"你为什么要突然对我发火！不是所有人都像你一样没心没肺的。"宋归宜莫名一阵烦躁，随意换了件衣服，甩上门就出去了。

宋归宜在楼道口呆立了片刻，不想回家，又无处可去，索性去找沈墨若。沈墨若正巧要出去和父亲吃饭，就把他一并带上了车。

宋归宜莫名其妙道："你和你爸吃饭干吗带上我？"

沈墨若开着车，笑道："这样吃完饭我就可以直接把你扭送去医院了。今天为什么要放我鸽子？我可等了你很久。"

"没有什么为什么，就是不想去。这对你也不是坏事，如果我要入院治疗，就没人替你调查杨云亭的事了。"

"如果只是为了这个理由，我宁愿你不要调查。"

"别，我对这事还是挺感兴趣的，不单是因为你的关系。"

"其实我一直很想知道，你为什么对失踪案这么感兴趣？好像不只是为了找点事做。"

"不，我只是对人感到好奇。不知为什么，我对人性总是很消极，哪怕只有一次，我想把失踪的人找回来，给自己，也给别人带来一点希望。"

"你是一个值得结交的朋友，我真的很高兴能认识你。"

"沈医生，你说话好肉麻啊，快闭嘴。"

沈墨若轻笑，透过后视镜瞥了宋归宜一眼，他耳朵都红了。他继续道："你也不要给自己太大压力，你现在虽然有幻觉，但是还能分辨幻觉和现实，说明情况尚且在一个稳定的阶段。如果你坚持不去看医生，那就再观察一段时间。不过要是情况恶化了，下次我就直接送你去医院了。"

"知道了，你真是个老妈子。"宋归宜扭头望向车外，好奇道，"话说你老爸是不是做番茄酱的？"

"差不多，实际上他对公司有绝对控股权，但并不是完全对公司的事亲力亲为。他还有其他公司和别的产业，解释起来可能比较麻烦。"

"没事，反正我也不想听。"

"我爸是个脾气不太好的人，坦白说，我也不是他喜欢的儿子。我上面有一个哥哥，我爸很器重他，但是在我十岁的时候，我哥出意外死了。我下面还有一个弟弟，公司的事现在是慢慢交给他接手。我是不起眼的老二，我爸也不太喜欢我做心理医生，所以他可能对你态度不太好，你不要介意。"

"不介意，有饭吃就行。"

"其实叫你过去还有一个原因，我爸可能要和我谈杨云亭的事。不知道为什么，他一直在阻止我调查。"


沈墨若的父亲叫沈峰，平淡无奇的名字，平淡无奇的长相，乍一看，和大学门口的奶茶店老板别无二致。中等身高，发福的中年人，微微秃顶，挺着一个肚子，眼袋很厚重，穿一件 polo 衫，很难想象他能养出沈墨若这样一个好品味的儿子并坐拥上亿资产。他在一家粤菜馆订了个包间，宋归宜在路上偷偷搜了一下，这家店人均四千五，菜品特色是脸大的盘子里装着指甲盖大小的食物，所谓的摆盘有艺术格调。

沈峰见了宋归宜也是一愣，下巴稍稍抬起，问沈墨若道："你怎么还带个外人过来？"

沈墨若道："反正他也不会把你吃穷，加一副筷子的事情。"

沈峰骂道："你做事情真是越来越胡来了。以前你说要当什么狗屁搞心理的，我也就随便你，那你好好干啊，干个几天然后就又不务正业了，学别人查什么案子，我早就和你说了这件事不要去管，你就是不听，倔得和头驴一样。"

沈墨若倒是不怵，反唇相讥道："大驴才能生小驴。"

此话一出，宋归宜对他倒是肃然起敬，平日里沈医生温和得像鹌鹑似的，对女士温柔，对病人宽容，对外人的冷嘲热讽也是一笑了之，本以为他在父亲面前是唯唯诺诺的，没想到是只战斗雄鸡。

沈峰对儿子的冒犯倒是见怪不怪了，也不拿宋归宜当外人，只冷哼一声："你就是屁也不懂，觉得自己最了不起。那我问你，你不就是还记着你大学同学那档子事吗？都十多年了，还能剩下什么啊，骨头渣子都不剩了。"

"这和你没关系，现在已经有线索了，我委托别人去调查了。"

"找谁啊？该不会是这小子吧？"他居高临下打量着宋归宜，轻蔑道，"毛都没长齐的小子，看着就一脸呆样。反正你就胡闹吧，到时候闹到我跟前来，大家都丢脸。我听说你昨天还把你大学同学叫过去问话了？你消停点吧，和你弟弟多学学。"

宋归宜低头猛吃菜，权当自己不在此地，他和沈墨若那闹剧估计沈峰也知道了，他脸上还是有点挂不住的。

服务员端上一碗甜汤，沈峰喝了口润润嗓子，继续道："你说你是认真的，那我问你，你的那个同学杨云亭，她爸爸是谁你知道吗？你看，你们连这个都没查出来，不就是小孩子玩过家家，白费工夫。"

沈墨若低头，不吭声，面上还是不服气。宋归宜插嘴道："她是私生女对吗？她的生父另外有个家庭。"

沈峰说道："是也不是。其实吧，是她爸先认识的杨露，然后

169

未婚先孕了，就做了两手准备。生的是个儿子，就结婚；是女儿，那就没结果了。他同时还有个情人，后来倒是生了个儿子，就变成大老婆了。他爸叫魏承，她有个弟弟叫魏思玉。"

宋归宜竖起两根手指，抵着额头，心烦意乱，失踪案还附赠家庭伦理剧，情况愈发往复杂处发展了。

沈墨若不为所动，冷冷道："那又怎么样，她父亲的德行有失，和她又没有关系。"

沈峰道："她不是失踪，是直接畏罪自杀。你知不知道？"

沈墨若的调子猛然拔高："怎么可能？"

沈峰说道："不是可能不可能，这就是事实，她弟弟的死和她脱不了干系。"

"她不会杀人的！"这一声近于吼出来了。

"不管会不会，事情都是这样了。她弟弟吃的零食里有毒药，吃完之后就死了，警察一查，发现只有她有嫌疑，而事情发生前一个礼拜她在她弟弟家附近徘徊。警察后来问了她一次话，她人就不见了，不是畏罪自杀，是什么？她家过去二十分钟的公园里不是有条河吗，她弟弟只有六岁，能和什么人结仇？只有她有动机。"

沈墨若咬着后槽牙不吭声，宋归宜倒是来了兴致，问道："是什么毒药？如果是一般毒药的话，毒性没那么强，洗胃还是可以救回来的。除非是氰化物，可是这东西普通人不会拿到啊。"

沈峰说道："这我怎么知道，我又不是警察。我和你们说这件事是想告诉你们，她的爸爸魏承是个体面人，和我生意上也有往来。遇到这种事情，他心里也不好受，这么多年过去了，终于慢慢忘记了，你也不要旧事重提，就这样吧，大家都当她是失踪了。"

沈墨若呛道："体面人是不会有私生子的。总之我明白了，我调查这件事不会让魏承知道，我不会让你难做的。"

沈峰气得怒目圆睁，骂道："你真是不知好歹。"

眼见这对父子又要吵起来，宋归宜急忙岔开话题，问道："你为什么点名要见我？"

沈峰冷哼了一声，故意盯着沈墨若说道："听说你是陆涛的女婿，我特意来看看，确实还行，比我儿子强多了，我要是女人都看不上他。"

宋归宜笑道："这倒未必，如果我是女的，说不定就嫁给他了。"

宋归宜挨了一顿骂，倒没什么怨气，白白蹭了一顿饭，还多了一条线索。他准备一回家就求王帆帮忙找出魏思玉的案卷。

沈墨若上车时关门倒是猛地一摔，把宋归宜吓得立马坐直。

沈墨若见状连忙道歉，脸上的线条又松下来，重新成了个老好人："怎么说呢，我家的氛围就是这样的，也没什么好说的。反正不管我爸说了什么，我是不信杨云亭会做这种事的。"

"畏罪自杀的话，确实有很多疑点，比如说为什么血在卧室，可是人却不见了，杯子的碎片和烟头怎么解释？"

"那你相信她吗？"

宋归宜道："我不相信她，但我相信你。反正还是那句话，我答应你了，就会一查到底的。"

## 007

宋归宜拿着魏思玉这个名字找黎素帮忙，她虽然还生他气，但很快就给了答复："魏思玉小朋友，那年六岁。礼拜六，他的妈妈去了美容院，保姆在家里给他做饭，他自己在房间写作业。大约在上午十点，他拆了一包巧克力饼干吃，然后突然出现呼吸急促，口吐白沫的症状，昏倒在地。因为保姆一开始没听到声音，到十点

171

四十五分时，他已经确认死亡了。经过尸检，确认是氰化钠中毒，毒药就放在他一直吃的巧克力饼干里，这个饼干外包装上有一个很小的针孔，通过注射，可以把毒物注射到饼干上。一盒里有十多块饼干，并不是每一块都有毒，魏思玉是随机吃到的。根据家属回忆，他很喜欢这个牌子的巧克力饼干，每次保姆与他外出购物，他都要求买两三盒，平时就堆在家里，想吃的时候拆开。案发家庭并不是一直都有人在家的，家长白天要工作，保姆的工作时间是工作日的下午和双休日全天。受害者则在上小学一年级，早上八点到下午四点都在校。所以工作日的上午家里没有人，这就有了作案的时机。"

宋归宜问道："那附近有没有什么目击者？"

"有，当时的第一调查方向就是报复性作案。死者父亲有公司，可能在生意上得罪了别人，因此拿小孩出气。但是走访排查后，基本排除了这个可能。死者的母亲说死者还有一个同父异母的姐姐，是女校的学生，她可能有作案动机。也确实有保安记得，在之前一个礼拜看到有穿着女校校服的学生在周围徘徊，并且不止一次。于是立刻找到她询问情况，她虽然承认自己曾经出现在案发场所附近，但否认投毒。因为缺乏后续证据，并且还有很多疑点，这件事之后也就不了了之了。不过后续还有一些民事纠纷。"

"什么意思？"

"就是说死者的母亲上门去闹过几次，打起来了，都弄到派出所去了。对了，还有一件事值得注意，有一位目击证人的口供说，看到穿着校服的女学生在小区门口逗留，由此才确定是杨云亭。可是他看到了不止一次，有一次也不止一人。"

"有人陪着杨云亭去过魏家？"

"对，而且据说是个黑黑瘦瘦很不起眼的女孩，照目前的情况看只有一个人选。"

172

宋归宜又再追问了些细节，简单记了几笔，他问道："你要不要我带束鲜花回来，我正巧在花店门口。"

"想道歉不用这么别扭，快点回来吃饭吧。"

于是先前的争吵就这么轻飘飘掩了过去，宋归宜回去后尽量收敛情绪，和黎素讨论新想到的思路。他道："虽然杨云亭杀死她弟弟的嫌疑很大，但还是有好几个疑点。第一，她是怎么拿到氰化物的，这不是什么随便的毒药，是管制品，平常人也很难弄到手；第二，就算有毒药，她是怎么去投毒的？我刚才去案发的小区看过了，魏家在六楼，进出有两道门，第一道门需要密码，防盗门要用钥匙，她都没有。她只是被人看见在门口徘徊，这和进门投毒差了很多。"

"你的想法是什么？"

"和你想的一样。我们应该去找邓娟谈谈了。"

这事自然又落到黎素身上。沈墨若本想陪着一起去，宋归宜却摆手，给他捎了另一个活，道："你不用和她一起去了，她一个人搞得定。你去跑个腿，看能不能想办法弄到你们班上那时候的家长通讯录。你去看一下你学校还有没有保留着当年的记录，我想知道你同学父母的职业。"

之后黎素找了个午休时间，邓娟实在忙，抽不出整块的时间，顶多只能聊二十分钟。她的公司租在一个大厦的十六、十七层，下层是普通职员的工作间，上层主要是会议室和领导办公室。邓娟已经搬到了十七楼。

黎素到的时候，邓娟在吃盒饭，杯子里泡着浓咖啡。工作也好，交友也好，她都想着拼尽全力达成目标，可是在外表上又想装作若无其事，好像成果是她随手得来的。

邓娟看见黎素，起身同她握手。她比黎素矮半个头，平日里穿七八厘米的高跟鞋，现在躲在自己办公室里偷偷脱了，赤脚踩在地

173

毯上，脚后跟贴满了创可贴。

黎素说道："抱歉，占用了你午休的时间，不过我尽量把话说简短一点，可以吗？"

邓娟客套地笑了："没事，我最近不太忙，手头的项目刚结束，而且我要外派出去，就下周的事，所以现在主要是工作交接。你是要问杨云亭的事吧？"

"对，那我直接说了。你是不是偷过氰化钠给杨云亭？"黎素几乎是恶作剧的心态，饶有兴致地看邓娟惊慌失措又故作镇定的样子。她拿起桌上的杯子，手一抖，咖啡洒在衣服上。黎素偷笑："杨云亭的弟弟是被氰化物毒死的，这种东西一般人很难弄到，只有电镀厂大量使用。你爸就在郊区开了一家电镀厂，所以你有机会接触氰化物，而且有人看到你和杨云亭一起出现在他弟弟家楼下。"

邓娟嘴唇颤抖着，承认得倒是很爽快："对，是我做的。我有时候一个人在家没有饭吃，我爸就让我跟着他去厂子里的食堂吃饭。厂里的人都认识我，偷偷溜进去偷东西也简单。"

"你为什么要这么做？"

"杨云亭很讨厌她的弟弟，她说了好几次了。我就和她说，我爸厂里有毒狗的药，问她要不要。她说要，问我能弄一点给她吗，我说可以。"邓娟脸色依旧惨淡，情绪倒是平静下来。

"你这也算是谋杀案的从犯了，只是为了杨云亭吗？"

"你别看我现在这样子，过得还算不错，其实我读书的时候真的很惨。我爸妈虽然有钱，可教育观念一直是小孩不能宠，除了吃饭和教辅，他们完全不给我花钱。我穿的衣服就要穿到破，头发也永远是最土的短发，什么流行的东西都不知道，在学校里完全没有朋友，总是被孤立。我到现在还会做噩梦，梦见大家去春游，就我不知道，一个人在空的教室里一边读书，一边哭。杨云亭是第一个主动来找我的朋友，她人缘又很好。现在你或许觉得没什么了不起，但对当时的我来说，那就是一辈子的友谊，什么都能做。"

"你就这么和我坦白，不担心吗？"

"你都确定是我了，那我也没什么能抵赖的。而且你长得有点像她，我也不想隐瞒。我实话和你说吧，有几年我很害怕，担心事情败露，怕警察抓我，我晚上都做噩梦。可是现在已经过去十年了，我都慢慢淡忘了。你可以说我很冷血，可是人就是这样，一旦习惯了，就不会再有感觉了。我知道你没有证据，而且你不是在调查这件事。"

"你把氰化物给了杨云亭，然后呢？"

"我不知道。"她低头撕着手指上的死皮，指甲缝里渗出血，过去那个局促不安的女高中生身影又乍现了，"我把东西给她，她问我要不要加入，我说我考虑一下，她就明白我不敢的。我当时其实很后悔。"

"后悔拿氰化物给她？"

邓娟自嘲一笑："很长时间后我才回过神来，这事败露了会坐牢。但我那时候是青春期，脑子里缺根筋，不管不顾的，我那时候后悔没和她一起去，我怕了。我觉得我不配当她朋友。"

"你后悔没和她一起去？你认真的？"

"其实现在想起来我也会很后怕，但当时我真的是这么想的。我那时候就想着，她在我被人欺负的时候帮了我，要是我不帮她，她会不会讨厌我。我那时候很害怕，不是怕事情败露，是怕她不和我说话了，那我就真的再没有朋友了。"

"那她什么反应呢？"

"她没怪我，她说谢谢我给她保密，这件事她会找别人帮忙的。"

"别人？这个人是男是女，你知道吗？"

"这个我不知道，她不说的东西我从来不会问，我真的很珍惜

175

她这个朋友。以前也有人起哄说她有男朋友，但她都是否认的，也可能是真的有，她没有和我说。你可以去问问徐欣怡，她们一直是最亲近的朋友，如果她有男朋友，应该会告诉她。"

"同学间有传言说你偷东西被抓了，这件事和这个有关吗？"

"你怎么连这个都知道了。"邓娟一顿，显得很尴尬，手足无措地想解释，又作罢，"也不能说特别相关，总之那段时间我压力很大，又不能和别人说，就偷东西发泄情绪。我没有偷值钱的东西，就是在超市里拿了一包薯片。我也第一次，慌慌张张的就被抓住了。超市的人一定要叫家长，我也不敢打电话给我爸妈，我手边只有一个老师的电话，就想找她碰碰运气，是她告诉你的吗？"

黎素点头："最后问一个问题，单纯是我个人好奇，你不回答也不要紧，如果现在让你再选一次，你还会把氰化物给她吗？"

"我会。"

"为什么？"

她露出一个微笑，近于炫耀般说道："我说过了，她和徐欣怡最亲近，但这件事却只有我知道，那我不会辜负她的信任。"

## 008

要见徐欣怡一面其实很困难，她像是蒙娜丽莎，要看一眼还要先排队预约。于是他们便分头行动，宋归宜出门去了，黎素继续想办法与徐欣怡联系，沈墨若带着黄宣仪找以前的老师碰碰运气。

赵松今年已经六十四岁了，在沈墨若印象里她是个时髦的人，现在也依旧如此。她的头发全部白了，却烫得很蓬松，云一样堆积在头顶。身材依旧算是纤细，也还是穿裙子。她终身未婚，也就没

176

有孩子，至今依旧是一个人独居。

她说在公园遛狗，远远地认出沈墨若，挥手招呼他过来。

赵松说道："不好意思，让你们出来找我。不过我们家这个宝贝我昨天没有溜，今天一定要逛几圈。"黄宣仪头发披散着，热得满头是汗，赵松笑着递上一块手帕，"擦擦，姑娘，你鼻子上都有汗了。"

黄宣仪轻笑两声掩饰尴尬："我一直挺容易出汗的。"

沈墨若道："老师，你应该知道了，我是为了杨云亭的事过来的。"

赵松轻轻叹了口气："这么多年了，你还是放不下吗？"

"不是放不下，事情发生了，我不能假装不知道，总是要有一个结果的。"

"没有什么可以说的，要说的都和警察说过了。再说这么多年了，我现在记性是越来越差，昨天的事情，今天就忘记，人老了就是这样，越来越没用。"

"老师，还是麻烦你回忆一下，不一定是那天发生的事。只要是那段时间里和她有关的，或者和她的朋友有关系的都可以。"

"那确实是有一件事，你还记得你以前有个男的体育老师吗？姓姜。"

沈墨若眼前依稀浮现出一个高大男人的身影，声音洪亮，脸在太阳下晒成酱色。他对这名老师的印象一般，就记得他上课抓典型，总是说他俯卧撑的姿势不标准："是做了三个月就辞职走人的那个吗？"

赵松道："这件事我其实不太好意思说。那个姓姜的老师，不是自己辞职的，是被开除的，这么说不过是给他留个面子，学校方面也不太想闹大，毕竟家长都挺关注校风建设的，如果知道肯定会对学校有想法，都是好人家的女孩子。"

"这个人到底做了什么？"

"他和一个女同学有情况，私下里被杨云亭举报了，因为没证据，本来大家还将信将疑，结果一去问那个老师，他立刻就承认了。他说以为女生对他有好感。我们绝对不容许这种事情发生，立刻就封锁消息处理掉了。"

黄宣仪插嘴道："那有没有可能，因为这件事，这个姜老师对她怀恨在心？"

赵松道："很多事我也说不好，只能说最好不是。杨云亭啊，我现在想起她，感觉还是个小孩子。很多时候，人对另一个人的印象，就是最后一次见到她时候的样子。唉，她一直是个好孩子。"

沈墨若略带踌躇着，说道："其实还有一件事，就是邓娟的事，她以前是不是偷过东西？"

赵松愣了一下："邓娟是哪一个？我有点记不太起来了。"

沈墨若没带照片，就简单描述了一番："瘦瘦小小的女孩子，皮肤黑黄，不太爱说话，王宣飞对她很不客气。"

赵松终于有了些印象，说道："她啊，好像是有这么回事。她在超市里偷零食被抓住了，店里的人让家长来领她，她不敢打电话回家，就把我叫过来。她可能是压力太大了，我看她买了大概七八盒零食，她自己还偷了一盒，说是钱不够了。我记得很清楚，就是同一款，她估计也不是拿去吃的，就是要发泄一下压力。她也不容易，那时候就杨云亭陪她玩，后来她又是一个人了。她现在还好吗？"

沈墨若道："她现在挺好的，工作也很好，人也挺幸福的。"

赵松牵着狗离开了，目送着她的背影，黄宣仪感叹道："我以后也想成为这样的人，优雅，很有品位，说话也轻声细语。她以前一定是个很讨人喜欢的老师。"

"没有必要为了讨人喜欢而成为谁，关键在你要喜欢自己。"

沈墨若侧过身不去看她的手腕。黄宣仪早已汗流浃背，因为她依旧穿着长袖，想遮挡住手腕上自残留下的疤痕。

宋归宜回来时，沈墨若和黎素一人一个手机，分别端坐于沙发和客厅。黄宣仪在打游戏，整间屋子里没人说话，对他的到来也不过是点头应声。这似乎足以证明现代科技对人际社交的伤害，但宋归宜没空搞批判，他汗流浃背，急匆匆跑到水龙头下，冷水对着脖子一阵冲。他头发全湿了，狗一样摇着脑袋甩水，随手把湿发往后梳。他掀起 T 恤下摆擦干净脸上的水，露出腰腹。

黄宣仪小声尖叫，不是害羞，而是兴奋："你竟然有腹肌！我还以为你是艺术男，弱不禁风的那种。"

黎素笑道："这么高的弱不禁风男子，那要吹多大的风才能吹倒。你最近是不是又长个儿了？"

"上次量又长了一厘米。"

黎素挑眉，问道："那除此之外，你还有什么新发现要告诉我吗？你出去做什么了？"

宋归宜道："我去骑自行车了，顺便去了一趟图书馆，弄来了一份地图。城市发展档案馆总是会出这样的书，记录某某区县十年二十年来的变化，再附上地图。"他把地图在桌上摊开，是案发区域十年前地图的复印件，出事的小区已经用笔标红了，以此为圆心画了一个圆。

他点着地图继续道："我刚才找了辆自行车，在案发地周围骑了一圈。杨云亭是下午三点左右走的，沈墨若你们是四点三十到的，

179

中间有一个半小时，除以二就是四十五分钟，考虑到中间还有别的事耽搁，应该只有二十到三十分钟。"

黄宣仪问道："为什么要除以二？"

黎素帮忙解释："因为他觉得杨云亭不是在家中遇害的，而是有人把她叫出去。然后把她的车骑回家，再布置现场最后离开。"

黄宣仪道："可是她家里不是有血吗？"

黎素道："这才是最奇怪的地方。按理说当场遇害的伤口出血量应该非常大，可是现场很干净，只有地板上那一摊血，其他地方连血滴都没有，这更像是剪开了一个血袋。"她轻拍沈墨若的肩膀，"所以没事的，沈墨若，你不用再自责了。这只是个伪造的现场，那个烟头也好，玻璃杯碎片也好，都是为了迷惑调查者做的。"

宋归宜托腮，回以一笑："说得很对，看来你也想到了，我们还是挺有默契的。"

黎素扭头，调侃道："在蓝莓的分配问题上也很有默契，别再偷吃我的蓝莓好吗？"

"好吧，那以后我光明正大地吃。"宋归宜继续道，"这个圆的半径是我自己试了几次，在这段时间里能骑到的平均路程，所以这个圆里面可能就有凶手和杨云亭的见面地点。你们一起过来看看，哪个场所比较有可能。这个地点应该满足以下几点：人流量不大，不太容易被目击，但又要便于藏匿尸体。"

宋归宜在推理上基本是独断专行，他要找人求建议，就说明这不是个小难题。果然地图摊开，圆圈框起的范围里基本找不到合适的地方。案发地附近主要有三条街道，一条济民路以小商铺为主，卖水果、点心、肉类等，旁边是理发店和美容院一条街。再过去横着的一条路倒是僻静了，可也全无藏身之处。

黄宣仪道："会不会是在那种肉店里，凶手把人解决之后就藏在冰柜里。"

"可能性很小。这样的话店里必然有帮凶，而且这种店铺很小，不太可能有空置的冰柜。你把一个人塞进去，就要和肉塞在一起，有被其他人发现的可能。除非帮凶是店主，这倒说得通。"

黎素道："按这样的逻辑推演，所有店铺都有可能，也都没有可能。寻找第一案发场所完全没意义，因为这是十年前的案子了，没办法去现场求证。"

宋归宜这边没结果，便只能暂时搁置了。他转问黎素道："你们这里有什么进展吗？"

接话的倒是沈墨若："我不知道算不算线索，不过杨云亭可能得罪过许捷。刚才赵松老师说有个姓姜的体育老师，因为和女学生有暧昧，被杨云亭举报离职了。那个女生应该是许捷，我曾经在校外，看到他们两个牵着手很甜蜜的样子。"

宋归宜问道："你要去找她问清楚吗？"

"是有这个打算，我刚才联系她了，不过她好像很忙，还没回复我。"

宋归宜的眼神雾似的飘远了，越过沈墨若的肩膀，停在一个空荡的角落里。他愣了愣，又回过神来，问道："黎素，那你和徐欣怡联系得怎么样了？"

"她也没怎么理我，估计又喝多了。"

宋归宜道："那挺好，那我也该去补个觉了，我昨天失眠了。"他摇摇晃晃起身，说话有气无力的，似乎真的是累了。

宋归宜在客房躺下，黎素没整理过这里，房间还是他上次睡时的样子，久不通风，有股灰尘的味道。

他直愣愣地望着天花板。所有人都到齐了，不只是外面那些活着的，还有一个死去的。蔡照站在床头，居高临下地审视着他。一阵风吹开窗帘，他旧日的愧疚摇曳，宋归宜知道他是幻觉，但甩脱不了，只是累。

蔡照质问道："你真的觉得这件事就这么过去了吗？你想过正常的生活了吗？"

"你都死了，别来烦我，该投胎投胎。"房间里很安静，宋归宜刻意别开眼神，盯着空调风吹动蚊帐的下摆。

但幻觉也会动。蔡照冰凉的手紧紧握住他，这感觉似曾相识。他冷笑着，说道："喂，你真的有告诉他们所有的真相吗？亲眼看着我死，你感觉怎么样？"

"不怎么样，已经过去了，你再不原谅我，事情都已经发生了，我还能怎么办？找个和尚超度你吗？"

"我不是鬼魂。"蔡照道，"我是你大脑的一部分，是你不放过我。"

"你是说我不放过我自己吗？"

"是啊，你原谅你自己了吗？为什么你不愿意接受治疗，因为只有这样，你才可以假装你的冷酷无情是源于疾病，而不是你的天性。你假装黎素也一样冷酷无情，所以你待在她身边，就觉得自己也不是那么奇怪。但你很清楚，她是正常人，你才是笼子里的野兽，你知道你对我做了什么的。"

"我不知道。"宋归宜闭上眼，头痛欲裂，他在床上蜷缩起来，被子拉过头顶，什么都不去想，只是沉沉睡去。


宋归宜在房间里睡着了，门虚掩着，客厅里的三人顾忌着他，也就不便大声谈笑，各自做着自己的事，反倒有些意兴阑珊的味道。宋归宜就是这么个存在，不声不响，也不是会炒热气氛的人，但若是习惯了他在，少了他就像是缺了很多。

过了一会儿，黎素说道："我去看看宋归宜醒了没有。"她刚走出几步，沈墨若却一把拉住她，压低声音道："许捷回复我了。"

许捷详细说明了当年的事。因为她是篮球队的主力，平日里与姜老师接触较多，一来二去便熟了，有些青涩的朦胧情绪生出。但发展了两三个月，姜老师的胆子愈发大了，她反倒萌生退意，又怕他纠缠，把事情闹大，她便私下里找杨云亭倾诉。不料杨云亭一扭头就找校方举报，没说出许捷的名字，反倒说自己是当事人，连哭带骂，把事情说得很严重。校方追究起来，姜老师自知理亏，也就主动辞职了。为这事，许捷一直很感激杨云亭。

沈墨若道："这话或许有点冒犯，但我还是想问一下。杨云亭失踪那段时间，你在做什么？"

许捷道："我记得我应该是在篮球队集训，每周五放学后都有训练。不过也有可能我记错了，因为有几周教练有事，就不训练了，已经过了很久了。"

"好的，你知道杨云亭有男友吗？"

"没听说过，不过也有可能。因为我见过她有个打火机，挺漂亮的，不像是学生会用的，她也不像是会抽烟的。"

结束后黎素问沈墨若对许捷的证词相信多少，沈墨若苦笑着，说道："你或许会笑话我，不过我觉得她说的都是真话，她也没有骗我的必要。"

黎素微微一笑，像是琢磨着一个不错的笑话："我在想另一件事。那个体育老师很年轻，长得应该也不错，许捷是年轻女孩，杨云亭也是，按理说她不会对老师有太多敌意。但她举报的行为攻击性非常强，甚至不惜牺牲自己的名声，也要让他走人，这么做就不只是仗义了，更像是一种心理投射。她把发生在别人身上的事，代入了许捷。在那件事上她很可能是失败的，所以更迫切想搞定许捷的麻烦。"

黄宣仪道："你是说她有认识的人被老师欺负过？"

黎素道:"情况可能更糟一些。如果我是一个有歹心的中年老师,要我选择一个猎物,我会选一个文静的、温柔的乖乖女,不用太漂亮,但需要很懂事,这样她就不会把事情说出去。同时家庭氛围要严肃些,这样她就会觉得是自己的错。还要很在意成绩,这样就有一个持续的借口补课。如果我找到一个这样合适的人,我肯定不只是骚扰她,我可以做很多事。"

沈墨若道:"我们学校不能容忍这种事的。"

"如果是外面机构的补课老师呢?如果这个老师干脆是家长请来一对一辅导的呢?"黎素耸耸肩,道,"当然了,这只是凭空猜测。同样是猜测,你们有没有觉得这个可能的受害者和杨云亭的一个朋友很像?"

⌒010⌒

花了些工夫,黎素才见上徐欣怡,她辗转托了三个朋友弄来她的住址——湖心苑二期,18号楼1602室。这是个新开的楼盘,为了确保住户质量,基本没有小户型。这旁边还有两个高端楼盘,不少人就把情妇安置在这里,方便见面。徐欣怡的私人生活和那张脸一样,她曾当过两个人的情妇,现在换了第三个。传闻里,她是个有手段的人,好几次对方的正妻找上门,打也好,骂也好,她都不当回事。怎么的惊涛骇浪,她知道终会风平浪静。现在她随意找了个闲职,每个月从情人处拿钱,也做别的男人的生意。

徐欣怡也完全不吃黎素这套。初次见面时,她趴在桌子上装哭,别人都去安慰她,只有徐欣怡自顾自夹菜吃,所以黎素这次带上了黄宣仪,不是为了带小姑娘见世面,是多一重保险。世故对世故,总是两败俱伤，天真对世故，却常有胜算。

楼道口就要密码，黎素直接找徐欣怡开门，她八成会拒绝。她就拉着黄宣仪在门口等了几分钟，终于等到楼里的住户出来，她才装作正巧进来的样子。对方是个中年男子，习惯性地对年轻女性没戒心，倒还帮黎素留着门，寒暄道："来走客人啊？"

黎素笑着冲他道谢，一点头说："是的呀。"

黄宣仪见她姿态亲昵，上了电梯问道："你们认识吗？"

黎素摇头，笑容立刻冷下来："不认识，不过要是有需要的话可以认识。"

到徐欣怡家门口，黎素站定，故意不按门铃，客客气气敲了三下门。徐欣怡过来应门，门缝里飘出来半张脸，她一看见黎素，急着就要关门。但黎素动作更快些，一条腿卡在门缝里，拉着黄宣仪硬生生就挤进来。

既然这么登场了，无用的寒暄倒也省去了。黎素在沙发上端坐，笑道："不用麻烦你倒茶了，我们聊聊就好。"

"我也没想给你倒茶，我想用水泼你出去。"徐欣怡阴阴笑了两声。她还年轻，但举手投足已经有了股姨太太腔调。她似乎刚到家，一条裙子丢在沙发上，脸上的妆容花了些，眼睛下面晕开一层黑。

黎素倒是不以为意，和气地笑笑："你这就是开玩笑了。你应该也知道我们今天的来意，想和你聊聊杨云亭的事。"

"没什么好聊的。"徐欣怡打了个哈欠，抬起的一只手苍白纤细，十指白得发青，手背上却已经起了青筋。她发觉黄宣仪偷偷盯着自己，就故意逗她，似笑非笑瞪了她一眼，吓得她往黎素身边一躲。

黎素笑道："你既然没什么可说的，那就听我说好了。我发现杨云亭对老师和学生之间的亲密关系反应很大，但这事并不像是发生在她自己身上。听说你曾经和她是很好的朋友，无话不谈的那种。"

徐欣怡问道："你什么意思？"

"我只是单纯有个猜测，如果冒犯到你，我很抱歉。但我简单调查过你，你的家境很普通，父亲是银行职员，母亲是公务员，家教很严格，对你期望颇高。他们给你找了蛮多补课老师，假设其中有一个人别有用心，在一次上课时，故意对你……"

黎素话音未落，徐欣怡已经怒极，随手抄起一个玻璃杯，就朝着她头顶丢过去。没什么准头，砸在墙壁上，摔得粉碎，玻璃溅开时像是淡色的烟火绽放。一片碎玻璃就落在沙发旁，黄宣仪吓得站起身，见气氛尴尬，又悻悻坐下。

黎素却连眉毛都懒得抬一下，镇定中带着讥嘲，继续道："事情发生后你应该很害怕，你不敢告诉父母。甚至于你越是害怕，越是对那人言听计从，还下意识讨好他，在他面前表现得很顺从。你可能会暗示自己喜欢上他，假装这是爱情让自己好过些。但杨云亭还是知道了这件事，可能是你主动告诉她的，也可能是她发现的。总之她想为你做什么，但是你拒绝了。"

徐欣怡呵斥道："够了，不要再说了！你根本什么都不明白。"

"我是说错了吗？那你指出来我哪里说错了。"黎素依旧面带微笑，彬彬有礼道，"你现在堕落到这种地步也和这件事有关吧。你是不是觉得一切都毁了，反正已经不清白了，再怎么假装没事发生，你也无法过上正常的生活。这一切对你打击很大，不单是这个，还有杨云亭的死，你是不是知道些什么？那你告诉我，你有没有和人合谋，谋杀杨云亭？当初是你第一个到现场，提出打扫卫生的，也是你先开的门。你是不是故意清除掉痕迹？"这是激将法，现场的痕迹是凶手故意留下误导调查的，徐欣怡的行为反而证明她与凶手不是一伙的。但她依旧有所隐瞒，黎素没兴趣绕圈子了，想用最激进的方式强迫她说出来。

徐欣怡怒极反笑，猛地站起来，一把揪过黎素的领子，把她往墙边拖。她比黎素高半个头，一时间黎素挣脱不了，像是一只被提溜了后颈的猫，两腿猛蹬。

徐欣怡颤声道："你怎么敢这么说！你怎么敢说我杀了她。"她的眼睛里蓄着泪，睫毛一颤，眼泪晕开眼线，在脸颊上淌开两道黑色的深痕，嘴唇上的口红也乱七八糟的，看着血淋淋的。

黄宣仪在旁观战顿时慌了，急忙过去拉架，想分开两人。可她反倒是最瘦小的一个，徐欣怡手一甩就把她推倒了。黄宣仪脚一滑，摔在地上，手就撑在玻璃碎片上，细细密密一阵痛。抬手一看，划出两道伤口，鲜血涌出来。黄宣仪愣了愣，抽了抽鼻子，大颗的眼泪滚落，就哭了出来。

黄宣仪一哭，事情倒解决了。徐欣怡立刻松开黎素，转身去拿医药箱。黎素忙着过去安慰她。

"手伸出来我看一下，没事的，没事的，玻璃碴没进去，包扎一下就好了。"徐欣怡给她用酒精消毒，又仔细缠上纱布，"不会留疤的，你别怕。"

黄宣仪哽咽道："我不是为了这个哭，我手腕上已经有个疤了，我是因为你啊。"

徐欣怡抬头："为了我？"

"你为什么要这个样子？你为什么要这么作践自己？你明明是个好人啊，你刚才对我也很温柔。你爸妈对你不好吧，我爸爸也对我很严格，我妈妈还死了，我继母对我也不好。我不知道怎么了，想到我自己，我就好难过。"她断断续续说完，索性把脸埋在手里，痛哭起来。

黎素也没料到这一幕。她是个冷酷的人，从不会为他人的不幸流泪。现在看着黄宣仪流泪，她反而不知所措起来了，只能抱肩坐在一旁，神情疏离又无可奈何。

徐欣怡只是叹气："这是我自己的人生，我想怎么糟蹋，就怎么糟蹋。"

黄宣仪哭着，黎素与徐欣怡一人一边端坐着，无话可说。哭声渐渐小了，她们依旧沉默着，一个人拨弄头发，一个人抠指甲，气氛尴尬。黄宣仪倒反应过来，止住了哭声，用手肘戳戳黎素。

黎素扁着嘴，不情不愿道："你的口红很好看。"

"谢谢，你的粉底也不错，这样都没脱妆。"

这自然不是该说的话，又是一阵沉默，双方都知道话不说开，事情是过不去了。

徐欣怡叹了口气："你说的基本都是对的，但我没有杀她。我那时候急着去她家，是怕她闹出事情来。他，就是那个人，只教了我一学期就结束了。我想让事情过去了，可是杨云亭说必须要给他教训，不然他会阴魂不散，还会对其他女生下手。我那时候有点怕她，我知道她是为我好，可是她胆子太大了，警察已经找过她了。"

"因为她弟弟的事吗？"

"一开始我也不知道是什么事，可是警察找她的时候，邓娟和我都在。邓娟的表情显然是知道什么的，一下子就很慌。我问她到底发生了什么，她本来不肯说，后来就支支吾吾告诉我，可能杨云亭给她弟弟投毒了。我问她怎么知道的，她跑开了，我就知道她也参与了。我当然会为杨云亭保密，她是我最好的朋友，我也不想她被警察抓。总之那次她没事，我也松了一口气。可是她又开始说要报复那个人。我害怕了，我怕她会像毒死她弟弟一样毒死他。"

"所以你做了什么？"

"我什么都没做。我看到她突然病退，不参加排练，我就担心她要搞事。果然去了她家，看起来就像是出事了一样，地上有碎的

188

杯子，窗台上有烟头。那个人就是抽烟的，我以为她是想嫁祸那个人，故意失踪几天。我以为她会回来的，就是一个恶作剧，像以前一样，突然出现，把大家吓一跳。可是她没有回来，十年了，像梦一样，她再没有回来。是我的错，我不该自作聪明把现场收拾干净，她本来不会死的。"

黎素本来还想提出畏罪自杀的可能，但她不想脑袋被开瓢，还是明智地换了个问题："如果杨云亭被杀了，你觉得凶手可能是谁？"

"说这种话还有意思吗？你不就是想看我们狗咬狗？"一抹蔑笑飘过来，"如果有凶手，那我就是吧。"

黎素不理睬她的挑衅，平静分析道："你有没有想过，可能就是你不想提的那个老师，先下手为强杀了杨云亭，因为害怕她报警，把事情闹大。"

"如果真的是这样，倒也好了，我也能为她做点什么。但她失踪的那几天，那个人没办法犯案，他因为暴露癖被拘留了三天。这件事还应该感谢死掉的魏思玉，那个人就住在附近的小区，他以前也做过这种事，但是都没被抓。那几天因为魏思玉的死，弄得人心惶惶，很多家长一刻不停地陪在孩子身边，就正巧撞见他脱裤子。"

～011～

黎素送走黄宣仪才回家，一开门就看到宋归宜倒在血泊中，一大摊血从腹部淌出，旁边掉着一把刀。她连多余的表情都懒得做，抬腿从他身上跨过去，包随手一丢，就在沙发上歇起来。

宋归宜听到动静，偷偷睁开眼瞄她，见她确实不准备理睬自己，多少带点委屈："你这个态度很冷淡啊。我都受伤倒地了，你一点

189

反应都没有。"

黎素低头看手机，敷衍道："没啊，我挺高兴的，你死了我终于可以换个男友了，下一个更乖。"

宋归宜穿着血衣站起身，拿着刀坐在她对面："徐欣怡那里怎么样了？"

"不怎么样。她很坦诚，但是没得到什么有用的东西。"黎素简单复述了徐欣怡的一番话，出于自尊，她略过了自己被揪衣领的那幕，"现在所有的可能对象都问过了，你有什么发现吗？反正我是再没有什么花招能用了。"

"想听实话吗？实话是我和你一样没办法，这完全不是我擅长的领域。现场被破坏了，证据基本也不存在了，很难构建逻辑链条，只能从动机倒推。谁知道有什么动机，说不定杨云亭在食堂吃饭时，买走了最后一个肉包，凶手就怀恨在心。"

"不止如此，也很难从动机倒推。"

"所以你也没办法了？难得看你认输。"宋归宜顺手把一缕头发别在耳后。

"你也没比我好多少。"黎素讥嘲地一挑眉，"我早就想说了，从钥匙和对杨云亭家的了解，推理出现有的四个嫌疑人，这本来就是不严密的推理。其实还有其他可能，比如有人偷配了钥匙，杨云亭把钥匙给过其他人，但是沈墨若不知道。还有杨云亭的生父可能也有钥匙，想的离谱一点。"

"所以我放弃了。"宋归宜起身，打了一桶水浸湿拖把，开始清理刚才胡闹留下的一地血迹，好在用的是仿真颜料，沾水就能洗掉。黎素看他拖地时紧绷的手臂，肌肉撑起短袖口，她又想起旅馆的那一幕，野兽狩猎般的凶狠与精准。黑夜里冷而锐的一个眼神，此刻回忆起来，又不那么真切了，宋归宜站到太阳底下又是快快活活一

190

个年轻人，卖力地干完家务，还颇为得意地朝她炫耀一下。

黎素故意不理睬他，只淡淡道："真的？我还以为你答应了沈墨若。"

"不是说放弃这个案子，是放弃这种思路，从动机倒推下辈子都没结果。我刚才想了本案的三个核心问题：第一，杨云亭的弟弟是怎么被投毒的？第二，杨云亭的尸体是怎么处理的？第三，这两个案子中是否有多个凶手参与？如果有同伙，那到底一共有几名犯人？带着这三个问题找她们对话中的漏洞，如果有不符合逻辑的地方，就是破绽。"

"那你找到破绽了吗？"

宋归宜理所当然一摊手："没。所以我们再找一个人问话。"

"你不会想去找死人问话吧。"

"还真被你说对了。我托王帆找到沈容竹家里的住址了，我觉得她的自杀没这么简单，我们可以去问个话。"黎素倒在沙发上不愿动，宋归宜带点讨好的神情，抓着她的手把她拉起来，"拜托了，就跑一趟，完事了请你吃饭。"

黎素站起身，顺势一倒，就靠在宋归宜肩膀上撒娇："谢了，下次这种跑腿的事你别想着我就好了。"

"对了，问你一个问题。如果是你要杀人的话，这五个人里面你会选谁当帮凶？"

"我谁都不会选，我会一个人搞定。杀人这事多一个人知道，就多一重风险。那你呢？"

"我也会一个人做，但我做完之后会找个人嫁祸。嫁祸你就不错，所以我要趁现在和你搞好关系。"宋归宜轻轻搂住她，眼神却飘向一边。蔡照已经站在那里，靠着窗，似笑非笑，浑身湿透。

## 012

在黎素车上，宋归宜小睡了片刻。他梦到了父母聊起叔父时的场景。在客厅，头贴着头，压低声音，神情中含着耻辱的隐痛。他们家宁可不要一个天才，也不该出一个疯子。或许不久的将来，这场景会发生到他身上。

宋归宜惊醒过来，车已经停了，黎素正趴在方向盘上，扭头盯着他，一种意味深长的审慎目光。

黎素没有追问他，只是若无其事道："你晚上应该早点睡，我们到了。"

沈容竹家是个旧小区，没有电梯，也没有地下停车场。上楼时宋归宜注意看楼梯间的墙面，上下斑驳一片，已经很久没有粉刷过了。

敲门后，来应门的是一位中年妇人，很瘦，很疲惫。她神情戒备，门只开了一条缝，面无表情地问道："你们想干吗？"

宋归宜驾轻就熟道："我是沈容竹的同学，我也姓沈，不知道阿姨你还记得我吗？"

沈母皱着眉回忆："好像有点印象，你以前黑黑瘦瘦的，怎么长这么高了？"

"我发育得比较好。"宋归宜傻笑两声，"是这样的，阿姨。我们和别的几个同学最近聚了一下，又想起她了。她不在的时候，我人在国外，没有来得及赶回来，所以想来拜一拜，不知道可以吗？"

门稍微开得大了些，宋归宜便拉着黎素挤进去。一进门，没有玄关，直接就是餐厅，一张木桌上还摆着午饭时的两个剩菜。黎素瞥了一眼，凑在宋归宜耳边，低声道："人家的剩饭都比你做的好。"

宋归宜翻了个白眼，假装没听到。他转身看向客厅，里面摆着一尊佛像，旁边的桌上是沈容竹的遗像。宋归宜上前进了香。黎素问道："您信佛？"

沈母抱肩而站，解释道："她走以后，我就开始信这个了，还是有点道理的。她们是4班，教室的位置也不吉利，果然出事了，之前不是就有个学生不见了。"

"对，叫杨云亭，以前和沈容竹也玩得很好。"

"她找回来了吗？"

宋归宜轻轻摇了摇头，沈母苦笑："也是啊，都这么久了，哪里能找回来。她妈妈一定也很伤心。"

宋归宜低头，神色黯然，莫名不安，好像他今天专程来就是为了戳人痛处。

沈容竹的母亲则继续道："你们是要坐坐还是就走了？坐的话，我给你们泡杯茶，不知道还有没有茶叶，我去找找。"

宋归宜不知道该怎么开口套话，沈母却帮他省了这一思虑，带着点恳求的口吻道："既然你们想再坐坐，那和我聊聊沈容竹在学校的事吧。她走也有几年了，我一个人，有点要忘记她了。"

黎素本以为宋归宜要露怯，但他却展示了一种极尽老练与动人的骗子的手艺。他明明编造了一切事迹，却说得绘声绘色。他说着沈容竹怎样在高数课上写小说，还偷偷把他的名字写进去，当一个太监的角色。还有她怎样风雅地在书签上写了一首小诗。还有话剧社的表演，有请她去改过剧本，上演后评价很好。沈母却听得投入，不时会心一笑，不时眼含热泪，说道："没办法，她就是这样的人。"

黎素在一旁听着，想着但凡宋归宜把此刻讨人喜欢的手段拿出来十分之一，平时也就不至于得罪这么多人。可他就是不屑，上次他险些把陆涛气到心肌梗死。他的温柔似乎只是为了体谅着那些受伤害的、不幸的人。

说了快二十分钟的话，沈母忽然起身，说道："我有你们以前的照片，我拿出来给你看，她拍了蛮多的。"

原来沈容竹当年热爱摄影，父母也支持她，给她买了台相机。每次她与朋友出去玩，都会义务拍照，回家后挑选出来好的再打印成册。沈母搬出来厚厚一本相册，都是沈容竹当年拍的，按时间从远到近排列，先前见过的几人也皆有入镜。

杨云亭总是站在正中间，竖着手指，爽朗笑开。她戴着一个玉坠子，有几张照片里吊坠露在外面。王宣飞在每张照片里衣服都是不重样的。邓娟则很寒酸，把同一件 Hello Kitty 短袖翻来覆去穿了很多次。徐欣怡的微笑是像是刻意练过的，每一张都是标准的抿嘴笑。许捷有些疏离，拍照时总喜欢站在角落处。至于沈墨若，他当时是真的黑，好似刚从火场抢救出来的。照片上他们各个神采飞扬，谁也不曾预料到，会成为各有失意的成年人。

毕业后的照片只有四五张，上面大多只有邓娟和许捷。照片里她们的穿衣品味提升了许多，但当年意气风发的劲头却是一去不复返了。最后一张照片是三人合影，彼此间都隔着许多距离，像是为别人留着位子。看照片的日期，是沈容竹死前的一个月。

宋归宜问道："她和这两人毕业后关系还是很好吗？"

沈母说道："挺好的，一开始一起出去玩，后来工作了，也就不太出去了，估计是各有各的忙。"

宋归宜垂下眼，还是把话说出来了："虽然这么说不太好，但是我能问一下，她是怎么没的吗？"

沈母倒是镇定，再大的悲痛，一点点磨也是能磨平的，她说话的语调很平："她是在家里没有的。不是在这个家，她那时候在外面另外有一套房子。她本来就精神不好，医院也去过，吃了不少药，好像稳定一点了，就搬出去住，离她上班的地方近一点。我本来以为她没事了，谁知道突然就这样了……她一般是周五晚上回来。那次她没回来，第二天我去看，她就在浴室里，里面全是血。"

"是割腕吗？"

"对，全是血，还在瓷砖上用血写了'对不起'。唉，她知道对不起我，为什么还要这么做。"说到这里，她几欲落泪。

"她有说自杀的原因吗？"

"弄不清楚。她一直有什么都闷在心里，她爸那件事对她打击也很大，平时在工作上也确实不是很顺心。我也都知道，就是不知道为什么她突然间就这样了。"她深深叹了口气，"我不该让她搬出去的。"

"你有当时现场的照片吗？"

沈母起了些疑心："你到底是过来干什么的？问这种事你是什么意思？你真的是她同学吗？"

宋归宜道："就是因为我是她同学，我才要问清楚。我还是放不下杨云亭失踪的事，我觉得有问题，我现在怀疑沈容竹的死没那么简单。"

"怎么会！她从来没有得罪过谁，是个脾气很好的人。"沈母嚅嗫着，"警察那时候来看过，确认死因是服药后割腕，问有没有异议，有的话可以解剖，没有的话就自己火化。我记得警方那时候拍过照片，不知道他们还留着没有。"

"这件事我会去想办法的，她那时候的东西你都还留着吗？"

"这怎么会丢呢？不过也没什么特别的，就是几本书、一堆衣服、一些小首饰什么的。你要看的话，我给你找出来。"沈母回卧室去翻箱倒柜了，宋归宜则趁机给王帆打了电话，简单把事情说了，求他帮忙。

王帆在电话那头哼哼唧唧："你别总把事情想得这么简单，你先说哪里有问题？"

宋归宜道："感觉不对。沈容竹的性格很消极，这不假，但按照她的性格不会把事情做得这么戏剧化，比如说在墙上写字，这太过头。"

"我明白了。"王帆轻轻叹了口气，"好了，别废话了，姓名、性别、时间，还有确认死亡的时候有个警察局开具的证明，上面有编号，告诉我。"

宋归宜把信息都一一报给他，王帆便把电话挂了，说有结果了再通知他。正巧这时沈母也回来了，手里端着一个盒子。正如她所说里面多是些零碎的不值钱的首饰。宋归宜拨开石榴石的手链和水钻的耳钉，拿起底下的一本书，是一本诗集，扉页上还用钢笔写了一句话，"回头看，同行的旅伴早就成了陌生人"。

随手翻开看，书里面别有玄机，中间有几十页被挖空了，藏着一个玉坠子。宋归宜拿起来比照着照片端详，像是杨云亭常戴着的一个。这样的挂件一般是随身的，如果杨云亭是失踪时戴着的，那么这基本是凶手才会有的。


王帆的电话打过来，一接通，就听见他在骂人："这活当年是谁干的？眼睛跟出气筒一样，我一眼都看出问题了。"

"你说她是被谋杀的？"

"对，死因上可能没问题，割腕的刀痕也是左深右浅，符合右手用刀的规律，但是这不代表现场没有另一个人。墙上的那三个字上有连续的刮痕，死者左手的指甲缝里也有血，也就是说她写的时候指甲刮到了几次。你自己想想，你清醒的时候可以控制指腹用力吧。只有你失去意识的时候，我用手抓着你的手指写字，你的手指下意识弯曲，指甲才容易剐蹭到墙。"

## 013

宋归宜离开沈容竹的家，下了楼，找了片空地，不说话也不笑，就抱着肩站着，远远看去像是一把长刀倒插在地上。黎素见他脸上的神情是紧绷的，知道他在想事，就不打扰他，自顾自回车上等着。

过了好一会儿，他才拉开门，坐上副驾驶的位子，嘴角松动了些，可眼神还是沉的。

黎素问道："你想通了？"

宋归宜点头："我有一个假设，如果她是凶手的话，逻辑上说得通，但是我完全无法理解动机。有些事情还需要再确认。"

"我对凶手不感兴趣，我想知道的是你的病情到底怎么样了？"

他像是冷不防被电了一下，肩膀一缩，淡淡道："还可以。"

黎素暗自笑他不会说谎："在我面前装傻充愣就没意思了吧。你最近一直盯着个角落发呆，是看到蔡照了？"

"对。"宋归宜眼神游离，怕她怜悯，又怕她不怜悯。

"就算这样，你也不愿意去医院？"

"对。"

"你是真的有毛病，蠢货一个。你就整天躲在你封闭的内心里，忙着自怨自艾。"

"我没有自怨自艾，我只是不像你那么冷血无情，任何人死在你面前你都不在乎。"

"随便了，冷血无情让我很爽啊。你就算是世界上最高尚的人，也没人会给你颁奖，只能沉浸在自己的痛苦里无法自拔。"

"黎素，你就不能稍微说一点有同情心的话吗？"

宋归宜气得要哭，他是鲜少生气的一个人，旁人有什么冒犯的地方，他都是一笑了之。他喜静，最烦吵架了，因此不明白吵架也是一门需要磨炼的技艺，那些伤人伤己的话不是随便谁都能说出口的。黎素显然就是个精通此技的，吵到现在，说话的调子还是轻轻柔柔的，是软缎子里藏着针。

他气到极点，整个人反而清醒过来，想通了一些事，昂着下巴，对着她居高临下地施舍以一笑，说道："你为什么要对我的事这么生气？"

"不为什么。"

"其实你在生自己的气吧。你是真的喜欢上我了，所以担心我。你激将我，来掩饰内心的不安，你担心会失去我。不过我现在也对你很生气，今天不想和你说话，别来管我。"他说完这一番话，就像是单方面宣布胜利，得意中夹杂着怒气下了车，甩上车门，头也不回地走了。

宋归宜跑出几步路，不由得后悔起来。倒不是不该吵架，只是黎素的错，没必要让他受罪。宋归宜不想念黎素，却想念起车里的空调，早知道该让她先送自己回家。

他无端委屈起来，随便找了张长椅坐着生闷气，懊恼自己总是在吵架时落于下风，早知道应该先打个腹稿，记在本子上，等哪天生起气来，看着本子开始骂人。胡思乱想了一阵，他却猛地从昏沉中惊醒过来，像是一盆冷水迎头浇下去。这一系列的案子，这三条无端枉送的人命，还有沈墨若的嘱托，他都能有一个交代了。

他又给沈墨若打了个电话，最后向他确认了一些事，大抵有了一个笃定的答案，就在路边找了辆共享单车，风驰电掣地骑上路。

宋归宜找到邓娟时，她刚下班，提着包从电梯出来。宋归宜骑了快十公里路，一口气还没喘匀，满头大汗着摇摇手。

邓娟认出他来了，皱眉迟疑着："你是那天那个……"

"不是你想的那样，我也不是来和你说这个的。"宋归宜凑近她，

198

压低声音道，"自首吧，我知道你对杨云亭做了什么。"

邓娟上下打量了他一阵，低声道："你确定要和我在这里说这些？先上车吧，我看你一身的汗。"她一指旁边停着的一辆宝马Mini。宋归宜跟着坐进去，习惯性还是坐在副驾驶。这车对女性而言是小巧玲珑的，对他来说却是矮小逼仄，像是后备厢里塞了头大象。邓娟的目光瞄过去，似乎想起来什么，微微一笑。

事已至此，她还是摆出社交场面的礼貌，客客气气道："那么你有什么高论呢，不妨说说看。"

宋归宜不吃这一套，直截了当道："沈容竹、杨云亭，还有杨云亭的弟弟，都是你杀的。"

"他叫魏思玉。"

"什么？"

"我说杨云亭的弟弟叫魏思玉。"

"哦，谢谢，原来你还记得啊。"

"我记性一直很好，尤其是对重要的人和事。"她说话的调子还是很稳，不急不缓的，从包里拿出一个黄铜的烟盒，抽出一根烟点上，叼在嘴里，她才慢悠悠说道，"你不介意我抽烟吧。"

宋归宜再要介意也来不及了，她吐出一口烟，开了窗，外面一股热风袭来，夹着车里的冷气，尽往宋归宜脸上吹。他稍稍别过头，说道："你知道推理和刑侦的差别吗？"

邓娟摇摇头，问道："一个是侦探的活，一个是警察的活？"

宋归宜摇头："推理是建立逻辑体系，用一个答案解决所有问题。刑侦是建立联系，用证据证明某人和凶案有关。我对你的一切推理，换句话说，我没有证据，你可以反驳我。"

"你为什么觉得是我？"

"因为你是凶手的话，刚好能解答这案子的三大疑点。杨云亭的弟弟是怎么被投毒的？杨云亭的尸体是怎么处理的？这两个案子中是否有多个凶手参与？"宋归宜用余光偷瞄邓娟，她的唇边还留有淡淡的微笑，对这一番推理似乎很是不屑一顾，"你和别人说是杨云亭杀的魏思玉，基本所有人都默认这一点，因为动机很合理。然而你的破绽也在这里。杀掉魏思玉的氰化物是你拿的，这一点是肯定的。但是杨云亭把氰化物下到魏思玉的食物里，这一点并没有直接证据表明。如果杨云亭真的杀了魏思玉，很多事都解释不通，但要是你杀了魏思玉，就可以解释两件事。一，你为什么要偷东西；二，魏思玉怎么会被毒死的。"

邓娟微微一挑眉，问道："噢，那你具体说说看。"

"魏思玉的家楼上楼下有监控，要进屋投毒其实很困难，所以氰化物其实是下在外来的食物里。我问过当初从超市把你保下来的老师，你偷东西的超市就在魏家的小区附近，保姆应该就是常常在那里买饼干带回去。"

"可是我怎么能确保保姆一定能买到我下毒的那盒呢？"

"很简单，你把一排货架上，摆在外面的每一盒都下毒了。保姆随便挑走一盒，你等她离开后，过去把其他下毒的饼干买走。而你被抓的那次也不是偷东西，应该是没钱把所有饼干都买走。"

邓娟咬了咬嘴唇，一截烟灰落在座位上，她急忙拍开。她仍故作镇定："这么说倒也合理，可是我为什么要杀他，我和他无冤无仇的。"

"你应该是为了杨云亭杀的人，她可能知道了这件事想要揭发你，总之她应该没有杀人的打算。她和你在魏家附近被人看到那次，其实不是为了魏思玉，而是为了徐欣怡，当时骚扰徐欣怡的老师就住在对面的小区。他抽烟，当时在杨云亭家的那个烟头应该就是他的。杨云亭在附近踩点，应该是想设局报复他，让他无法再骚扰徐欣怡。"

"那你说说看，我是怎么杀她的？"

"在她失踪的时候，她可能并没有死，这是关键，所以她的房间不是第一现场，因为地上留下的血迹也太规整了，并不是从伤口中流出的。你应该是在那天下午约她见面，在离她家不近不远的一个地方碰面。然后你想了某种方法，把她避人耳目地带走，藏好。然后你从她身上取了血，骑了她的自行车回到她家，用钥匙开门，把血洒在地上，再布置现场。你留下烟头本来想嫁祸那个老师，但是没想到现场被徐欣怡和沈墨若清理干净了。这件事也就变成失踪案一直不了了之下去。"

"噢，某种方法？是哪一种方法呢？"

宋归宜坦白道："我不知道，但是肯定是你做的。还有一个证据是杨云亭的外婆看到你了。你知道她有阿尔茨海默症，所以没有避开她，但是她认出你了，她一直说的猫，就是指你。在沈容竹拍的照片里，你一直穿着一件 Hello Kitty 的短袖。她认出你了，知道是你做的，只是说不出来。沈容竹也知道是你做的，所以你杀了她。"

"是吗？"她的态度几乎是默认了，带着些怅惘的口吻。

"那个坠子应该是杨云亭随身戴着的，你杀了她之后拿走了，作为纪念。但是沈容竹发现了，你就杀了她，然后把东西放在她这里，嫁祸给她。"

邓娟不说话，只是默默捏着鼻梁。她原本是化着妆的，此刻颜色却黯淡了，眼睛下面有淡淡的细纹。她同样是个疲惫的女人，过往追着她，阴魂不散。

宋归宜继续道："杨云亭的案子或许过了很久，再没有证据了，但是沈容竹的案子可不一定。现在警方已经发现她不是自杀了，正在重启调查。尸检时发现她的血液里有安眠药的成分，也确实在她家找到了药瓶，当时的结论是她服药后割腕。可是如果药不是她的，而是凶手带进去的，你说会不会从购买记录上查到你？"

"你到底想说什么？劝我自首吗？"

宋归宜郑重地点头："现在自首还来得及。我说了刑侦是建立联系的，一旦警察怀疑你是凶手，就会想尽办法找到你出入案发现场的痕迹，你是逃不掉的。"他打了个哈欠，莫名觉得昏沉起来。

"恰恰相反，我逃得掉。我要外派去公司总部了，那里和国内没有引渡条约。凌晨的飞机，你实在是赶了个好时机。"

宋归宜顿觉不妙，挣扎着想要逃下车，邓娟却先一步锁上了车门。他头晕目眩，这才意识到烟里有迷药，她没有吸进去，而是一个劲往外吹。他还有些余力，转身就想去夺她的车钥匙，而邓娟抄起包里的一个玻璃水瓶砸在他头上。宋归宜头一歪，栽倒在方向盘上，后脑勺慢慢淌出血来。

邓娟确认他昏迷了，才松了一口气，自言自语道："你们男人很多时候就是太骄傲自满，所以粗心大意，你也不例外。可惜了，你问我怎么带走杨云亭，你很快就知道了。"

邓娟把宋归宜脸上的血擦干净。他留着长发，这样不细看就找不到伤口。她想，他还很年轻，本不该这样死的，但总有人的死是为了别人更好地活着。

她自言自语道："我想你更重了，我也要找人帮忙扶一把。"


014

旧日重现，恍然如一场梦。邓娟杀了三个人，但是对她来说，只有杨云亭是真正活着的。

邓娟是谁？她是一切的战战兢兢、小心翼翼、怯懦内向，她是被孤立被排挤都理所当然的人。是她活该，是她一周只洗一次头，总是用旧东西，举手投足都是乡下人做派的报应。

杨云亭是谁？她是一切的璀璨夺目，一切的欢声笑语，她像风一样自由自在，和谁都能当朋友，谁都乐于和她当朋友。她从不说气馁的话，从不责备旁人。她主动朝邓娟伸手，帮她摆脱困境。

杨云亭请她去家里做客。邓娟见到了她母亲，气质高雅的一位女性，说话轻声细语，她很是羡慕。邓娟的母亲却是个大嗓门，说话总像是和人吵架。外人再怎么叫她老板娘，她也像是个村妇般粗鄙。

杨云亭有她羡慕的一切，更漂亮、更开朗、更乐观、更讨人喜欢。事后想来，很多地方都是她过于美化了。可那时候又懂什么，只懂得一意孤行。杨云亭是邓娟最好的朋友，反过来却不是，在杨云亭心里，邓娟前面还排着许多人。

她带着点殷切的期盼，想为杨云亭做些什么，好让她更重视自己。

魏思玉就是这样一个机会。杨云亭抱怨过几次这个弟弟，邓娟觉得这是一种暗示，暗示自己有责任替她解决麻烦。杨云亭已经帮过她很多忙了，帮她摆脱孤立，请她吃点心，还带着她认识新朋友。邓娟想要报答她，什么都愿意做。青春期的友谊就是孤注一掷。

邓娟毒死了魏思玉。她之前看过工厂里的人用药毒狗，她就把剂量加倍了，没想到毒死一个人这么简单。她不由得飘飘然了，连王宣飞的嘲笑都无所谓了，她做了所有人都做不到的事。警察追查到杨云亭，却没有找到她，但不知何时，她看着邓娟的眼神变了。这时邓娟才慌了，第一次有了杀人的实感。

杨云亭可能只是怀疑她，但没有当面找她对峙。邓娟却后悔了，她是朋友里最后一个知道杨云亭把家里钥匙给王宣飞的。明明王宣飞带头霸凌自己，明明自己为她杀了人的，杨云亭却这么满不在乎。

邓娟开始真心实意恨起她来了。爱和恨一样，都是一团火，烧起来的时候什么都不记得，熄灭后只剩下一把灰。她现在回头看，自己也觉得奇怪。

邓娟把杨云亭约出来见面，用的借口是徐欣怡，她说有了一个计划可以教训那个坏老师。邓娟说有特别的东西给她看，带她去厕所里，隔间的门一拉上，点燃一根烟，杨云亭倒下。邓娟用校服的领带勒住她的脖子，慢慢收紧。杨云亭在她怀里一阵抽搐，挣扎，终于不动了。像是睡着一样闭着眼睛，邓娟这才发现她的睫毛很长。

邓娟用针管取了血，直接放在保温杯里，再把杨云亭塞进行李箱。这是一个大行李箱，半人多高，邓娟要两手推着才能慢慢移动。但是没人怀疑她，她是不起眼的女学生，周五拖着行李箱回家再正常不过。这是她最大胆的举动，直接把行李箱寄存在商场前台。

她骑着杨云亭的自行车回她家，用钥匙开门，布置完现场，在窗边丢下一个烟头。这是她和杨云亭之前蹲守时的结果，那个老师总是乱丢烟头。她做完一切准备离开，杨云亭的外婆在客厅盯着她，眼珠转了转。邓娟同她说了再见。

从商城拿回行李箱，她叫了一辆出租车。出租车司机帮她把行李箱搬到后备厢，随口问她是不是回家。

邓娟笑道："对，我回家去。"


她家里有三套房，平时自住一套，一套周末常去，剩下一套基本空置着，只是占个户口入学。那套房子里有个大冰柜，邓娟把杨云亭放在里面，再回自己原本的家。她想等风头过去了再抛尸，杨云亭保持着蜷缩的姿势，面目依旧，只是睫毛和面颊上结了一层霜。她的面容宁静，看着完全不像个死人，邓娟也不觉得自己杀了她。

这套房子没有卖掉，当年的冰柜也还在。邓娟叫了保安，推说宋归宜喝醉了，让他帮忙搀扶着上楼。太阳下山，天色渐暗，保安没有多怀疑，还忙说不客气。

邓娟把宋归宜带到四楼，用胶带捆住他的手腕脚腕，在嘴上也绕了两圈。她的飞机还有四个小时起飞，减去路上的时间，她没有太多的工夫耗在杀人上，用刀肯定会弄得都是血，勒死一个男人又太吃力。最后她选了老办法，直接把他塞到冰柜里。

完事后，邓娟松了一口气，对着镜子整理起头发。她校园时代的那一点倔强凄苦气还在，落在眉眼里，时间久了，看着倒成了一种楚楚可怜。她对着镜子笑了一下，就像当年拜托人帮忙搬行李箱时那样，一个惹人怜爱的笑。

宋归宜的手机响了。她看了一眼，随手挂掉，把电话卡取出来，连同他的身份证一起放在钱包里。等她去机场的路上，会找个地方丢了。她最后看了一眼身份证上的照片，自言自语道："照片不如本人好看，可惜了。"


黎素回了家，往沙发上一倒，身心俱疲。她莫名其妙骂了宋归宜一顿，也莫名其妙挨了他一顿骂，都算是活该。要说后悔，她也确实有一些，但是悔恨无用，她也就不去多想。她有七八种方法能哄他，脑子一热，却气得他摔门，她确实是慌了。

她知道精神分裂是大事，也知道宋归宜有个叔父疯了，在精神病院待着，宋母和她提过。她只是没想到来得这么快，宋归宜承认见到幻觉时，她的第一反应是恼火，恨他怎么这么软弱，无端就被打垮了，可归根结底，她是恨自己无能为力。

黎素点起一根烟，虚虚叹出一口气，她发觉自己叹气的次数多了，变得越发不像自己了。她不愿去想活人的事，就只能去想死人了。

宋归宜既然圈中了嫌疑犯，就是发现了证词里的破绽。这道题是他解出答案更快些，她多少有些不服气。

她也用侧写的方法描摹凶手心理，可总有说不通的地方。如果是不同的凶手，这三起命案做侧写有点困难，样本量太小了，无法归纳特征。可如果是同一个人呢？魏思玉被毒死，没有留下明显的证据，说明凶手心思缜密，是有预谋的犯罪，是以直接致人死亡为根本目的，不包含暴力与性冲动。杨云亭失踪了，知道伪造第一现场，有一定反侦查意识。但现场只有血，如果要暗示杨云亭已死，可以留下更多痕迹，甚至可以切下身体的某个部分，这也没有，她是完整地消失，完整地死去了。这暗示着一种珍视，她的房间也基本没乱。沈容竹的死伪装成自杀，证明凶手很了解她。

结合这些特征选凶手，只能想到一个人。王宣飞有勇气杀人，可是没办法做得如此仔细；徐欣怡没有这样的心理素质，她太容易崩溃了；许捷确实谨慎，却太疏离冷静，没有杀人的冲动；算上沈墨若也不行，他虽然是心理医生，心理素质却最差。

用排除法，邓娟是个不错的杀人犯，自尊心强却又自卑，心思缜密却又不起眼。一旦从这个结论进行倒推，立刻就有一个充足的论据：杀人后未被抓获，对凶手是一种鼓励，会促使其再次犯案。犯罪冷却期因人而异，但青年的冷却期一般极短，在半年或几个月。如果杨云亭杀了自己的亲弟弟，她之后的行为就不符合这一发展，她对侮辱徐欣怡的老师没有任何伤害性行为。可要是第一次杀人的换成邓娟，就是一个连环杀人犯的标准成长史。

杀死魏思玉是下毒，不用亲自见到尸体，不用亲自处理案发现场，负罪感小。然后是杨云亭，将杀人案掩饰为失踪，减少调查的力度。最后到沈容竹，亲自动手杀人，亲自布置现场，将谋杀伪装成自杀，至此已经是个成熟的凶手了，足以面不改色做伪证。

正这么想着，黎素就接到宋归宜母亲的电话，声音有些焦急："黎小姐是吗？我就是想问一下，我们宋归宜在你这里吗？他现在还没

206

有回家，他电话也打不通。"

黎素撒了个谎："对，他在我这里。不好意思，他大概忘记了，让你们担心了。不过他现在在洗澡，要让他听电话吗？"她知道对面很急，但他们的着急也没有用，还不如让他们安心地睡上一觉。

"不了不了，知道他在就没事了。反正这么大个人，也丢不了。"

挂断电话，黎素知道宋归宜是出事了。这也不算意外，他实在是个同情心泛滥的人，就算证据确凿，也想着先劝人自首。他又太自信，就算知道困兽犹斗的道理也觉得自己能招架，他显然是找凶手对峙了。

黎素觉得释然，她明白事情再坏也就是现在这样。他们吵架了，然后他失踪，她从此就对着家里的猫凭吊他，却也不是坏事，至少他不用进精神病院。她能伴着回忆永远地占有他，犹如从湖水中捞出一个完整的月亮，不会老去，不会黯淡，死的光辉荡涤了生的喧嚣。她将彻底拥有他，这才算得上生是她的人，死是她的鬼，浪漫主义的结尾。

黎素掐灭烟头，笑出了声。她终究要承认，她是害怕的，爱与恐惧，如影随形。

◦015◦

宋归宜从朦胧中睁开眼，头疼得厉害，像是有个电钻在里面打孔。紧接着是冷，冷得手脚都僵了，牙齿打战，呼吸都变得困难。他下意识想张嘴呼吸，却发现嘴上贴着胶布，手腕脚腕上也是，这时他才慢慢回想起怎么得罪了一个杀人犯。他不由得苦笑，要是自己真的栽在这事上，墓志铭上就该写"此人死于自信过头，身高一

207

米八六，却被一个一米六三的女性撂倒"。

邓娟没有立刻杀他，而是把他冷藏在冰柜里，并不是手下留情，更近于找个乐子。她已经杀了三个人，俨然是个熟练工了。

一般家用冰柜的最低温在零下十八到零下二十四摄氏度，这种低温是致命的，成年人基本只能维持十五到二十分钟的清醒。当核心体温降到三十五度时，人就会休克。

宋归宜明白自己的时间会更少些。因为冰柜几乎是密封的，空气稀薄，他还穿着短袖，头上在流血。左眼微微发痒，他用绑着的手背蹭了蹭，才发现是血。血不知何时从额头流到眼睛上，沾在睫毛上，干透了，扑簌簌落下来一些血的渣子。

手腕绑在一起，但手指尚且能活动，他小心翼翼撕下了嘴上的胶布。呼吸稍稍通畅些了，他试着呼叫，但冰柜里的回音立刻嘲弄了他。

平时宋归宜要挣脱手腕上的胶带是很轻易的事，两臂反转就可以绷断。可是冰柜里太狭窄，手肘稍微抬起就碰到内壁，完全无从使力。他不由得佩服起邓娟了，竟然能把他完整地塞进来，想必平日里是个收纳高手。

他想笑，嘴唇却麻木了。他至少在冰柜里待了十分钟，所剩的时间不多了。他想用牙咬开胶布，但下颚用不上力，整个人不住地打寒战。奄奄一息时他想起脑袋上的那一下是挨了玻璃瓶砸，兴许还有些碎玻璃碴留在头发里。伸手在发间摸索，终于摸到了一个细细小小的硬物，他捏在手里，眼前却一黑，短暂地失去了意识。

神志飘散在风里，眼前影影绰绰亮着光。这场景太熟悉了，他已经体验过一次了。车祸、撞击、水、玻璃，他在副驾驶座上醒过来，安全带勒伤他的肩膀，水没过胸口，蔡照在驾驶位抬起头，质问道："你就要这么随便死了吗？那你对得起因你而死的我吗？"

宋归宜猛然惊醒，他还在冰柜里，手里捏着片碎玻璃。他把冻僵的手指含在嘴里舔湿，稍微恢复了些灵活度，他艰难地割断了手上的胶带，然后是双腿上的胶带。手指在衣服下摆上擦干时，已经没有知觉了。

　　宋归宜两手撑住冰柜内壁，试着站起来，肩膀顶住冰柜门撞了一下，锁扣和锁发出撞击声，柜门纹丝不动。这锁显然是撞不开的，要逃出去是不可能的，只能先让冰柜断电。他在冰柜里艰难地换了个姿势，腿向左伸，屁股则向右挪，两手一左一右抵住内壁，开始用力摇晃。四五下之后，冰柜开始晃动，他抓紧机会用力一撞，冰柜就横着倒了下去。冰柜里的灯一暗，是外面的插头松了。

　　宋归宜松了口气，又短暂地失去了意识。再清醒时，背上出了一层薄薄的汗，断电后的冰柜变得闷热不堪，好在滚落时冰柜的门撞开了一条缝，手指插不进去，但新鲜的空气吹了进来。宋归宜抬头，把鼻子贴到那条缝隙上，艰难地呼吸着，吸气、吐气，口鼻并用，大口喘息。一天以前他绝不会料想到，氧气竟成了他最珍惜的东西。

　　喘息了几分钟后，他嗅到了空气里弥漫的煤气味道。

　　邓娟果然留有后手，她开了煤气。邓娟应该是想毁尸灭迹，让事情看着像是意外。

　　就这样结束了吗？虽有不甘，但他也算是努力过了。临到此刻，他反而心平气和起来，兴许还有淡淡的遗憾，对家人和朋友皆是。

　　今天早上出来得急，没有好好吃早饭，被母亲念叨了，很不耐烦。早知道会这样收场，就该乖乖吃饭。见邓娟前他还找沈墨若确认了些情况，却没有好好道别，早知道就该告诉他凶手是谁，现在也不至于让邓娟逃之夭夭。

　　还有黎素，如果不吵架的话，他们现在会不会正吃着零食，窝在沙发上看电视剧。再多的不情愿也好，他还是不得不承认，此刻他想再见她一面。

第三次失去意识后，宋归宜已经无所谓了，生与死听天由命罢了。他艰难地睁开眼，恍惚中以为天亮了，因为冰柜外亮得出奇，光从缝隙中漏进来。过了一会儿他才意识到是灯开着，有人进来了。来的自然不是邓娟，这是个呼救的好机会。但宋归宜咬紧牙，一声不吭，他想那个人要是愿意救他自然会救。

他摸着脉搏计时，大约等了两分钟，那人才开始开锁，用了同样的时间撬开锁，黎素把宋归宜从冰柜里扶出来。

他的睫毛上原本有血，然后结了一层霜，后来都化了，血水就顺着面颊淌下来。黎素所见的宋归宜就是奄奄一息着，眼底两道血泪一样的红痕。

她伸手摸他的脸，把血水抹掉了，眼底亮光一闪，便是要哭了。却还是没有哭，只是故作镇定道："救护车就快到了，没事的。"

"邓娟怎么样了？"

"我让沈医生去处理了，他会有办法的。"

"我以为你不会来的。"

黎素笑了："本来不想来的，但是想起来你还欠我二十块钱，还是来找你了。"她温柔地扶起宋归宜，让他靠在自己肩上慢慢喝水。

"那你有点慢啊。"

"我好久没开防盗门，手生了，刚才很久都没弄开，我本来想抽根烟冷静一下的。"

宋归宜虚弱地笑起来，倒在她怀里，闭上眼失去了意识。他再醒来时已经是在救护车上，当真是经典再现，宋归宜又被送到上次的医院，连看诊医生都是同一个人。一见他这熟面孔，医生就诧异道："怎么又是你啊，一个月都不到，怎么头又受伤了？"

宋归宜多少有了点精神，贫嘴道："我头铁。"

余下的事，宋归宜是两三天后才知道的。沈墨若负责阻拦邓娟，他开跑车闯了两个红灯冲去机场，直接买了一张机票，在候机室堵住邓娟，当场撕掉了她的护照和登机牌，然后抓着她的手，一句话也不说，直到双双被送去警察局。而邓娟也错过了她的飞机，现在正在受审，罪名是三桩故意谋杀，与一桩谋杀未遂。

宋归宜在公立医院住了两天，沈墨若把他转去了一家带有疗养性质的私人医院，独立病房，专属护士，每天有两份菜单可选，四菜一汤，并配有水果和酸奶。宋归宜的父母知道他又住院了，心急如焚。他也没敢说自己差点变冰棍儿，只含糊说脑袋上让人给偷袭了一下。好歹也算光荣负伤，见义勇为，他们也不好再说什么。

沈墨若依旧是那个最紧张的人。他一天往医院来三次，嘘寒问暖，又各种提议要补偿宋归宜，问道："你喜欢骑马吗？我有马术俱乐部的会员，你可以去学。滑雪有兴趣吗？我有认识不错的北海道滑雪教练。"

"你也干脆别搞虚的，要想谢谢我，给我买一套房算了。"宋归宜躺在病床上吃香蕉，为了包扎方便，他的长发被剪短了些，整个人看着倒是多了些清爽活泼气。

沈墨若道："也不是不可以，不过这事挺大的，和你父母商量一下，选个合适的位置。我听说仁恒那边最近有个新盘。"

宋归宜连忙摆手："喂，我开玩笑的，你别当真啊。"他想坐起来些，沈墨若急忙帮他把枕头垫高，"你去见了杨云亭的母亲杨露，对吗？和她说了什么？"

"我和她说杨云亭的玉坠子因为做证物了，现在不能还给她。但是等案子结案了，可以去要。她问我，杨云亭是不是没有杀她弟弟。我告诉她，是的，她没有杀过任何人，到最后一刻她都想着帮她的朋友。她哭了，说知道她一直是个好孩子。"

宋归宜微笑："这就够了，对我来说这就是补偿了。"

沈墨若点头，郑重道："谢谢你。"

"不要紧，我们是看过屁股的交情。对了，下次过来能带点乐高吗？我在这里闷死了。"

沈墨若刚想问他要什么款式，黎素就推门进来，身后还跟着一个高挑个子、细细淡淡的五官、无笑的面庞，是许捷。

～016～

许捷来看望宋归宜，显然不是单纯为了道谢和探病，尤其她还是黎素引来的。宋归宜明白来者不善，便率先问道："你过来做什么？"他问的是许捷，却看向了黎素。

许捷也是一头雾水："是她说沈墨若要见我，把我叫过来的。"

黎素从旁解释道："是我的主意，先向你道歉，一会儿要是你有需要，我会再送你回去。不会打扰太久的，就问一个问题。"

"那你问吧，什么事？"

黎素微笑着一字一句道："看着杨云亭和沈容竹被杀，是什么感觉？"

许捷大惊失色，颤声道："你什么意思？"

沈墨若也急忙打圆场："是不是邓娟之前和你说了什么让你误会了？"

"没有误会，她也什么都没说，只是有些疑点无法解释。我找到了那位姜老师，结果他告诉我，他和你是远房的表亲，他的爷爷和你外婆是兄妹，学校几乎没人知道你们这层关系。"她转向沈墨若，"这也是为什么你看到他和许捷在外面约会，这不是约会，只是亲

212

戚间的正常往来。"

沈墨若诧异道："既然他没有和许捷恋爱，为什么要离职？"

"因为他确实和一位女同学有关系，是篮球队的另一位女生，这点我已经找他求证过了。校方找他时只说有人举报，没指明举报对象，只是他以为事情败露了，才灰溜溜离开。当然，这件事里没什么可指摘的地方，毕竟师生恋是违规的，但许捷的心态却很有意思。她表哥带着她出去吃饭，说明关系还不错。她并不是对他有敌意，她只是想保全自己，因为学生隐瞒与教职工的亲属关系，一样要受处分。沈墨若撞见了他们私下相处。她担心事情会穿帮，所以先一步处理掉她表哥。看来我们的许小姐，并不像她外表那样大大咧咧，实际上是个相当谨慎缜密的人。不过这就引出第二个问题，为什么她如此确定杨云亭会去举报？"

黎素瞥向许捷，此刻她面色惨白如纸，咬着嘴唇依旧一言不发。她继续道："杨云亭会反应过激，是因为徐欣怡的遭遇，这一点我们这种外人尚且能推测出来，许小姐这样的聪明人很难说不知道，况且她们还是亲密的朋友。既然知道徐欣怡的事，那她知不知道杨云亭和邓娟那小小的报复计划？应该是知道的。杨云亭死后，她对邓娟完全没起疑心吗？就算一开始没有，之后也算得上刻意装不知道了。"

黎素两根手指间捏着一张照片，饶有兴致地在许捷面前甩了一下，照片里是邓娟和许捷的合影，沈容竹拍的诸多照片中的一张。照片里已经是秋天，都穿着毛衣外套，但仔细看仍旧能看到邓娟脖子上用来挂吊坠的一根细细的红线。邓娟杀人后，曾经明目张胆地佩戴着证物出门。

黎素耸耸肩："当然了，你可以说坠子藏在衣服里，你没看到，你不够仔细。但是沈容竹发现了，所以她死了，合理解释。"

许捷冷冷道："确实如此。"

黎素微笑着逼近，她比许捷要矮许多，但还是逼得她后退了一步："你既然这么说，那就请你亲口说吧。只要你当着沈墨若的面说你问心无愧，说你全程对这些事一无所知，说你不是故意看着杨云亭死的。只要你说了，我立刻向你道歉，是我误会你了。"

许捷沉默了片刻，医院的灯光亮得刺目，把她的颧骨照出三角形的亮光，眼睛却沉在阴影里。回忆起许捷，沈墨若总是会想起她的笑声，爽朗的，畅快的，好像整个世界都被她的快乐所撼动。但是此刻收敛起笑容，她完全变了一个人，下垂的嘴角，带驼峰的鼻子，细长的眼睛，又高得那么不近人情。

许捷猛地抬起头，瞪着沈墨若，轻蔑道："他也配？如果不是他，事情会变成这样吗？一个班级四个推优名额，如果全是女生，就按成绩分配，如果有男生，就必须分给男生一个名额。沈墨若平白占了我的名额，他不想离开，我就只能希望别的人……"

沈墨若大惊："你就是为了这个，看着邓娟杀人？"

许捷冷笑道："你觉得这是小事？你家里有钱，可以不在乎这个，我可不行。"

邓娟虽然受排挤，但是家里的条件并不差，真正家境不好的是许捷。她父亲是出租车司机，初中时就出车祸死了，母亲又有心脏病，不能做重活。她是从菜场小学一步步考入女校的。

"这不是你知情不报的理由。你大可以对我下手，而不是看着你的朋友一个个被杀。"沈墨若眼圈红了，转过身推门就走。

他离开后，许捷也没有多留，只冷冷撂下一句话："没有证据的道德审判是一点用都没有的。"

病房又只剩下相顾无言的两个人了。宋归宜与黎素对视一眼，无奈道："把沈医生惹哭了，高兴了小坏蛋？"

黎素耸耸肩，漫不经心道："我没想到他这么容易哭。"

宋归宜道："因为他比你有人情味，快去追他啊。"

"他又不是小孩子，找个地方哭鼻子就有人哄。"

"那你也不是小孩子，多跑两步路，腿不会断掉的，快点儿去，不然我不和你说话了。"

"看看，现在谁比较像老妈子？你真是被砸傻了。"

黎素无奈地推门出去，好在沈墨若没跑远，只是在医院大门边上走神。他见黎素快步走来，勉强挤出一个苦笑，道："不好意思，还麻烦你跑出来。我没事，你回去和小宋聊聊天吧。"

黎素道："他不要紧，都在医院里，不会出什么事的。"

"他这次受伤，也有我的责任，是我没想周全。"

"是你的责任。"黎素直截了当道，"但更是邓娟的责任，她都没完全认罪，你又何必责怪自己。"

沈墨若苦笑道："其实我一直想找个时间单独和你聊聊，没想到是现在。我们之间有一些误会，我想和你解释清楚。我一开始确实是因为你长得像杨云亭才追求你的，只是后来……"

黎素打断道："后来发现我和她完全是两个人？"

"确实是这样，我总是很容易一厢情愿。其实现在想来，我对杨云亭都不了解，我只记得她是个很开朗的女孩子，没想到会做出这么多事。我好像一直生活在对他人的误解中，怎么回事啊，明明我的工作就是理解他人。"

"因为理解和了解不一样。人很奇怪，会轻率地理解那些他们不了解的人，又因为太了解彼此，而不能互相理解。"

"不管怎么说，这次都多谢你们。以后有需要我帮忙的地方，尽管说吧。"

"这倒不急，就是有一件事我很好奇。你喜欢上黄宣仪了吧？"

沈墨若大惊失色，急忙追问道："我有表现得这么明显吗？"

黎素微笑道："不要紧张，黄小姐应该还没察觉，只是我在这方面比较敏锐。不过既然你很关心她，倒不如帮她一个忙。她现在最大的困境就是没有书可以念，留在家里被继母施压，你多找几个朋友问问，看看有没有秋季的补录名单，让她去试试。"

"你也挺关心她的。"

"想多了，我只是觉得她一直在眼前晃来晃去有些烦。"

沈墨若笑笑，倒也没戳破她的口是心非。他对黎素的情感很复杂，既反感她对外人冷酷无情的手段，又好感于她对身边人的温柔体贴。但归根结底，他依旧把她当孩子看待，觉得她的许多行事做派都能以叛逆来解释。

黎素没同沈墨若深聊，简单道别后，又回了病房。她坐在宋归宜床边，说道："你的钱包被邓娟丢了，估计找不回来了。这个送你，算是感谢你送我发卡。"她拿出一个黑色马臀皮的钱包，皮面光亮如玛瑙，看缝线是全手工定制，显然是不便宜。

宋归宜道："你这真是骄奢淫逸的做派啊。"

"你还没习惯吗？"

宋归宜微微一笑，顿了顿，问道："其实我没有那么了解你，你那时候在想什么？"

"什么时候？"

"你找到我的那次，你在冰柜前面停了几秒，没有开锁，只是站着，那时候你在想什么？"

"我在害怕。我担心你已经死了，我打开后只能看到你的尸体。你说得很对，我对你无能为力，这确实让我有挫败感。我总是想要最好的，我总是想掌控一切。你却是我无法预料，无法控制的一个人。"

"有时候我自己都无法控制自己。"

"你有遗传的精神病,这对我来说不重要,你就是你。重要的是,你要允许我有时候为你害怕。"黎素轻轻握住他的手。

"这话有点肉麻了。"

黎素翻了个白眼:"上次你在医院里也和我说了很多肉麻的话,你不记得了吗?"

"那看来是医院风水不好。"宋归宜稍稍别开眼神,轻声道,"有些话我只说一次,今天之后我就不认账了,你听过就忘吧。如果说人会在死前见到最重要的人,那我见到你了,不过先说明,你排在我爸妈后面。"

黎素轻轻摇了摇头,说道:"在开锁看到你的前一刻,我在想,如果你真的死了,我该怎么办?你要是真的死了,我就会希望邓娟不被抓住,那我就能亲手杀了她。"对上宋归宜担忧的目光,她又继续道,"不过这只是一瞬间的念头,然后我想,不管你是死是活,你都不希望我做这种事,你一直是个恪守道德底线的人。"

"你为什么觉得我是这样的人?"

"要不然你为什么要调查各种失踪案?你每次找到了凶手,不都是傻傻地先去找人聊一下,想劝人自首?你还是对人性充满希望的,不是吗?"

宋归宜苦笑道:"我们之间存在着很大的误解,我比你想象中要坏,你比我想象中要好。"他稍稍别过头,没有多做解释,只是拍拍床边,示意黎素坐在身边。

他们又闲聊了一些琐事,到最后宋归宜也没有说出蔡照一事的真相,还有他调查时冷酷的私心。他终究不愿打破什么,并且畏惧于看到她失望的眼神。

失 踪

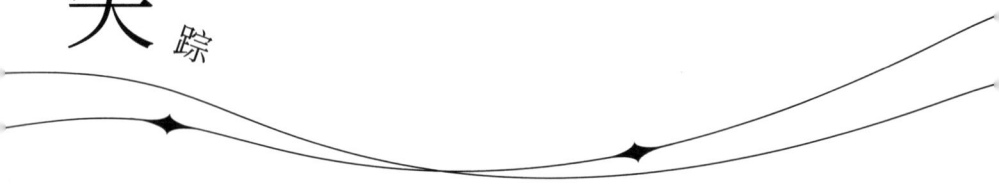

# 时间管理大师——失踪

## 第四案 CHAPTER 4

◇001◇

虽说宋归宜不以为意，但沈墨若始终觉得让他受伤是自己的过失，态度愈发殷勤了。宋归宜一出院，沈墨若就带着他去乘游艇兜风，日头高照，风扑面而来，在耳边吹出声响，游艇下的水面波光粼粼。可宋归宜刚痊愈，脑袋让风一吹就开始疼，下了游艇就去洗手间吐。

沈墨若很是愧疚，之后开车请他去了朋友的庄园，里面养着两只羊驼。宋归宜这下倒是有精神了，吃着点心，同羊驼玩了一下午。羊驼性情还算温顺，但要小心它们吐口水。

这样一番招待下来，宋归宜只觉得纳闷，沈墨若怎么就没讨得黎素的欢心？明明他都要动心了。

又过了几天去吃意大利菜，听说这家店很难订位，好在老板是沈墨若的朋友，不用预约便坐了靠窗的位置。

吃饭时一个打扮入时的年轻女人朝他们这桌走过来。

那个女人姓王，很热情地同沈墨若打招呼，主动聊起他刚破的旧案。

宋归宜挑眉，问道："他破的案子？他什么时候还做这个事了？"

王小姐解释道："你还不知道吧，他有个大学同学失踪十多年了，全靠他出手。"

"那我还真不知道。"宋归宜瞥了他一眼，阴阳怪气道，"真是厉害啊，沈医生。"

沈墨若急忙否认道："不是，这事我也不知道啊。我没帮上忙啊，主要是这位宋先生帮忙的。"

王小姐道："这你就不用谦虚了。择日不如撞日，其实吧，我也有件事想麻烦你，实在是不知道你能不能抽出空来？"

"案子真的不是我破的，我恐怕也帮不了你。"

宋归宜用叉子吃着意大利面，很是幸灾乐祸地起哄道："别人都这么求你了，你就帮个忙吧。反正十年前的案子都破了，又有什么能难倒你呢？"

王小姐也急忙应和。沈墨若一时间无从申辩，只得姑且听了。

原来王小姐在一家艺术画廊工作，有个认识了半年的男友，两人准备今年十二月结婚，订婚的戒指都买了，可未婚夫却忽然失踪了。未婚夫在建筑行业工作，与王小姐是一所名校的校友。他平日里性格稳重，为人低调，并不是会突然玩失踪的人。王小姐在他失踪后，按照他的名片打给公司，对方却称并没有这个人。王小姐也不认识未婚夫的其他亲友，去报案时警方也只能以非亲密关系的身份，不予立案。无奈之下，她只能找沈墨若求助。

宋归宜很自然地想到这男人就是个骗子，担心结婚后骗局败露，就趁机开溜。但他见王小姐神情严肃，语气笃定，一时间显然是接受不了这事实，便试探着问道："你觉得他是遇到什么情况了？"

"你说他会不会是国安局的？在执行一项特别任务，所以不告而别了。"王小姐拿出一张照片给他看，里面是个相貌平淡的年轻男人，"你们看他的眼神是不是很像特工？"

"这眼睛怎么肿得和蛤蟆似的？"宋归宜说道，"他眼神如何我不敢说，你眼神不好，我是肯定了。我算是知道了，那种'我，秦始皇，打钱'的骗局有谁会上当了。"

王小姐气得当场拂袖而去，宋归宜扭头同沈墨若做了个鬼脸。之后经过一番查证，总算弄明了前情。原来杨云亭的案子结束后，沈墨若便告诉父亲杨云亭当年没有毒死亲弟弟，让他转告她生父。沈母在旁听着，误以为案子是儿子出的力，又在搓麻将时添油加醋炫耀一番，这事便传开了。

待这事传到黎素耳朵里，她幸灾乐祸道："你的脑袋白挨了打，这下反而让沈墨若出名了。"

宋归宜道："你也不用挑拨离间，这事本就是个意外，反正我也不在乎这个。"

"那别人托沈墨若的那件事，你准不准备接手？"

"没兴趣。"

"我倒觉得你应该试着去查查这件事，应该挺好玩的，反正你最近闲着也是闲着。"黎素在吃冰激凌，拿着勺子装模作样要喂他，宋归宜作势往旁边一躲，不耐烦道，"帮人找男朋友？这事我才不干，我才不要为了满足你的窥探欲和恶趣味蹚浑水，要去你自己去。"

"信我，真的会很好玩的。"

"为什么？"

"因为昨天我也收到了委托，就是你见过的那个米兰达，向我提出同样的要求，希望帮忙找她失踪的男友。有趣的是，她给的照片上的那个男人，和王小姐的男友是同一人。"

李佳骏，又名白仲涛，也可能都不是他的真名。男，二十九岁，自称为某大学建筑系毕业，父母定居美国，无固定职业。

在王小姐面前，他是无微不至的成熟男友，温柔体贴，总是和颜悦色。平日在建筑公司工作，总是忙得不见人影，但每晚都有微信聊天。

在米兰达身边，他又是活泼开朗的大男孩，家境殷实，也就暂且赋闲在家，做她的解意情人。他会玩浪漫，也爱开玩笑，给米兰达买过许多小礼物，他们已经同居半个月了。

能把这两个身份联系在一起，靠的是他的照片和同一个钱包。米兰达给他买过一个Gucci的钱包，男女同款，他立刻买个假的放好，真品转手便给了王小姐。她当初收下时还笑他品味差，选了个粗笨的男款给她。

到这里，悬疑失踪案已经成了悬疑狗血爱情失踪案。黎小姐还嫌事情不够乱，竟借着提供信息的名义，把未婚妻和女友叫出来见了一面。

她们在餐厅碰了面，起先还不认识彼此，只客客气气寒暄几句，直到黎素介绍道："这位是王雯雯小姐，你男友的未婚妻。这位是米兰达，你未婚夫的女友。"她话音未落，一时间日月变色，天地无光。

王小姐反应过来，忍不住开始啜泣。米兰达则抱着肩膀，冷淡道："我没想到他品味这么差。"

王小姐听了，立刻抬头以泪眼瞪她："相由心生，你这么刻薄，做再多医美也就这样了。"

米兰达冷哼一声，道："至少我有钱做医美，不像有的人要淘

223

宝搜廉价高仿穿。可怜啊，青春就这么几年，穷却是一辈子的。"

"你有钱，难怪被小白脸傍上。"

"这小白脸也是你的男朋友，别忘记了。"

她们就以这样你来我往的方式，纠缠了快二十分钟，中间有几次一方情绪失控，另外三人在旁观战，插不上话。宋归宜恨不得当场跳出窗外，沈墨若扶着额头叹气，黎素倒是津津有味吃着店家送的烤面包，兴致盎然地看戏。

宋归宜凑到她耳边，轻声道："你快点想办法啊，她们这样能吵到世界末日的。"

"没那么夸张，等她们撒完气就可以冷静问话了，再说这种热闹不是每天都有的。"

"你真是个坏女人。"

黎素微笑道："你就喜欢坏女人。"

宋归宜推开她，猛地起身，大跨步上前，一手抓着一人领子，将她们强行分开，说道："看你们这样子，估计恨不得那家伙死无全尸，那你们也不用找他了，我们就先走了。"

她们不约而同道："等等。"彼此交换了个眼神，米兰达率先开口道："人还是要找的，而且更迫切，他这样算是诈骗，不能让他这么跑了。我前前后后给了他快五万了，更别说他还住在我家里不给房租。他不能这么一走了之，我要让他坐牢。"

宋归宜转向王雯雯："你也给他钱了，对吗？"

王雯雯点头："大概有十万，他说帮我投资股票。"

宋归宜道："那你们把认识他的过程仔仔细细告诉我，并且做好最坏打算，他很有可能是个职业骗子,除了你们之外还有别的女人。来，王小姐先说。"

王雯雯和他是在学校九十周年校庆的校友会上见面的，当时是个大场面，提前一周就有邮件发到她邮箱里，是大学同学问她要不要在校友会后聚一聚。许多人回去不单是为了叙旧，也有拓展人脉的打算。除了受邀回母校的知名校友外，其他人可以自愿选择回校时间。正式典礼后还有个毕业校友的交流会，限制在五年内毕业的学生，院系倒是不限制，但要提前报名参加。门口的工作人员有名单，确认身份后会给入场者一个贴纸，王雯雯就是这样遇到的李佳骏。她是艺术生，学的是多媒体传播，他则是王牌专业建筑系。

相识是一场意外，或许也不是意外。李佳骏从后面拍她的肩膀，误认为她是自己的同学，等她转过身来，看清后才连声道歉。

王雯雯见他衣着得体，戴着眼镜，儒雅俊朗，又是校友，便毫无戒心地问道："你是认错人了吗？"

李佳骏笑笑："或者你可以当作我是故意想认识你。"

宋归宜做了个手势，打断她的叙述："等等，他哪里俊朗儒雅？我又不是没看过照片，很平淡无奇的一张脸啊，国字脸，单眼皮，鼻子很塌。你不要情人眼里出潘安啊。"

王雯雯瞪他，很不屑一顾："关你什么事啊，你不要打断我。他五官虽然一般，可是很有气质啊。"

宋归宜嘲讽她："你是说脚踏两船的气质吗？确实有。"

王雯雯嚷道："反正比你有气质就行了。"

黎素在旁边听着险些笑出声来。米兰达也跟着帮腔："他或许长得不如你，但知道怎么尊重人，我说话时他从来不会打断我，都是很认真地听。"

宋归宜气闷，撇撇嘴不吭声，只能用眼神示意王雯雯继续。

那次校友会上，他们相谈甚欢，一见如故。他二十九岁，大她三届，谈吐幽默文雅，举止体贴绅士，毫无寻常男人居高临下之感。他注意到她穿着裙子，就问她要不要到冷气小点儿的地方去聊，为她拿点心时还仔细问她是否有忌口和过敏的食物。那天分别时，他们已经互相交换了微信。回去的路上，她仔细浏览了他的朋友圈，他发的动态很少，最近的总共也只有五条，但足以描摹他的日常生活。在建筑行业工作，总是加班到凌晨，有一套父母购置的自住房，曾经养过一条狗，两年前去世了，至今仍会怀念它，还有过一段痛苦的恋爱记忆，前女友劈腿抛弃他出国了。

之后他们就成为了最寻常又理想化的一对情侣。西餐厅、美术馆、迪士尼乐园，周末的小惊喜，以及两千条聊天记录里的甜蜜。王雯雯在两个月前带他去见过家长，她的父亲是某医院退休的副院长，也对他赞不绝口。他的父母则在国外，只通过在线视频见过一次，他们对她也很满意。就这样，他们订婚了。

"再打断一下，你先不要瞪我，小心把你的隐形眼镜瞪出来。"宋归宜道，"你最后一次见到他是什么时候，精确到几点。"

"是上周六晚上，他和我在一起，然后晚上他说要开车回家，我就让他走了。如果是平时，他都会在到家后和我发消息说'宝贝我到家了，你也早点睡'，就那天没有，我以为他累了就没在意，可是之后他也没联系我。"

宋归宜道："我对你爱情故事里的肉麻细节没兴趣，下次请简单点。所以你最后一次见他是在上周六，距离现在有四天了。"他又转向米兰达，"你上次见他呢？"

米兰达道："也是周六，他上午在我这里参加派对，然后自己离开了。"

"你有见过他开车吗？如果有车，就有车牌号，就算是租的车，也能顺着查到登记人的身份，租车行需要身份证的。"

王雯雯回忆道："我就记得他开一辆白色的沃尔沃，但是我不记得车牌号了。因为我自己也有车，很多时候他的车坏了或者保养，我就开车送他。"

米兰达道："我没见过他开沃尔沃，他都是开我的车。有一段时间我的手受伤了，他就主动来接我上下班，他开了一辆宾利。我问他一些车的问题，他有点回答不出来，就告诉我是租的。他事先有发给我他的车牌号，我让助理抄了，一会儿让她找给你。"

宋归宜问道："你这么有钱，为什么会被这样连车都买不起的人骗？"

"就是因为他承认车是租来的，我才对他刮目相看。那种小心翼翼在喜欢的女人面前维护自尊的样子很可爱。他这么做是心里有我。"

"是心里有你的钱。"

米兰达倒不动怒，淡淡道："随便了。反正他给我的快乐是真的，就当花点小钱养个情人。"黎素不信她真如面上这样风轻云淡，否则也不至于一开始同王雯雯撕扯得如此难看。她现在不过是在故作潇洒，以掩饰失落感罢了。她也不戳穿，仅是微笑。

米兰达继续道："我们先叫点东西吃，我的事情等吃饱了再说。男人失踪归男人失踪，饭还是要吃的。"

◇003◇

他是朋友介绍给米兰达的。米兰达是杂志主编，大的场面见识过不少，交际圈里有名流，有艺术家，也有不学无术的玩咖。其中一个玩咖带他去了派对，引荐给米兰达，说是酒吧认识的，很逗趣的一个人。

他自称是有底子的家庭出来的，父母都在国外，定期给他打钱。

227

他二十六岁，还没有定性，由着自己的性子做一些零碎的工作。他没掩饰不学无术的一面，承认常去酒吧喝酒，也有猎艳。初次见面时，她对他印象一般，直到拿香槟时，他们擦身而过，他忽然拦住她，极为认真地说道："你的眼睛好温柔。"他凝望着她，就这么一望望进她心里。那其中的款款深情，寻常男人就是到死也不会有的——寻常男人宋归宜在一边听得龇牙咧嘴。

她已经三十四岁，算不得年轻了，对爱情的期望也少了，可心底一些模糊的憧憬并未死去，在他的陪伴下，那憧憬又慢慢复苏了。第二天他就主动约她，又送了花到她公司。她拒绝了他两次，他却毫不气馁，依旧每天给她道早安晚安，哪怕她从不回复。渐渐地，她也有所动摇，陪他出去吃了一两次饭。他抢着买单，但米兰达试过他的底，知道他并不如宣称的那么有钱。

在揭穿他的宾利是租来的之后，他立刻向米兰达道歉，语气诚恳道："我是没什么钱，你说得很对，我骗了你，我爸妈已经完全不给我生活费了。我卖了两辆车，现在完全是空架子。但是你不要讨厌我，我是太在意你才会这样，你的那些朋友都太有钱了，我很怕不这样做，你就看不起我。对不起，我太喜欢你了，不是真的有意骗你。"

米兰达心动了，无处安放的母爱终究是满溢了。一个女人觉得一个男人可靠，未必是动心，但如果觉得一个男人可爱，便是无可救药了。她的爱情来得猝不及防，两个月后，他们就同居了，住的是米兰达的房子。她的同事都说她恋爱后整个人容光焕发。同居后他也变了不少，原本是爱去夜店的人，为了她，每天尽量在十点前回家。

她更加喜不自胜，坚信一个男人若是愿意为一个女人改变，就算得上是真爱。

黎素评价道："他挺厉害的，知道对不同人用不同手段。对于小女孩，就表现得成熟体贴，给人安全感。对事业有成的，他就会尽量引起对方的怜爱。"

米兰达叹气道："其实我也怀疑过他是个骗子，我又不是没见过世面的女人，也不是没有交往过比他更穷的男人。我知道他想从我这里揩油，骗就骗了，没什么了不起的，这点钱我还是能花的，关键是他能给我提供重要的东西。"

黎素道："比如说呢？"

米兰达说道："上一次一个男人认真听你说话，认真关心你是什么时候了？你应该知道，再没用的男人，都觉得自己了不起，只要对面是个女人就懒得听她说话，觉得自己可以给她上课。我和你都是在这种环境里长大的，周围的男人眼睛里女的就是低人一等。"

黎素附和道："确实是这样。"

"他却不一样，他总是认真听我说话，从来不把话题引到自己身上，从来不会打断我，总是很体贴。他给我做早饭，哄我开心，会买一些小礼物藏在家里等我发现，会玩小的恶作剧，再露出破绽故意让我发现。还有别的时候也不错，真的不错。"

黎素略显尴尬，苦笑道："这个不用和我说了。"更尴尬的是沈墨若，连勉强的假笑都维持不住。

米兰达倒是一副无所谓的态度，像是刻意要扳回一局："这有什么，你的小男朋友一看就靠不住，长得好都是一时的，脾气好才是一辈子的事。"宋归宜就在她左手边，一脸无辜地吃着点心，毫无防备就遭到了人生最大的一次诽谤。

三人从饭店出来，沈墨若去停车场提车，另外两人在外面等着。宋归宜对着黎素嘟囔道："米兰达这人有毛病。"

黎素笑道："可你还是接了她的委托。"

宋归宜不屑道："那是看在钱的面子上。"王雯雯与米兰达一人给了他一万，算是委托费，事成后再一人追加两万。

"我看你自从接手这案子，情绪就很不对。"

"因为我对家长里短很过敏。"

"又或者因为你嫉妒了？"

宋归宜板起脸，不悦道："我嫉妒什么？嫉妒个生死不明的骗子吗？嫉妒他不学无术，还是嫉妒他长相平庸？"

"你嫉妒他能很轻易同别人打交道，这和长相智力都没关系，而是一种社交能力。你不高兴，因为你觉得你是个英俊小天才，他只是个平淡无奇的骗子，但他却比你更擅长融入群体，随时随地让人相信。你自尊心真的很强。"

"随你怎么说吧。"

"我说错了吗？你是要反驳我，还是要亲我一口？"

宋归宜无话可说，单手扳过黎素的下巴，吻了她的面颊。

米兰达发来了车牌号，还列出了失踪者留在她家所有的私人物品。考虑到他的真名未知，就姑且称之为时间管理大师。时间管理大师的私人物品有七条干净内裤、六件上衣、五条裤子，一沓名片和一些日用品。可以透露信息的私人物品简直少得可怜，这让宋归宜更确定他在外面还有一个正式的家。他还送过王雯雯一个香奈儿的包，发票放在购物袋里，有显示购买日期与场所，就是市中心的港汇，不过是四个月前的事了。

原本宋归宜想找王帆帮忙查车牌，却让他劈头盖脸骂回来："你小子别老给我捣乱，查车牌号是车管所的活，我去找他们还要提交申请，再说我现在忙着呢，没空陪你玩过家家。"

宋归宜听他声音压低着，便猜他是偷偷在厕所里打电话："你是手边有案子吗？"

王帆倒也不掩饰，说道："大案子，人命案。施工的时候有人挖出一具不完整的女性骸骨，这个地方原本是个化工厂，一直有偷偷排放污水，现在拆掉了，在排水口的地方发现的骨头，已经被化学药品腐蚀掉很多痕迹了，线索很少。初步估计死了有七八年了，现在法医在验尸，正在努力找她的身份。"

"怎么死的？"

"重物多次击中头部死的。"

"有线索吗？"

王帆匆匆道："有线索也不能和你说啊，不说了，我接下来还有个会，先挂了。"


宋归宜只能先行回家，照例还是黎素开车送的他。经过小区绿化带时，黎素忽然停了车，说道："我好像听到了猫叫声。"

宋归宜什么都没听到，但还是耐着性子下车，与她在绿化带里转了一圈，真的找到一只黑色小猫，不超过两个月，基本和宋归宜的手掌差不多大。黎素倒是熟练，抱上楼去，用湿纸巾一擦，爽身粉一拍，干净的毛巾当褓褓裹上。宋归宜则负责一个家庭剧里常见的父亲形象，抱起家里原来的宠物猫安慰道："我们还是最爱你的，你不要吃醋，那只小的只是借住几天。"

黎素一边给流浪猫喂羊奶粉，一边问道："如果有机会让你选，你希望变成什么动物？"

"蟑螂吧。生命力顽强，繁殖力也强。估计人类文明完蛋了，蟑螂都还活着。"宋归宜故意这么回答，想要逗着她再笑。

黎素果然又笑了："你就不能认真点吗？"

"我很认真啊，当蟑螂挺好的。积极乐观，对生活充满希望，坚韧不拔，被拖鞋拍死前还能产一堆卵。"

"打住别再说了，别再恶心我了。"她眨眨眼，轻轻歪过脑袋，长发散落在肩头，"除了蟑螂之外，你还想变成什么动物？"

"鹰吧。远远盘旋在天上，独自生独自死。那你呢，你想当什么动物？"

黎素颜为认真地思索了片刻，说道："我还是想当个哺乳类。如果你以后还愿意当人，那我当你的宠物好了，当你养的第一只猫，最好还是黑猫，纯黑的那种。"

宋归宜道："那不错，我一有机会就给猫绝育。"

◇004◇

擦边球是打不成了，宋归宜只能走上"违法乱纪"的羊肠小道。他决定找沈墨若帮忙，顺便把昨天捡到的那只猫也一并交托给他了。猫放在笼子里，连同猫砂和猫粮一并送过去了。沈墨若隔着笼子用手指逗猫，被一口咬住，只能略显尴尬地撤回手，问道："你是要送给我吗？可是我不会养宠物啊。"

宋归宜道："你收也要收，不收也要收，这是我和你爱的结晶。"

沈墨若当机立断拒绝道："那我和你没有爱了，不需要结晶。"

"那你就找个可靠的人收养这猫吧，这件事交给你，我还是放心的。"他丢给沈墨若一个 U 盘，说道，"猫的事不着急，这件事比较急，报答我的时候到了，去给我干点坏事。"

沈墨若问道："有多坏？你想让我干吗？让我往警察局里丢鞭炮吗？"

"稍稍比这好一点，我就是想让你帮我黑进租车行。我刚才打电话过去问过本市比较大的租车行，就三家店可以借到一款红色宾利。一般用户的数据会储存在内部系统中，可以通过外部设备联入。你把这个 U 盘插到租车行随便一个电脑上，我应该能从外部攻破，看到租车的用户资料。租车是一定需要驾驶证和身份证的，他很难造假。"

"为什么让我去？我觉得把一个可疑的 U 盘插到他们电脑里还挺困难的。"

宋归宜语重心长道："因为我觉得你就算被抓了，你爸也交得起保释金，实在不行把租车行买了也行。"

"谢谢你这么看得起我。"沈墨若苦笑，把 U 盘交还给宋归宜，"如果你想知道是谁租了车，大可以不用这么麻烦。你还是让我用我的方法试试吧。"

只用了两个钟头，沈医生就轻轻松松带着一叠资料回来了，是一个男人的身份证和驾照复印件，另有一张签了名的单子，证明他在某年某月某日租了一辆红色的宾利，车牌号正是米兰达所给的。

宋归宜多少有些诧异，捎带一丝挫败感："你是怎么做到的？"

"我印了一张名片，告诉他们我代表保险公司，现在有一起肇事案可能和他们的车有关，然后他就带我见了负责人，我给他出示了一些文件，他就相信我了。"沈墨若微笑，他确实长着一张能引得丈母娘喜爱与陌生人信任的脸，"沟通是很重要的，好西装也是很管用的，不少人总是觉得穿定制西装的人不会说谎。其实就是擅长说谎，很多人才能穿上定制西装。"

宋归宜道："是啊，像我这样穿 T 恤的天真少年就总会被你们这些西装暴徒伤害，你可要对我好一点。"

时间管理大师的真名叫李桓，三十二岁，本地人，身份证上的地址是城西的郊区。沈墨若开车载了宋归宜过去，开门的是一位女性。坦白说，他们对此毫不意外。

宋归宜问道："请问李桓先生在吗？"

女人回答道："他出差去了，你们找他有什么事？"

沈墨若接着问道："你是他爱人吗？"

女人点头。宋归宜双手插兜，一副唯恐天下不乱的样子，道："真不好意思小姐，这句话已经有两位女士说过了。"

女人笑笑，不以为意道："就两个吗？我还以为至少要有四个。"她做了个手势，主动招呼两人进门，"来都来了，你们进来喝杯茶吧。"

女人名叫林婉宁，是李桓名正言顺的妻子。他们结婚已经四年了，没有孩子，现在住的三室两厅的房子是夫妻共同财产。她的长相让宋归宜咋舌，可以说是当代整容科技大全。

她的五官几乎没有一处是没动过刀的，她的脸与其说是美或者丑，不如说是诡异。小而窄的脸上拼凑着惊人的大五官。她还化着浓妆，睫毛太长，眨眼的时候像是个扑棱蛾子，倒也不是不艳丽，只是容易产生恐怖谷效应，像是个刚出厂的人工智能。

林婉宁说道："你们要问什么就问吧，我知道我和他的家庭生活很奇怪，但是这都是有原因的。"

宋归宜不知如何开口，沈墨若便替他问道："你一直知道你丈夫出轨，对吗？"

林婉宁点头："我知道的是从去年开始，但是他在结婚前就已经老出去玩了。"

"你不在意吗？"

林婉宁自嘲一笑，道："要是真的在意，我就不和他结婚了。你们看我的脸，我已经努力过了，也没办法了。"

"我不是很明白，你是说你已经不在意他出轨了吗？"

"怎么说呢，你要学着让自己好过一点。既然他已经改不了这点，那不如我学着接受，这样大家都高兴，他现在还会时不时送我礼物。"林婉宁熟练地点起一根烟，又伸手递过去，他们都拒绝了。

"你们是怎么认识的？"

林婉宁仰头吐出一口烟："我们是高中同学，上学时我暗恋他很久，但他对我没兴趣。二十多岁时我们又见面了，我认出了他，他却已经不记得我了。他和我没感情，但也不介意和我在一起。那时候他刚失业，就靠我养着。他后面又做了几份工作，但是都做不长久，反而有一次勾搭了一个已婚女人，对方最后给了他很多钱，他索性就把这个当作发财的办法了。"

"你连这也不在意吗？"

林婉宁苦笑："我还能有什么办法呢？我都想过他干脆坐牢好了，坐牢了我反而就是他唯一的女人。可是他骗了一年多，倒确实没有失手，还一直给我带礼物来。他像是把骗女人的钱当成他的工作了。"

宋归宜插嘴道："你有想过杀了他吗？"

林婉宁对这个问题倒是不避讳，直截了当道："我是想杀了他，可是有什么用？随他去吧，心不在你身上，做什么事也没用。"

"你上次见到他是什么时候？"

"大概有三天了，我上次见他是上个礼拜天，他回家拿了一些衣服，然后就走了。我知道他在外面还有一个家。"

"他有汽车吗？"

"有一辆白色的别克，还停在楼下的停车位，这辆车我平时上班开，他倒不常开，因为他要见女人，要有和身份相称的车，一般都是租的。"

沈墨若想继续追问，宋归宜却插嘴道："我就问一句，你出轨

235

过吗？"

林婉宁皱眉，手指轻弹烟灰，叹了口气："你为什么要这么问？是觉得男人出轨了，女人就要报复吗？"

"不，只是一些简单的观察。首先你穿着挺正式的衣服，还化了妆，我想你是准备出门，而且你和别人有约，从我们进门开始你每隔几分钟就瞄一眼手机。还有我看到你刚才用的打火机，上面印着'柠檬快捷酒店'，我搜了一下，是个离你家不远的廉价酒店。你丈夫是做长线投资的，应该不会把情人带去酒店，并且是离家这么近的地方。所以还是你更有可能去过酒店开房。"

惊愕一闪而过，林婉宁反倒笑出来声，饶有兴致道："你说得很对，你们到底是做什么的？应该不是警察，面相太嫩了，还留长头发。"

宋归宜没什么表情，他还是被人当小孩子会不高兴的年纪："我是你老公的女朋友雇来找他的。你怎么一副被人发现出轨还很高兴的样子，你是为了让他吃醋才出轨吗？"

"差不多，我和别的男人好上了，以为他要生气。可好笑的是，我本来想报复他，结果他根本不在意，还让我路上小心点。"她的表情应该是惆怅的，但整张脸像是蜡像一样凝固了，做不出太多的表情。她的脸几乎是她可悲爱情的缩影了。

宋归宜问道："既然这样他为什么还要结婚？"

"为了他父母吧。"林婉宁伸手一指放在墙边的一盒桂圆，"这是他妈刚拿来的，他爸妈不知道他在外面做这个，只当他工作忙，整天出差。他前前后后拿回家快十五万，还有很多礼品，都说是单位发的。其实我早就想到会有这么一天，会有人过来拆穿他。"

"你是觉得他跑了吗？"

"估计是吧，不过我倒宁愿他死了。"

236

宋归宜道："你最好别这么想，因为一般丈夫死了，妻子是第一怀疑对象。反之亦然。"

林婉宁面上露出一种凄婉的诧异来，沉默不语。沈墨若见气氛凝重，便刻意岔开话题："你刚才说李桓给你送过不少礼物，能让我看看吗？"

林婉宁很顺从地去拿了，哪怕是对奢侈品毫无了解的宋归宜，也一眼认出了其中的爱马仕包。

"骗女人的钱这么容易吗？"他嘟囔道，"我现在改行还来得及吗？"

沈墨若偷偷拽他的衣角，示意他不要当着林婉宁的面说。林婉宁佯装没听到，有这样丈夫的女人自有一种伪装一无所知的好演技。

宋归宜打开装爱马仕包的盒子，里面还有购买时的发票，一样是在港汇买的。沈墨若道："这个包挺难买的，需要配货。如果真的是正品，那他在买包的地方应该有熟人，又或者是别人送给他的。你要是需要跟进这条线索，我让我妈去问问，她朋友里多的是买了不少爱马仕的人。反正也是她欠你的，上次在外面乱说话。"

宋归宜笑道："去吧，发挥你的钞能力让我看看，顺便让你妈妈多表扬表扬你。"

沈墨若尴尬道："求你不要再说这件事了，我妈妈不清楚情况啊。"

沈母把杨云亭案的功劳揽到亲儿子头上的事，宋归宜早就不在意了，只是沈墨若一本正经的窘态让他觉得好玩，便不时拿来逗他。

宋归宜去了书房，林婉宁说丈夫常待在里面，也不让她乱动里面的东西。宋归宜可不理睬这警告，直接打开抽屉，找到一本黑色的真皮笔记本。他随手翻开，正是李桓的日程表。他简单扫了一眼，惊得目瞪口呆。

## 005

李桓一周的安排如下：

周一：上午调查，下午与白见面，晚上与王吃饭，回到 M 家。

周二：上午给 M 送礼物，下午与吴见面，晚上与张聊天，回自己家，再回 M 家。

周三：上午与张见面，下午见胡，晚上与王聊天，回 M 家。

周四：上午给爸妈配药，提醒妻拿体检报告，下午去健身房，回去的路上经过当代艺术中心，看展览的时候记得拍照，晚上回 M 家，把照片发给胡和王，聊天。

周五：上午 M 周六派对的采购，顺便给白的生日订蛋糕，下午去给胡取车，晚上回 M 家。

周六：上午参加 M 派对，下午陪王，但是和胡、张、白保持联系。

周日：上午看父母，下午给白送蛋糕，晚上回自己家睡。

前面一页还仔细记着每位女友的喜好、生日、性格、忌口、家庭背景乃至生理期的时间。由这本记录可知，李桓一共有六个女人，五个情人和一个妻子，M 指的是米兰达，王是王雯雯，现在尚有张、白、胡三位身份不明的女友。另有一位吴，不知是男是女，并未出现在他的女友记录表中。

"法定工作日都只有五天，他竟然一周要见六个女人。"宋归宜嘴角抽动了一下，对林婉宁道，"不好意思，刚才说你丈夫是小白脸，真是看低了他。三百六十行，行行出状元，我是信了。我有这时间管理能力，现在已经在耶鲁读博士了。"

林婉宁低着头一声不吭。宋归宜则继续翻抽屉，李桓的身份证和护照都在，还有个信封里装着五千块现金，看着并不像是突然卷款逃走，林婉宁说家里存折里的钱也没有提取过。

林婉宁同意宋归宜拿笔记本回去研究，虽然他们的婚姻基本是个空架子，但之前李桓不回家，至少还和情人保持联系，现在连情人都在找他，实在不像是个好兆头。可是林婉宁不太愿意报警，毕竟丈夫骗女人钱和她自己出轨的事，是不怎么愿意抖搂出来的。

临走前，宋归宜偷偷溜去卧室转了一圈。卧室里只有一张床，根据床头柜的摆设来看，是男左女右睡的。两个枕头的枕套不一样，李桓那头还是冬天的棉质枕套，林婉宁那边则换上了夏天的竹席枕套，想来是这个男人长久不回家，连带着他在家中的物件都没换。

沈墨若那里也有了消息，买包的是胡彤，她是地产大亨胡自清的女儿。

她已经二十六岁了，但心智始终维持在十五六岁。沈墨若对胡自清的评价偏负面，他是个成功的房地产商，现在和他生活的是第二任妻子，有包括胡彤在内的三个孩子。

沈墨若道："你要找胡彤问话可能很困难，她不是很聪明。不是有偏见的说法，是真的在智力上略有不足，但是不严重，不影响日常生活。她现在还和父母住在一起，她爸管得很严，不太允许她见陌生男人。"

宋归宜问道："那李桓是怎么接近她的？"

"这我不知道，术业有专攻。不过如果你真的要问她什么，你倒可以让黎素想个办法。她和胡小姐有共同的朋友。"

黎素听了转述，唇边淡淡浮起一丝笑，玩味道："办法还是有的，不过要先给你买身好衣服，再看你愿不愿意出卖色相了。"

黎素给宋归宜购了一身衣服，然后由她出面，找到她和胡彤共同的朋友余小姐，说有人想约她认识一下，不过孤男寡女太暧昧，不如把胡彤也叫上，四个人一道去逛商场。她把宋归宜衣冠楚楚的照片发过去，余小姐审阅一番，很是满意，觉得见个面也不吃亏。待到见面的那天，宋归宜发挥了一切讨人厌的本能，把余小姐气得七窍生烟。黎素再装肚子疼，让余小姐可以借机与她一起离开，留下宋归宜与胡彤单独相处。

宋归宜和胡彤待在商场的咖啡馆，在一个靠窗的位置落座。胡彤的表现很正常，智力情况似乎并不像传言中那么坏。宋归宜觉得应该能问出些信息来，也不枉费他的天价衬衫。胡彤道："衬衫不错，我爸也有一件。"

"谢谢。"

胡小姐的相貌不漂亮，大而茫然的眼睛，圆鼻子，脸型一般，有着一个短缩的孩子气的下巴，像是昭示着她的性情也保留着许多孩子般的幼稚。

他们沉默着对坐了片刻，胡彤继续道："黎小姐没事吧？我看她刚才脸都白了。"

宋归宜心不在焉道："应该死不了。"

胡彤指责他，语气有种小学生的执拗："你说话好过分啊，这么说她。"

"我说的是实话。"

"你们这种帅哥都被人宠坏了，觉得所有女人都应该围着你转。你就是那种会揪人辫子的坏男生，一点也不体贴。"像是梦吟一般，她忽然开始用一种极低的声音自言自语起来。

"我觉得我耐着性子听你说蠢话就已经很体贴了。"宋归宜知道自己高兴得太早了，完全不指望能从胡彤这里问出线索。她虽然没有到智力残障的地步，但沟通确实很困难，她的神情语态完全像一个小女孩。他对她无可奈何，也从心底恶心起李桓。

"你看吧，你就被宠坏了。"胡彤扬起下巴，突然很得意地笑了，好像是获得了某种不存在的胜利。她做了个鬼脸，拖长音道，"你说话傻乎乎的，你大概自己没发现。傻瓜，大傻瓜。"

宋归宜叹了口气："算了算了，你怎么想是你的事，我就问你一件事，你有男友吗？"

"干吗告诉你啊。"

"你男友是这个人吗？"宋归宜把李桓的照片给她看。

"你怎么知道的？"胡彤像是被踩了尾巴的猫一样紧张起来。

"他失踪了，就是至少有四十八小时没有人见过他，很有可能他再也不会出现了，你想找回他，就要认真听我说话，认真回答我的问题。明白吗？"

"你好凶啊，你干吗这么凶和我说话，你也不是警察啊，我为什么要理你。"宋归宜瞪了她一眼，胡彤有些委屈地抿着嘴说道，"好啦，好啦，你要问什么？"

"你最后一次见他是什么时候？"

"上周三上午，他装作送外卖的来我家。我们就是这样偷偷见面的，很刺激，他大概一周看我一两次。"

"他有和你聊起一个姓吴的人吗？"

"没有，但是他有向我打听以前的一个同学，叫吴玲玲。"

"这是谁？"

"她是我小学时候最好的朋友，我去她家玩过，她姐姐还请我吃点心，可是爸爸把我接回来以后不让我和以前的朋友联系了。"

"他问这个做什么？"

"他说他有一个朋友想找吴玲玲的姐姐，但是一时间联系不上，就想看看吴玲玲能不能帮忙。不过我告诉她，我和吴玲玲早就不联系了。"

"这个爱马仕皮包是你送给他的吗？"

胡彤笑道："对，我如果直接转钱给他，我爸会发现，所以我就买点东西送给他，是他点名要这个的，说可以送给他姐姐。他姐姐对他很好，从小就照顾他，他一聊起她就很开心。"

"他是独生子，没有姐姐，还有这个包是送给他老婆的。"

"他有老婆？"

宋归宜讥嘲道："很惊讶吗？生活总是充满惊喜的，你要学着习惯起来啊，胡小姐。"

胡彤低头抠着指甲，嘟囔道："有点难过，不过也还好，毕竟我也有想过，像他这样的好男人肯定早就结婚了。"

"你的标准可真低啊，这种家伙就算好了。"

"我的标准哪里低了，像你这种家伙，就很不行。你这个臭家伙！你完全不会尊重人，完全不会体谅人，觉得世界都是绕着你在转的，觉得自己比谁都厉害。"

"多数情况下，我确实是比很多人都厉害。"他赌气般把桌上的柠檬水一饮而尽，"不过你既然这么说，那我倒很好奇，这家伙到底有什么吸引到你了？"

"他很温柔，他会耐心听我说话，不管我说什么傻话，他都会重视我的意见。我知道我不是什么很厉害的人，很多人也都是因为我爸爸的关系围在我身边。他就不一样，他没有把我当我爸爸的女儿，我就是我。他从来不会说'这个不对，我来教你什么什么'，他只会很温柔地说'是这样吗？倒和我想的不太一样，你能再给我解释一下吗'，也不会像你这样，很嫌弃地看我。"

"听起来他不像是你男朋友，像是你的心理医生。"

"可能吧，我本来也没想过要交男朋友，哪有男的比爸爸对我更好。可是爸爸总是对我指手画脚的。"

"你并不是喜欢他，只是想从他这里获得尊重，因为你身边的人都不尊重你。"宋归宜眼神顿了顿，稍稍坐直些，郑重道，"我道歉，虽然我确实觉得你不聪明，不过这也不是你的错，我确实应该更尊重你。"

"没关系，我原谅你，我们以后还是可以一起玩，只要我爸爸同意。"

宋归宜无奈微笑，只觉得在和小孩子玩过家家。他目光越过胡彤，落在咖啡馆外面，问道："你觉得你父亲知道你和李桓的事情吗？"

"他？他当然不知道，他对我管得很严，让他知道他肯定大发火。"

"我不这么觉得。我发现外面有个男人已经跟了我们一路，而且从我们进这家店开始，他就开始假装打电话，眼睛倒一直往这里看，到现在快二十分钟了，他应该是保护你的保镖。"

胡彤扭头去看，一脸茫然道："不会吧，如果真的有保镖，我肯定会知道。"

"验证一下就好。"宋归宜把手伸进咖啡杯里，探了探温度，再推给胡彤，"快点，你用咖啡泼我，然后装作打我的样子。"

"什么？我才不要，我不是没有礼貌的人。"

"快点，我数一二三，你不泼我，我就泼你。一，二……"宋归宜的手握在玻璃杯上，正要佯装抬起，就被胡彤用咖啡从头顶浇了个透。呜呼哀哉，他的天价衬衫不知道干洗能不能抢救回来。

宋归宜猛地站起身，抬手抓住胡彤的领口，往面前一拽，用余光扫见那位保镖正快步朝他们冲来。

## 006

宋归宜站在胡自清面前，不尴不尬地笑着。他也只能站着，因为他的衬衫往下滴咖啡，坐在皮质的沙发上沙发就完蛋了。在那个保镖冲进咖啡店拉开他和胡彤之后，一个电话，他就被丢来见胡自清了。

胡自清是个儒雅的中年男人，长方脸，颧骨突出，眼睛下面有两道横纹，相学上说是破相，只能从商不能当官。宋归宜现在在胡自清家里。胡彤已经被保姆领回房间了，宋归宜滴滴答答站了二十分钟，胡自清也没有让他坐下，只是翻阅着手上的一叠文件。

又过了五分钟，胡自清终于开口道："你叫宋归宜啊，名字挺好的，万象归一。高考成绩不错，大学还拿过奖学金，一表人才啊。"

"你调查我？"宋归宜这才反应过来，胡自清在看的是他的档案。

胡自清似笑非笑道："为人父母的，总是不放心小孩和陌生人相处，尤其是小彤这种情况。"他漫不经心地把文件翻过一页，"噢，原来你住在这个小区啊，旁边一个楼盘还是我公司的呢。"

"你怎么这么快拿到这些消息的？"

"做生意，靠的就是信息，才能决胜千里之外。"

宋归宜皱眉，语气不自觉戒备起来："你获得信息的速度不是一般的快。"

"所以我的生意不是一般的大。"胡自清仍是微笑，"听说是小黎带你来的，你们关系不错啊。"

"和别人无关，是我自己找过来的。"

"你不要紧张啊，你们小孩子玩的事情，我也不至于叫家长。说说看，你找小彤到底是什么事？"

宋归宜不愿直接回答他，感觉像是让他牵着鼻子走。他故意岔开话题，道："你的那个保镖肯定不是第一天跟踪你女儿了，所以你应该知道她有个男朋友。照你这么快查到我的消息，你应该也调查过他，知道他是个骗子。那你怎么会允许他继续接近你女儿？"

"一个笑话你听过没有。打仗的时候，一个士兵向长官报告，敌人有个很差劲的狙击手，一枪都没有打中人。长官说，那你为什么不去干掉他。士兵说，要是他们换一个厉害的过来怎么办。就是这个道理，这个人我和他谈过，不学无术的一个人，好在不贪心，就单纯骗点小钱，不会得寸进尺。而且小彤遇到他之后确实开朗很多，我就当花钱找个人陪她说说话。"

"现在这个人失踪了，我能问一下你的人最后一次见他是什么时候吗？"

"上周我和他传达过我的意思后，就没有再让人跟着他了。上周三他假装送外卖的时候来过一次，总是这种小把戏，以为我没察觉。"

"所以你也是上周三最后一次见到他？你对他的调查有发现什么特别的吗？比如他有什么仇人吗？"

胡自清往沙发上一靠，轻蔑道："不学无术的骗子罢了。普通大学毕业，在公司当文员，做了一年多后不做了，还和老板的老婆好上了，拿了一笔钱就专门开始骗女人钱了。就这样还结婚了，老婆是他高中同学。就算有仇人也应该是为了女人的事。"

"他是怎么认识你女儿的？"

"家里的一个司机，以前负责送小彤出门，和他是老乡，就这么介绍给她了。这人我已经开了，现在像样的用人是越来越难找了。"

"他一共有五个女友，现在还有两位身份不明。你知不知道？"

胡自清摆摆手，不耐烦地打断道："我把那时候他的调查报告给你一份，你自己看吧，我可没工夫在混混身上花时间。你也别来打扰我们了。"

"你为什么要和我说这些？为什么要给我提供信息？"

"我不喜欢私事传得到处都是，尤其是我女儿和混混的事。你是个聪明人，我喜欢聪明人，你应该知道怎么把事情聪明地处理掉。我也要知道那个人是死是活。"他挥挥手打发宋归宜离开，在他转身时又叫住他，道，"你刚才吓到小彤了，去和她道个歉再走。"

胡彤被从楼上叫下来，穿着一件粉色的家居服，宋归宜就先前的事，郑重向她道歉。

胡彤摇摇头，说道："没事的，你下次还是可以来我家玩。"

离开胡家后，宋归宜想到如果胡彤说不原谅他，后果会怎么样，多少有些后怕。他问了沈墨若，胡彤是胡自清和第一任夫人生的孩子，那时候胡自清在外面做生意，妻子又车祸过世，他就把女儿送回乡下老家，让父母照顾。胡彤五岁的时候发烧，影响到了智力，但还不算残障儿童，一样上的是普通学校。她在学校里总是让人欺负，到了十多岁时，胡自清心疼她就把她接回身边。

吴玲玲的事，宋归宜多少还是有些在意。虽然是个女人的名字，但并不像是李桓的又一个情人，笔记中的吴可能就是指她。既然她和胡彤是同学，那年纪应该相仿。吴玲玲这个名字太大众了，大海捞针一样的寻找最废时间，宋归宜又缺时间，如果李桓还活着的话，他可能会在这个时间里准备逃出本市。思虑再三，他还是找了王帆去帮忙。

这次接了电话，王帆倒是心情不坏："说吧，趁我现在有空，你准备怎么麻烦我啊？"

宋归宜问道："你们的无名女尸案有结果了？"

"你小子如果不是凶手，就别对这种事太感兴趣。"

"那看来就是在调查中了，而且没多少线索。"宋归宜了解他的性格，故意激将他。

王帆嚷道："你别不懂装懂，只要能确定尸体身份，基本就能顺着关系网找凶手了。现在发现尸体补过牙，而且补牙的材料是非法的，一般只有小诊所才会用。我们还特意找了个牙医来看，基本能确定补牙的时间，那种时候这类材料最常用，现在已经去调那段时间的工商局执法记录了。还有我们鉴证科新来了位女同志，会在骨头上重塑面部，现在正和女娲捏泥巴一样造脸呢，等把脸弄出来了，往计算机里一输，就有死者的照片，可以发动群众看看认不认识她了。因为附近只有一个化工厂，很有可能死者原先就在里面上班。"

"听起来很有希望的样子。"

"所以我现在有空了，你小子要我干吗？"

"想让你在警方数据库里找一个人，和一个失踪案有关，搞不好还会牵扯出人命案。吴玲玲，女，二十三到二十五岁，在实验一小读的小学。"

"还有别的线索吗？"

"没了。"

"说真的，就你这么点儿信息，我至少能给你找出五百个人了。你真该谢谢你爹妈，给你取了个不算大众的名字，不然一块砖头砸下来，砸死五个人，三个和你同名的，调查起来都不方便。"

"那能帮忙吗？"

"我给你想想办法吧，你等我电话。"

## 007

宋归宜回家换了一身干净衣服，衬衫沾了咖啡渍，很难洗，他也索性不顾干洗标志，破罐破摔般塞进洗衣机里。他在门口看到有人卖莲蓬，看着很新鲜，就买了几个带去给黎素。他有黎素家钥匙，开了门径直往里走，叫了几声她的名字，只有猫出来迎接他，看来黎素在洗澡。

宋归宜就坐在客厅剥莲子，黎素出来，很顺手地捞了一把吃。宋归宜嚷道："我自己都没吃啊。"

黎素耸耸肩，轻快道："谁让你总喜欢把好东西留在最后吃。"

"不然呢？"

"及时行乐很要紧的，谁知道未来会发生什么事。"她面不改色地吃掉最后几颗莲子。

"今天胡彤说我被宠坏了，真冤枉。我都算被宠坏，那你算什么啊。"他一边抱怨，给黎素剥莲子的手倒不停。

"我和你可不一样，你是被你的天赋宠坏了，像是鹰永远不会理解蚂蚁，你完全不在乎周围人的心情。"

"我明明挺在乎你的。"

"那不一样，我可是很宠你的。"

"你说得好像你是我妈一样。"

黎素笑道："那好像不太好，我是不是就变成王帆的长辈了？我过年还要给他包红包吗？"

正这么说着，王帆的电话倒很凑巧地打了过来。宋归宜刚接通，就听到他在电话里吼得震天动地："我去，怎么会这样？"宋归宜把电话拿得离耳朵远一点。

宋归宜等了几秒钟，说道："你是公职人员，文雅一点好吗？"

"你根本不知道发生了什么？"

"发生了什么？突然发现自己的暗恋对象是你远房亲戚？"

"积点口德吧，小兔崽子，你和我也是远房亲戚。"王帆似乎是在喝茶，听筒中传出了很用力把茶叶呸掉的声音，"该死，被你带沟里了。我认真和你说事，你刚才让我找的那个吴玲玲，我在数据库里找了一下，没有符合条件的。我也纳闷了，结果发现我选的时候只选了活人，把死人算上的话，确实有一个死掉的吴玲玲符合你的要求。"

"这个吴玲玲什么时候死的？"

"你穿开裆裤的时候她就死了。吴玲玲还牵扯了一桩大案子。"

"怎么说？"

"案卷上说这个吴玲玲还有一个姐姐，叫吴亚楠，两姐妹同母异父。这个吴玲玲是在家里喝了一杯牛奶，里面放了百草枯，被毒死了。因为百草枯不是立刻让人死，是慢慢地让器官衰竭，所以吴玲玲毒发后说肚子疼，到当天晚上才被送去医院。吴亚楠待在家里，继父陆某凌晨回到家。吴母在医院待到第二天中午，中途打了一个电话回去没人接，晚上回家时发现她丈夫，也就是陆某已经死了。"

"动机是什么？"

"根据当地走访调查情况来看，陆某欠了一屁股赌债，准备在吴亚楠毕业后，把她嫁给同村的单身汉收彩礼钱，平时他也一直家暴继女，把她一颗牙都打掉了。百草枯很有可能就是吴亚楠下在牛奶里的，因为陆某喝醉之后，一般会喝牛奶解酒，但不知道什么原因，那次的牛奶被吴玲玲喝了。根据周围邻居反映，吴亚楠和吴玲玲这对姐妹其实关系不错，所以吴玲玲被毒死应该是意外。"

"那吴亚楠被抓住了吗？"

"没有，不知道为什么，她母亲回家后没有立刻报案，拿了衣

249

服又去医院照顾吴玲玲，是拖了两天之后，邻居闻到臭味才报案的，调查时她也并不配合，说不知道吴亚楠可能的去处。"

"虽然这个故事很悲惨，你也不至于有这么大反应。"

"可问题是，五年前当地警方弄了一个模拟的通缉令，模拟的是吴亚楠成人后的长相，她怎么长得和我们做出来的头骨模拟这么像！"

"这倒挺有趣的。"

"我们拿着模拟照在当时的化工厂里问了一下，确实有一个差不多长相的女财务，叫白红梅，突然就不来上班了，还带走了一大笔钱携款私逃了，人至今都没抓到。现在怀疑这个白红梅是个假身份。从照片来看，她很有可能就是当年潜逃的吴亚楠。"

宋归宜沉默了片刻，意识到案件突然转向了一个他未曾预料的方向。原本他以为李桓不过是潜逃了，或是被某一任嫉妒的情人结果了，但现在看来，他的失踪或许和吴亚楠有关。他要么知道吴亚楠杀人案的内情，要么就是发现了潜逃的吴亚楠的行踪。但无论是哪种可能，他都确信先前的调查思路应该没有错。首先要确定李桓失踪的大致时间，然后确定他最后见的人和失踪前要去做的事。

按照现在的证词，王雯雯最后一次见他是上周六，米兰达也是在同一天，胡小姐是在上周三，林婉宁是在上周日。如果这是他最后一次出现，那失踪就已超过三天。

多重家庭的坏处暴露无遗，在案发的黄金四十八小时里，没人想到报案，遗留在现场的证据想来不少也遭到破坏了。按照五起失踪案就有一次谋杀的平均值来看，李桓先生基本已经转世投胎了。

这个案子里还有一个疑点是车。基本可以确定这段时间李桓都是租车，而且租的车必然合乎身份。他名下的别克留在家里，由他的妻子林婉宁使用。他和米兰达同居后，通常开的是她的车。和王雯雯相处时，则是一辆沃尔沃。和胡彤见面时，他扮成快递员，不需要车。租车行里只有他租宾利的记录，那么另一个问题来了，那辆沃尔沃是哪来的？

林婉宁是所有的证人里最后一个见到李桓的，她那晚并没有在意他是开什么车回家的。如果监控证实确实是那辆沃尔沃，那它很可能载着李桓驶向他最后的归宿。

王帆的电话还通着，他在那头连着叫唤了好几声，宋归宜才回过神来，问道："怎么了？"

王帆嚷道："你有没有认真听我说话啊，臭小子？"

宋归宜很理直气壮，回答道："没有，完全没听，你刚才说什么了？"

王帆气得要骂人："我再和你说一遍，臭小子。我说因为骨头的面部复原和通缉照的年龄估测不是特别准确，现在还不确定是不是同一个人，所以叫了吴亚楠的妈妈从老家过来，进行亲子比对。如果确定真的是吴亚楠，那你手边这个失踪案也属于我们的管辖范围，你到时候把你查到的资料要整理一份给我。"

"哦，看我心情吧，或者你先帮我一个忙。"

"你小子别得寸进尺啊。"

"吴亚楠的妈妈搭飞机过来至少要一天，DNA 的结果出来又要半天，所以至少还有两天的时间，你帮我个忙，说不定在这两天里我就给你把这案子解决了，反正也是算你的功劳。你就帮我做两件事，今天给我结果就好。"

"喂，我还没答应你呢，别急着发号施令。"

宋归宜不理睬他的抱怨，带点笃定的态度继续道："第一件事，你查一下李桓的电话卡定位，虽然我觉得是没希望了，他的失踪应该是有预谋的逃离或是有计划的谋杀，但聊胜于无。还有就是他的

251

火车票购买记录，至少要先排除他没有逃走。第二件事，我这里有六个人的名单，需要你帮我查一下她们的资料，以及登记在其名下的车辆，尤其注意她们中有没有一辆白色沃尔沃。"

王帆气闷，却也无可奈何道："好吧，你尽快把名单给我，我给你找找。"

胡自清给了宋归宜先前调查李桓的结果，还有二十张照片，他的五位情人都得以入镜。再结合王帆查来的档案，宋归宜对这六位女性都有了较详细的了解。

王雯雯，二十六岁，知名大学摄影专业毕业，现在在画廊工作，中产家庭独生女，父亲是医生，母亲是老师，有一辆广汽本田车。

米兰达，三十四岁，知名杂志主编，父亲是知名出版社的社长，母亲是家庭主妇，家境优越，有两处房产，一辆奔驰。

林婉宁，三十二岁，李桓的高中同学，合法妻子，四年前结婚，父亲早年因为车祸过世，母亲在养老院，与李桓共有一辆别克，目前在物业公司任职。

胡彤，二十五岁，房地产商胡自清的女儿，因病智力发展有缺陷，没有驾照。

另外找到的两位秘密情人则是张悦天和白晓卿，分别是二十七岁和三十八岁。张悦天是自媒体人，父母离异，大学毕业后留在城市工作，出行都靠地铁。李桓接近她的方式尚且不知。

白晓卿是离异的单亲母亲，有一个三岁的儿子，是某外企中层，有一辆白色的沃尔沃。李桓开走的那辆车就是她的，车牌已经对上了。她和李桓是同城书友会上结识的。

宋归宜把所有的信息同黎素交了底，问道："你怎么看？"

黎素道："重点还是在车上，可以去查一下林婉宁小区上周日的监控，看看李桓是不是开着那辆白色沃尔沃离开的。如果是，那之后这辆车的去向就很关键。他开车去见了谁？是不是凶手？或者想开车逃走？"

"我也是这么想。关键监控只能看到他是什么时候开车出去的，车的去向还是有些难办。干脆让白晓卿去报案，说李桓偷了她的车，金额重大应该可以立案。可是这样时间拖得太长了，我想速战速决。"

"看样子你是准备从吴亚楠的案子入手。"

"为什么我们在这种时候默契这么足，别的时候又配合得一塌糊涂？"宋归宜与她相视一笑，道，"还是老样子，王帆不愿意把案卷给我看，我只能把他告诉我的，再结合网上搜到的资料，和你描述一下，吴亚楠案大致是这样的。"

"周五下午，吴玲玲提早放学，带着一位同学回家玩，在玩耍的过程中，她表示口渴，就用牛奶冲高乐高，喝下了有百草枯的牛奶。下午，吴亚楠回家，吴玲玲表示身体不适，稍晚一点仍没有好转，于是吴亚楠送她去医院，并且通知吴母。吴母赶到医院后，让吴亚楠回家休息。到晚上十一点，陆某酒醉到家。按照现场的环境分析，他是在熟睡时被砍死的，吴亚楠带走了一些钱和衣服逃离了现场。两天后尸体才被发现，吴母中途回来过一次，不知为何没有报警，只是将房间里的空调开到最低，并且留在医院照顾吴玲玲。虽然报道中没说，但吴玲玲应该也死了。"

黎素道："按这个情况，吴亚楠杀人应该是肯定的，但中间还是有疑点。第一，吴亚楠送吴玲玲去医院，她们的关系应该很好，她显然没有料到会毒死妹妹，但是百草枯下在牛奶里本就是很有风险的，这种农药颜色深、气味很浓，倒在纯白的牛奶里，有经验的人一看就看穿。吴亚楠既然能这么久不被抓住，做事应该更谨慎些。第二，为什么吴玲玲的同学没事？她没喝吗？而且喝下药之后，应该是立刻感到不适，为什么这个同学一点反应都没有，就只是回家

253

了？"

"你觉不觉得李桓的失踪和吴亚楠的死有关？"

"应该有关，他的笔记本里也有一个吴，这个人可能就是一个
和吴亚楠有关的人。"

宋归宜点头，道："吴亚楠的母亲这次会过来，我觉得应该有
机会再追问她一些事。但前提是那具骷髅真的是吴亚楠，如果不是她，
那就完全是另一个故事了。所以还是要从他的一个妻子、五位情人
入手。可是该怎么让她们多说一点呢？"

"一个一个问效率太低，你干脆把她们全部叫来，摆一桌一起
问话。"

宋归宜光是想象那场面就青筋暴起，把眉毛拧得打结。

黎素笑着一摊手，说道："说不定会很有趣呢？你要是怕吵，
就给她们一人发一个爱的号码牌，要发言了就举牌子。然后说李桓
在笔记本上写着，有一位女性是他的挚爱，她们为了知道这人是谁，
会很努力地提供线索给你的。"

宋归宜道："你真是干啥啥都行，搞事第一名。"

◇008◇

然而宋归宜还是接受了黎素的建议。他同沈墨若商量这事，沈
墨若倒是一口答应了，铁肩挑重担，一个人给这六位女士打了电话。
除了胡彤不能独自出门，另外五位都同意了，约定好时间在饭店包
厢里碰头。

见面场所是饭店二楼的包厢。沈墨若要帮忙调取林婉宁小区的
监控，宋归宜就一个人先去了。他在门口就听到了里面吵吵闹闹的

声音。宋归宜视死如归地推开门，圆桌上的五个女人齐刷刷抬头看他，目光如炬。她们停了几秒，之后吵得更厉害了。宋归宜是面对持刀悍匪也面不改色的一类人，可见了这场景也忍不住想回家。他劝自己，不要紧张，就当你是妇联干部过来关心女同志感情生活的。

争吵的主要原因是在王雯雯和林婉宁身上。王雯雯是被李桓骗了最多钱的一个，现在李桓行踪不明，生死未卜，王雯雯要求林婉宁用夫妻共同财产补偿她。这要求一提出，其他几名受害者也连连附和。可林婉宁却表示家里的财产是分开的，李桓的许多私房钱她也不清楚，单凭她的存款，赔不了这么多钱。

宋归宜只能发挥骡马精神，拉开王雯雯，扛走林婉宁，旁边看戏的几个也连人带椅子拖开，以预防传染病的标准，让每个人都保持一定的安全距离。

他清了清嗓子，挺直背站定，说道："劳烦你们先搁置一下争议，赔钱这件事，林婉宁就是给了你们，你们收下也不一定是合法的，事情闹成这样子，你们还是去集体报案吧。不过在报案之前，先听我说几句。

"今天把你们叫过来，是因为你们有一个共同的男性伴侣，时间管理大师李桓先生，虽然他在你们心目中可能已经死了，也许他现在是真的死了，但是考虑到他还骗了你们不少钱，还有许多感情上的债务，所以需要你们提供线索。"

张悦天插嘴道："你不是警察吧，我们为什么要听你的？"

宋归宜道："这是为了你们的安全，你们现在去报案，也只能当诈骗案处理，会优先查明李桓的去向，但不一定有足够的警力兼顾你们所有人。但是李桓的失踪可能还和一个逃犯有关，你们都会有危险，我至少是专职调查此事。所以好好配合，让事情早点结束，你们也能松一口气。"

此话一出，包厢里顿时沸腾起来，张悦天却还火上浇油道："那我可以把这件事写在公众号上吗？"

"这归警察管，你去问他们同不同意。"宋归宜很用力地拍了桌子，才多少让场面安静下来，"接下来举手发言，我问一个问题，你们有线索的就举手，我会叫人起来回答。还有请不要说和问题无关的话题，我对你们的爱情故事不感兴趣。你们也不要骂我，我是一个被宠坏的男人，你骂我我会哭的，谢谢配合。"

米兰达听了他的话窃笑，白晓卿则以略带欣赏的眼光看他，林婉宁有些茫然，王雯雯懒得看他，张悦天却直勾勾盯着他。宋归宜说道："经调查，李桓最后一次被目击是在上周日晚上九点，有人在这之后见过他的吗？有就举手。"

在场无人举手。宋归宜继续道："那就基本确定了，他是在上周日晚上，从家里的小区开着白晓卿的沃尔沃失踪的，并且没有带钱包和身份证，没有离开本市，手机的电话卡也拿出来了，彻底行踪不明。好，第二个问题是，他有没有和你们提过一个姓吴的人，或者吴玲玲这个名字？"

所有人都摇头，宋归宜叹了口气："那你们大概是什么时候认识他的，依次和我说一下，从左到右开始发言。"

除却林婉宁外，王雯雯是认识他最早的一个，所以也到了谈婚论嫁的时候，之后分别是白晓卿、米兰达、张悦天，最后一个猎物是不在场的胡彤。

"他有没有什么男性朋友，比如介绍他给你们认识的介绍人？"

米兰达说了两个名字，但他们和李桓也不过是在酒吧认识的。白晓卿说他们是在网上读书会上认识的，张悦天与他也是网友，是在同城交友小组上结识的。

宋归宜道："最后一个问题，你们彼此之前是不是都不认识。

如果之前有认识的，就举一下手。"

犹豫了片刻，白晓卿举起了手："其实我之前就认识他的老婆，他有让我调查过她一些事。"林婉宁扭头看她，神情略带愕然，只是她实在整得过了头，连片刻的惊诧都显得呆滞。

白晓卿继续道："他对我很坦白的，有告诉我自己有老婆，他说和老婆关系不好，为了报复她找男人，他也出来玩女人。"

米兰达听了冷笑一声："他可真会卖可怜。"

林婉宁把头低了下去："我确实有找过别的男人，但也是他先在外面玩的，他对我一点都不好。"

白晓卿却像是并不完全信她，继续道："我在医院的妇产科有个朋友，他让我查一下你的病历，让我看看你有没有堕胎的记录。我查过后确实有，你二十三岁的时候堕过胎，那时候你应该还没有和他在一起吧。"

林婉宁听后一言不发，紧咬着嘴唇，似乎很是羞愤难当，起身推开门跑了出去。

◇009◇

因为林婉宁中途离开，整场会面就不尴不尬地结束了。沈墨若和宋归宜简单说了监控的情况，周日晚上确实有一辆白色沃尔沃从小区离开，之后再没有开回来。可是他在小区走了一圈，发现监控的排布是有死角的，还有一个监控是坏的。从花坛绕到最后一栋楼，再去前门就能避开所有监控，所以不排除李桓开车离开后又折回来，或者林婉宁在见过李桓后又偷偷离开小区。

宋归宜本想让这五个女人集体报案，可林婉宁和米兰达都拒绝

257

了。不过王雯雯和张悦天都愿意控告李桓，但白晓卿却只想报告车辆失窃。哪怕到这时候，这些女人中的多数还是对李桓留有旧情。

宋归宜是与案件无关的人士，她们在里面录口供时，他就在门口等着，正巧撞见王帆叼着烟走出来。

王帆没同他打招呼，反而朝他使了个眼色，示意他可以出去讲话，于是他就找了由头溜出去，在外面的停车场和王帆碰头。王帆掏出打火机点上烟，嬉皮笑脸打趣道："你倒是成了贾宝玉，带了这么多女的过来。怎么样，看上哪一个了？"

宋归宜面上一点笑意也无，冷冷睨他，道："别说这种话，又无聊又轻浮。你有什么事找我？"

王帆得了个没趣，两指摩挲着下巴，说道："李桓这个事，不归我管了，刚才查过那具尸体的 DNA 了，不是吴亚楠的。"

宋归宜诧异道："这么快的吗？从外地飞过来也要一天吧。"

"和当地警方沟通了，吴亚楠的妈妈上了年纪，有心脏病，不能过来，正巧吴亚楠有个表弟在本地，也是可以用亲缘关系估测的。刚才人已经来过局里了，和那具骨头完全没有亲缘关系，基本确定那个人不是吴亚楠，应该就是巧合。"

"所以你们还是没确定女尸的身份？"

"你真是比我领导催得还紧。"王帆玩笑般地捶了他一拳，"已经快了，还有一个发现就是这个女尸生前是怀过孕的，骨盆是打开的。我们小季法医还特地从市里申请来了一个新设备，精准测骨龄，现在已经把年龄缩小到二十二到二十八了。牙医诊所和妇产科医院都在跟进，周边也开始排查了。"

"听你这口气，就是还没什么大进展。"

"你小子这叫什么话啊？"

"实话。"

王帆道："你这人真是没眼色。算了，也没别的事，你先走吧。"

虽然这一趟无功而返，但宋归宜还是要来了白晓卿和张悦天的联系方式。黎素暗地里教了他一招，道："你不要问她们自己的事，你可以问她们别人的事，她们都是情敌，总会忍不住透露一些消息的。"

宋归宜道："你这人真是蔫坏蔫坏的。"

黎素笑道："也不算很坏，就是稍微有点坏，显得比较可爱。"

黎素的办法确实有效。宋归宜先找了张悦天，问她知不知道白晓卿为什么对林婉宁这么有敌意。张悦天回了他一个坏笑的表情，道："我确实知道一些事，不过不能平白告诉你，你也要透露给我一点案件的消息。你放心，写文的时候姓名我都会隐藏掉的，用化名。"

宋归宜道："我不觉得你会知道什么内情。你要是聪明到这种程度，也不会被骗。"

"我那是一时疏忽，而且也不算被骗。我也就和他在网上聊了几句，给他买了些小礼物，转了几千块钱。"

"你是怎么认识他的？"

"他是我公众号的粉丝，我写的每篇文章他都认真评价了，他主动来加我，我正好闲着无聊，就和他聊了聊。本来以为他就是那种自信过头的人，没想到他说话还挺温和的，慢慢就熟了。其实我和他也不算是恋爱，更像是玩暧昧，排遣寂寞。"

"你最后一次联系他的时候，他有什么反常的表现吗？"

"也不算反常，他就是长篇大论说了很多爱情的话题。"张悦天把当时的聊天记录截屏发送给他。确实如她所说，李桓在深夜连发了三条关于爱情的思考，其核心就是探讨为什么世界上的爱情总是来得这么荒唐，一个人为什么不能同时爱与被爱，而张悦天直到

第二天上午才回复了一句："你还挺会侃的。"

宋归宜道："你这回答真敷衍，你就不问问他到底爱的是谁吗？"

"没兴趣，我没空听人半夜抒情，我那时候忙着赶稿子呢，赚钱要紧。白晓卿才是花了大钱，她几乎是所有人里最认真的一个。"

"为什么这么说？"

"你看她的身份也知道啊。她是单亲妈妈，没工夫玩什么爱情游戏，就是一门心思奔着结婚去的，所以她才对林婉宁这么生气，那是名副其实的情敌啊。"

"男人嘛，肯定说一套做一套，他估计和她说自己离婚了就会来和她结婚。你说，会不会就是她杀的人？一个外企高管，发现自己被小三后，怒杀渣男，写成公众号文章，说不定能火。"

"会不会火，我不清楚，但我觉得你应该会被白晓卿告。"

跟张悦天聊完之后，宋归宜又给白晓卿打了电话。她的态度很不耐烦，推说工作太忙，没空陪他玩这种推理游戏。黎素拍拍他的肩，说道："你根本就不擅长这个，还是换我来吧。"

她直截了当地对白晓卿道："有人说你想让李桓给孩子当继父，已经准备结婚了，现在他携款私逃，你也是有很大嫌疑的。"

"你不要胡说八道，我可以告你诽谤的。"

"诽谤倒不至于，你既然知道林婉宁是李桓的妻子，还和有妇之夫交往，这件事传出去也不好听。你还有个孩子，很可能还会影响到他。"

"他那时候和我说已经准备离婚了。"

"谁能证明？他每周回家一次，不就是夫妻关系没破裂吗？"

白晓卿怒不可遏道："他们还有什么感情啊，他全和我说了。以前他苦追他老婆，好不容易把她娶回家，结果她就是一副冷冷淡淡的样子，也不知道甩脸子给谁看。后来他气不过，和一个女人好上了，分手时拿了一笔钱，她反而还觉得挺高兴，让他多干这种事赚钱。"

"只听过女人能被逼良为娼，没想到男的也有这待遇啊，还有人被老婆逼着出轨啊？"黎素冷笑着挂断了电话。

虽然知道了些零散的消息，但并没有多少收获，宋归宜依旧理不出多少头绪。最后决定放弃，继续精进煮鱼汤的技巧，而后将热情投入做醉虾中。黎素对此的评价是：这是一场对虾的持续性屠杀，但至少充满人道主义，是麻醉了再杀。

他开火时正巧接到王帆的电话，瞥了一眼锅里，刚加过水，应该不会糊锅，他便走开去接电话。王帆在电话里说道："两件事，第一，那辆白色的沃尔沃找到了，就在机场的停车场里，看记录是从周日晚上就停在那里的。"

宋归宜疑惑道："可是李桓没有搭飞机啊，钱和护照都没拿走，也没有出入境记录，他这是故布疑阵？"

"有可能，这件事有别的同事跟进，他们已经去调取监控了，看他是不是一个人来的。还有一件事，就是今天在一个垃圾桶里，有个清洁工发现了残尸块，基本可以判断是男性。因为冷藏过一段时间，所以暂时不能判断具体的死亡时间。"

"这个人是李桓？"

"现在还不能确定，但已经联系李桓的妻子来认尸了，并且还去他家找来了头发比对 DNA 样本，今天应该就有结果。"宋归宜不说话，突然轻轻在电话里叫了一声。王帆以为他出事了，急忙问道："你怎么了？"

"我菜煮煳了。"

"那是好事，你爸妈都说你做饭不行，上次就听他们在说这事，说你还热情地一直往家里送菜，弄得他们不知道该不该吃。我说干脆这样，下次就用投毒未遂拘留你几天好了。"

"你这叫什么话？"

王帆回敬道："实话啊。"

黎素回来时宋归宜在刷锅，厨房里的焦味还没散掉。宋归宜和她说菜煮煳了晚饭自理时，她笑了，她几乎按捺不住雀跃的声音，快活道："那我们叫外卖吃吧。"

外卖刚吃完，宋归宜就接到了王帆的第二通电话，对方没头没尾道："不是他。"

宋归宜反应过来："你是说DNA检验下来不是李桓？"

"对，不是他。而且他老婆也来认尸了，说他胸口皮肤上没有痣。"

"验一个DNA，就有一个不符合，你们局里的机器是不是有毛病了？"

"我看你才有毛病。"

宋归宜在对面那头不吭声，王帆觉得他也不至于被这样的玩笑话伤心，喂喂叫了两声，就听见他很没头没尾地说道："是不是少了一个人？"

"什么？"

"既然女尸不是吴亚楠，那说明另有一个人失踪了。既然她失踪了这么久，为什么都没有报案？"

"可能不住在附近吧，那个厂子有不少外来务工的，两三年都回不了一次家。"

"你能不能再帮我一个忙。吴亚楠的家人过得怎么样？在吴亚楠失踪之后，她的母亲、她的弟弟有没有足够的经济来源？还有，你能给我找一张吴亚楠小时候的照片吗？"

"喂，老兄，这是两件事。"

宋归宜装模作样道："是吗，我不会数数啊。"

宋归宜托黎素去查胡彤当年转校的记录，又约胡彤单独见了一面。

这次是在甜品店碰的头，宋归宜上前拍了一下胡彤的肩膀，他说道："今天保镖没跟你出来吗？"

胡彤有点得意地说道："我和我爸爸吵架了，我爸爸说我是个大孩子了，他同意我以后一个人出来了，只要定时和他报平安就好。"

宋归宜自然不信，他只觉得胡自清是给女儿换了一个演技更高明的保镖，但他也没有戳穿，让她沉浸在这微小的胜利里也不是坏事。店里的凳子对他来说有些矮了，他只得站在胡彤面前，斜斜靠在桌上，尽量用一种温柔的语调同她说话。

胡彤的手指很笨拙，吃冰激凌时巧克力总是会沾到嘴角。坐在宋归宜斜对面的一对情侣，正兴致勃勃地对她指指点点，但对周遭的一切，她浑然不知，就像坐在台阶上吹着肥皂泡的小孩，看着泡泡飞起，一个个戳破，也没有任何悲伤。这样未必是件坏事。

宋归宜道："你上次和我提到吴玲玲，你还记得吗？"胡彤点头，他继续说道，"你也提到了吴玲玲的姐姐，你记得吗？吴亚楠？"

胡彤把塑料勺子含在嘴里，口齿不清道："我不知道吴亚楠，可是我认识吴玲玲的姐姐，她一直请我吃点心，喝牛奶。"

"你说你去吴玲玲家做客，那你去过几次？还记不记得最后一次去的时候，你和吴玲玲做了什么？"

"好久以前的事情了，不过还好我记性很好。"胡彤露出一点得意的神气，"我们玩了过家家，我当爸爸，她当妈妈，以前总是她当爸爸，当爸爸比较好玩，不用做家务，还可以喝酒。"

"那你们喝酒了吗？"

胡彤摆出一本正经的脸，说道："小孩子不可以喝酒的。我没有喝酒，吴玲玲说我们玩划拳，输了就喝。"

"吴玲玲输了，对吗？"

……

胡彤想到这里有些得意，咯咯笑了起来，面颊上的肉轻轻一颤。在她那快活而安稳的小世界里，永远不会知道，她的朋友将要承受怎样的痛苦。

吴亚楠并没有把毒下在牛奶里，而是把毒下在酒里。朋友间的一个小游戏却让吴玲玲在监护室里极为痛苦地挣扎了一周，器官衰竭而死。

宋归宜不知该说什么，只是苦笑道："你还有些开心啊。"

胡彤兴奋地抬头，笑道："是的呢，因为吴玲玲变成流星给我好运气了。我本来和她说爸爸好久不来看我了，结果第二天爸爸马上就来找我了。"


宋归宜让王帆调查吴亚楠家的情况，结果确实如他所料。在吴亚楠离开后，持续好几年，吴母都有一笔收入，她平日里只是做手工活，却忽然有钱在当地盖一所两层楼的房子，许多人猜测是她找了男人。但好景不长，吴母之后再嫁，又生了一个儿子，丈夫是赌鬼，短短几年败光了她的积蓄。结果有一天丈夫走夜路时掉河里淹死了，她就守着寡把儿子带大。直到四年前儿子离开老家。

胡彤转学，吴亚楠失踪，继父死亡，吴母有了钱，这四件事的发生都是同一个原因——吴玲玲死了。她以一种极为荒诞的方式死去了，而活着的人注定要为这份荒诞负责。

宋归宜去见了胡自清，手段极为粗暴简单，他去了胡家，由沈墨若充当司机，他则穿上那件抢救回来的真丝衬衫，摆出一位富家少爷的矜持，彬彬有礼道："胡先生让我上午见他。"保安不做过多怀疑就放行了，果然穿好衣服的人撒起谎来更有底气。

宋归宜在会客室里见到胡自清时，他带着冷酷的幽默感说道："看来我这里的保安没一个合格的，该换一批人了。"

宋归宜道："先等一等吧，说不定你接下来还要付封口费给我。"

胡自清坐在一张扶手椅上，看着宋归宜，他并不急着问他知道些什么，只是等着他开口。宋归宜歪着头一笑，轻飘飘道："我已经知道是你女儿误杀吴玲玲了。她已经说了，那天下午她让吴玲玲喝下了家中的酒，那里面放了农药，这段对话我有录音。"

胡自清道："你应该知道吧，我女儿的脑子有点问题，你觉得她的话可信，那你也应该去看看脑子。"

"她的证词确实不可信，但是你的反应却是明证。胡彤说她把这件事告诉了奶奶，也就是你的母亲。你母亲立刻给你打了电话，然后你连夜飞回了老家。吴亚楠当时没有在牛奶中下毒，但是事后却在牛奶中检验出毒物，她们那个下午没有喝过牛奶，结果警方在现场的洗碗池里找到了没洗掉的杯子，这些应该都是事后准备的证据。你和吴玲玲的母亲商量好了价钱，平息了这件事。至于她之后杀人逃跑，却在你意料之外，没想到却帮你完善了计划。"

"说得很有趣，但是证据呢？"

"吴玲玲死后，她母亲隔一段时间就会收到一笔钱，这钱应该能追查到你头上，而且吴玲玲是四月死的，五月你给胡彤办了转校的手续，在学期中间转校是很少见的。"

胡自清脸色微变："这些都是辅助的证据，不是直接证据，而且就算我真的做了什么，那又怎么样？小彤那时候就是个孩子，你过来又想伸张什么正义呢？这样就是最好的结局了，我让我女儿避免了一些无谓的麻烦，受害的家庭拿到了钱。"

"我不会对你道德说教，反正你永远不会觉得自己有错。不过这么多年来，吴亚楠应该也反应过来，当初的事有些不对劲。她现在还活着，还是个杀人的逃犯，你最好期望她不知道你做了什么，否则谁知道会发生什么，世事难料。"

"你在威胁我？"

"不敢，我很尊敬你，你看我都穿了我最好的衬衫来见你。"宋归宜假笑着，极尽做作地对胡自清鞠了一躬，"那我就先告辞了，祝你身体健康，阖家幸福。"

〈011〉▼

吴亚楠的表弟叫王思诚，住在石门路 12 号，而林婉宁打火机上的柠檬快捷酒店和石门路就相隔两条街。宋归宜走了一遍，王思诚家到酒店的距离和酒店到林婉宁家的距离差不多，不过二十分钟，这里确实是个见面的好地方。

宋归宜给王思诚打电话，顺便让黎素在背景里演戏走动，假装警局里人来人往的样子。他一本正经道："喂，王思诚先生，对吗？我是华亭警局的王帆王警官，不知道你还有没有印象。"他捏着嗓子装王帆说话，学得不像不要紧，能唬人就够了。

王思诚果然上钩，道："我记得你，还是吴亚楠的事吗？我说了我真的从来没见过她。"

"我知道，你从出生后就没有见过她，这件事我们已经确认过了，今天找你，是因为有另一个案子涉及你，所以想找你确认一些细节。"

"要我去警局吗？"

"不用，这次电话已经录音了，一样有法律效力，你和在警局一样，如实回答就好了。"黎素偷笑，贴在宋归宜耳边轻轻说道，"你就骗他不懂法吧。"

宋归宜抿嘴忍住笑意，继续装模作样道："是这样的，王先生。你现在涉及一桩失踪案，失踪者叫李桓，他的妻子林婉宁女士，你是否认识？"

"认识，我在健身房做过私教，她一直有过来健身。"

"可是现在有人举报说你与林小姐交往甚密，有人看到你们一起去了宾馆。"

"这是谁说的？"

"这你不用管，是不是有这样的事？"

"是有，可是我没做什么啊，而且我们已经没有联系了。"

"什么时候的事？"

"就四天前，我们在宾馆见了一面，她哭着说她老公逼着她分手，我们还是不要联系了。我后面再打给她，她已经不愿意接了。她都这样了，我也没办法。"其实按时间推算，那时候李桓已经失踪了，就是宋归宜找上门的那天。

"你很喜欢林婉宁吗？"

"是的，我第一眼见到她就觉得有些莫名的亲切，不过这只是好感罢了。她有时不想住在家里，我就给她在宾馆开了房暂住。"

"你有和林婉宁的丈夫李桓见过面吗？"

"见过，有一次他主动来找过我，他说知道我和她的事情，误会了我们的关系。他劝我们分开，说如果不分开，他就带着林婉宁

267

离开这里。后来林婉宁来找过我，说不要管她男人说的话，他对她很不好，一直打她，她不会和他走的。"

"你还记得那天是周几吗？"

"周二吧。"

"是周二下午吗？"

"差不多。"王思诚便是记事本上所提到的吴，用这个简称，多半是因为他是吴亚楠的弟弟。

"好的，感谢你的配合，我们之后再有问题会继续联系你的。请暂时不要离开本市。"宋归宜挂断了电话，无奈道："他果然什么都不知道。"

黎素叹了口气，道："所以这才是真正的动机。"

宋归宜不应声，反倒望着黎素笑了笑，说道："你昨天帮我把客房的床垫换了一下，是吗？"

黎素一愣，带点莫名其妙道："是啊，我怕你觉得热，就把床垫换薄一点。我第一次做这种事，你要是觉得不舒服，自己再调整一下。"

"没有，我觉得很好。你知道我是怎么发现林婉宁有问题的吗？一开始，我们去她家，发现卧室里李桓的枕套还是冬天的款式，她要是真的那么在意他，怎么会舍得让他睡这么闷热的枕头。"

"可是李桓并不是每天都回家的。"

"我不也是偶尔才到你家过夜吗？"宋归宜笑着，轻轻拍了拍她的肩膀，道，"谢谢你了。"


宋归宜出发前给沈墨若打了个电话，让他随便找个由头把另外五位小姐聚起来，别让她们乱跑，更别让她们去找林婉宁。

沈墨若会意，问道："是林婉宁做的吗？"

"很可能就是她。你知道她的动机吗？"

"因为丈夫出轨吗？出轨后遇到情人，本来想通过婚外情缓解痛苦，但是却发现无法割舍丈夫，最后因爱生恨，只能杀了他。"

宋归宜轻轻叹了口气，说道："你说得很精彩，但没有一个字是对的。"

◇012◇

宋归宜和黎素在车里蹲点，他们已经跟踪林婉宁两天了。她的生活很有规律，白天准时上班，午休时间买一点熟食送去李桓父母家，下午六点准时下班。她和周围人相处得都很好，显然没人看出她的本性。

下班后，林婉宁没有回家，而是绕路去了西面的一处小区，他们一路跟踪她到楼下。这时王帆的电话打来，语气很焦急："你现在在哪里？没有和林婉宁在一起吧。"

宋归宜道："为什么这么问？"

"林婉宁就是吴亚楠，那具男尸就是李桓的。当时的 DNA 检验材料是从她家里拿的，她显然提前把样本换了，我们又找李桓的父母测了一次亲缘关系。"

"那车子的事情呢？"

"机场那边的监控虽然比较模糊，但基本确定是李桓把车开过去，然后又搭地铁离开。至于他为什么这么做，现在还不得而知。"

"你是怎么知道林婉宁就是吴亚楠的？"

"老三样还是有用的。走访、调查、问话，以前的化工厂名单里有林婉宁的名字，问了当年的老员工，林婉宁在白红梅失踪前一

269

周辞职了，还有人记得她们说话的声音很像，有时会认错。再比照牙医诊所的记录，确实有一家诊所记录里有林婉宁和白红梅去同一间诊所补过牙，把尸体和记录一比对，就确定死掉的是林婉宁，伪装成白红梅的吴亚楠摇身一变，成了林婉宁。"

"其实李桓也发现她的真实身份了，真的林婉宁为他堕过胎，医院里有记录。李桓在记事本上写着给林婉宁拿体检报告，报告里有一项是之前的婚孕情况，这个假的林婉宁没有怀孕过。"

"你早就知道了？你现在在哪里？"

"我在林婉宁家门口，顺便黎素让她劫持了。"

宋归宜挂掉电话，面无表情地注视着林婉宁，这一切发生得猝不及防。林婉宁见过宋归宜，所以黎素先装成街道人员敲门，但门一开，前面空无一人，黎素不明所以，朝里走了一步，结果就被躲在门后的林婉宁用刀抵住了脖子。宋归宜来不及阻止，他的手机响了，林婉宁笑着一抬下巴，示意他先接电话。

林婉宁挟持着黎素进屋，宋归宜也跟着往里走，他扫了一眼客厅，原本餐桌的位置摆了一个大冰柜。他淡淡道："你早就发现我们跟踪你了？"

"我逃了这么多年，这是我的基本功，你们还太嫩了。"林婉宁朝宋归宜使了个眼色，道，"你别乱动，不然你的小女朋友就没命了，先坐下。"

宋归宜没有动，道："你杀了她好了，我不在乎。"

"你可别说逞强的话。"

"不逞强，割喉没那么容易死的，顶多留条疤。你不太懂解剖，不是吗？"

"看来你全知道了，我的问题在哪里？"她泄愤似的在黎素脖子上割出一道血痕。

"耳朵，人的五官中只有耳朵是不会随着年龄有大改变的，而你整容也没有动耳朵。你小时候的照片上耳朵和你现在的耳朵，一模一样。"

"哼。"林婉宁冷笑道，"你们过来是要劝我自首的吗？"

宋归宜道："不是，只是好奇一件事，李桓为什么要把车停在机场，再回到这里来？"

"因为他傻啊，他要我和他一起走，他把车停在机场，让人误以为我们是搭飞机走的。我去拿钱，让他到这里来和我碰面，再一起坐大巴，换火车走。"

"看样子他是真的爱上你了。"

"真好笑，东躲西藏的日子刚刚结束，他又想让我继续。我花了这么多钱，基本把我脸上能动的都动了，削了骨头，弄了牙齿，取了肋骨，打了这么多针，吃胖二十斤，眼睛故意割得那么奇怪。我整得像鬼一样，不就是为了光明正大走在路上，我可不会再走老路。"她语气淡淡的，像是在说一些很无关紧要的事。

"不单是这个原因吧。你事先不知道王思诚是你……"

"你闭嘴！敢再多说一个字，我就杀了你们。"一只苍蝇在她眼前飞过，她的眼神微微斜过去。

趁着她走神的片刻，宋归宜抄起一个水杯丢过去，林婉宁下意识躲开，宋归宜一个翻身上前，单手锁住她的脖子往后拖，黎素则趁机往外跑。他顾及着黎素的伤势，没有下狠手勒晕林婉宁。她反手持刀朝后一刺，在宋归宜闪躲时，挣脱出去，跑到阳台上，两手撑过栏杆，纵身跳了下去。

之后是一切声音的大杂烩，重物砸落的巨响、惨叫声、车的警报声、议论交谈的声音。黎素刚才跑得急，没留神，踩在玻璃杯的碎片上。宋归宜把她抱上沙发，简单处理了伤口，才去阳台上，探头往下看，回头嚷道："黎素，你过来看一下。"

"我不看，会做噩梦的。"

"不是，她好像砸在你的车上了。"

◇013◇

吴亚楠摔死了，王思诚来到警局认尸。王思诚在走廊上默默擦拭眼泪，王帆递给他一支烟，说道："有一件事我要和你说一下，是吴亚楠的事。"

王思诚不耐烦道："我现在很难受，我真的不认识她，也不知道她在哪里，我都没有见过她。"

王帆说道："不，她就躺在停尸间里，你刚才已经见过了。"

无辜受难的还有林婉宁的父母，这对父母在南京，以为女儿在外面过得很好，吴亚楠和林婉宁声音相似，她假扮时会定期给他们打去电话，逢年过节也用快递寄去礼品。在他们的印象中林婉宁一直过得不错，未婚，和同事合租一套房，努力工作，年前刚升职。直到王帆打电话过去，说道："对，我们发现了你女儿的尸骨，她已经死了好几年了，之前和你通话的是凶手。"

李桓的死亡真相被揭开，他的母亲因为无法接受事实，突发脑中风住院了。他生前的那几个情人倒颇有江湖儿女义气，搞了一次众筹，筹得一些钱给她作为住院费。其中米兰达还帮着操办了李桓的葬礼，还送来几个花圈，花圈的署名是"曾经爱过你的一个人"。她们虽然被李桓骗了钱，但死者为大，倒也宽恕了他的罪过。张悦天还把这故事隐去姓名写成文字发在公众号上，在网上短暂地轰动了一番，倒成了唯一因祸得福的一个。

宋归宜没有跟进这个案子后续的爱恨情仇，他正忙着帮黎素处理车的事。她的车惨不忍睹，第一位办事员来处理时，扶着墙干呕了五分钟。

她的车送修了，一时半会儿好不了。虽说家里还有一辆车，但她暂时不想开，反倒是过上了有宋归宜接送的日子。

坐摩托车后座很潇洒，但快活的梦总是不真实。宋归宜开起摩托来毫无浪漫可言，他在脚踩油门的一刻，就激发了性格中一切暴烈的情绪。黎素开车要二十分钟的路，他开摩托只要十五分钟，并理直气壮道："那是路上堵车太严重了，其实我开得也不快。"

到后来黎素宁愿出门搭地铁，也不愿意劳烦宋归宜。他原本想要逗逗她，结果反倒落得没趣。他其实是想找个场合与她谈心，可是不知从何开口，不上不下的，反倒自顾自生起闷气来，结果又是黎素来哄他。

黎素故意把猫放在他肩上，猫顺着他的肩膀往上爬，爪子勾住他的头发，痛得宋归宜嗷嗷叫，把猫抓下来进行严肃的批评教育。旁边的黎素打趣道："看来真是人不如猫，你今天就和我说了三句话，反倒和猫说了这么多。"

宋归宜抬头，以一种近于孩子般的执拗目光盯紧她，道："我有话想和你说，很认真的。"

黎素点头："好，我听着。"

宋归宜一本正经道："我做饭真的很难吃吗？"

"你确定是要和我说这个吗？"

"你给我个循序渐进的过程，好吗？不然我很难开口。"

黎素笑道："有什么难开口的？"

宋归宜也笑，涟漪似的一层笑意荡开了又散去："我有精神分裂，我和你都要面对这问题。不管住不住院，这病都没这么容易好，我可能会有幻觉，会有记忆障碍，也可能性情大变，你能接受吗？"

　　"我无所谓啊，你现在就挺疯的。"

　　"要是连现在的我都是伪装出来的呢？可能这不是我的本性，只不过是我因病出现的一种状态。"

　　"那你本性是什么样子的呢？"

　　"不知道，可能就是疯疯癫癫的精神病人吧。要是我进了疗养院，你怎么办？"

　　"那我会等你。"黎素让他枕着自己大腿，像一个母亲安抚孩子般拍着他的肩膀说道，"我大概等你一两年，然后等我找到一个比你更帅的，就飞快地把你忘记。"

　　"那我就放心了。"宋归宜微笑着，握住她的手，十指相扣。他原本想问黎素要不要同自己分手，但终究开不了口。他强撑着自己坐起来，一如既往强装着开朗，以近于做作的孩子气口吻说道："好想吃冰激凌，我们出去买吧。"

　　时值深夜，晚上十一点，街上空荡荡的，偶尔有加班晚归的职员和不安分的酒鬼。这是个安静的夜晚，适合催发忧思与浪漫的情绪，但宋归宜什么都没想。夜晚照明不好，他也吸取了教训，开得不算快。他戴着头盔，风拍打着挡风板，发出一种气势汹汹的声音。宋归宜倒是很喜欢这样，隔绝了其他一切声音，把自己从天地中隔绝开了，一种恰到好处的悲哀。他简直像是为了长久地骑摩托，才总是考不出驾照。

　　黎素是唯一一个坐过他摩托车后座的人。当年买摩托的时候，有人曾半开玩笑着和他说，可以在后座抹一点油，这样后座的人就会向前滑。他自然没试过这样的把戏，也不用试，反正每一次黎素

274

都会紧紧搂着他的腰，胸口贴着后背，就这一刻，足以催生天长地久的错觉。

这么晚，冰激凌店早就关门了。他们沿着武康路一家家酒吧找过去，总算找到一家卖冰激凌的酒吧，朗姆酒上面顶一个冰激凌球。

宋归宜吃冰激凌，黎素喝掉了下面的酒，回到家就沉沉地睡了。

宋归宜给她摆好鞋子才离开的。

这已经是一个月前的事情了。

宋归宜在床上醒来，窗帘没有拉严实，透进来一丝光，已经是黄昏了。他午睡睡了太久，晨昏颠倒中，有种不知今夕何夕的错觉。他早就回到了自己的家，可是在黎素的房子里待了太久，自己房间的天花板倒显得陌生了。

他又想起以前的事，愣愣地在床上坐了一会儿。开摩托载着黎素去买冰激凌还像是昨天的事，但其实他们已经分手很久了。

杀人

# 幽灵邮件——杀人案

第五案　CHAPTER 5

Case Number Five
第五案

## 001

　　宋归宜从床上爬起来，打个哈欠搓把脸，随意做了十个俯卧撑便去刷牙洗漱。刮胡子时发现左手掌心里有一道伤口，还没有完全愈合，裹着一层纱布，却不记得是什么时候留下的。他吃早饭时，和父母打了个照面。他们对他的态度小心翼翼又尽量掩饰拘束，好像宋归宜在不知情的情况下到了癌症晚期。

　　他咬着吸管喝豆浆，想着不至于如此吧。他只是失恋了，又没有到为情自杀的地步，倒不用这样担心他。而且不止他父母，身边所有人都向他表达了过度的关切。

　　先是黄宣仪紧张兮兮地给他发了消息，说道："你一定要想开点，有什么事和大家说。"然后又紧急撤回，近于欲盖弥彰般解释道，"不好意思，是我误会了，反应过度了，你不要放在心上。"之后连着几天，她都持续给他转发可爱动物视频。

　　沈墨若稍稍镇定些，只是郑重地握着他的手说："你有麻烦请一定要来找我，不管发生什么，我们都是朋友。"临走前，还特意拥抱了他。

宋归宜一脸纳闷，他虽说有些记忆断层，但应该没有半夜喝醉了在步行街上裸奔啊，不至于有这种待遇，让所有人对着他都是战战兢兢的。

　　与黎素分手，对宋归宜的打击并不大。他确实爱过她，爱意到此刻也不褪色，但那是一种平和隽永的情绪。分手的时候，她的态度很模糊，只说暂时分开对彼此都会好些，尤其对他的精神状态有益处。他平静点头，转身回房间收拾了行李。

　　宋归宜不是一个会为爱发疯的人，但打击依旧有，如今再回忆黎素的脸，竟已经略显模糊。分手的场景想起来也毫无实感了。他确实浑浑噩噩恍惚了一阵，再清醒时，手边竟然多出一把钥匙。这把钥匙不能打开他家里的任意一把锁，他也完全不记得这钥匙是从何而来。他懒得深究，只把钥匙随身携带，兴许哪一天回想起来就能派上用场。

　　另一件诡异的事是一封匿名的邮件，宋归宜每天早上的例行公事就是检查电子邮箱。通常里面充斥的都是促销广告、垃圾邮件和网站订阅通知，但偶尔也会有意外收获。例如他在国外的同学，偶尔会发邮件和他联系。

　　宋归宜确实在邮箱里发现一封特别的邮件，标题为"给宋归宜先生的一封求助信！急！"，发件人是"李先生"。他起先怀疑是恶作剧，但还是耐着性子点开了。

　　邮件的内容不长，全文如下：

宋归宜先生：

　　你好。

　　请原谅我贸然打扰你，但我实在没有其他的办法。我认识你，但是你并不了解我。你不要奇怪为什么我得到了你的邮箱，你的名气和能力远比你以为的要大。

我没有恶意，只是来找你求助的。我有一件很重要的事找你，需要你比警察更快一步。我的妻子失踪了，她被不明人士在地下停车场掳走了。这已经是两周前的事情了，基于很多复杂的原因，并没有太多线索，我只能前来寻求你的帮助。

如果你愿意帮助我，请立刻以邮件回复。

李先生

宋归宜读完邮件，第一反应是古怪。这封信处处透着不合理，这个李先生显然不愿透露自己的真实身份。可他既然要找宋归宜求助，并且时间极为紧迫，他为什么没有先表明身份来获取宋归宜的信任？而且他也没有提到任何的酬劳或者报答，好像很笃定宋归宜会接下这份委托。可是他既然不相信警察，为什么会将妻子的生死轻飘飘地托付给一个素不相识的人？

还有最奇怪的一点，他为什么要发邮件？知道宋归宜这个邮箱的人很多，但是熟人反而不多，因为有他的手机号，用电话联系就够了。他难道就不担心宋归宜不常看邮箱，几年后才发现这份邮件吗？

这种种诡异之处，让宋归宜怀疑这就是一个熟人的恶作剧。发邮箱是担心暴露手机号，不透露具体信息，是怕他透过这些信息调查出整件事是虚构的。

宋归宜身边会玩这种把戏的，他第一个想到的就是黎素。于是他匆匆忙忙给她打了个电话，把事情经过简单说明了一下。结果反遭到她的嘲笑："我哪有这么无聊啊？我也比你想象中要忙好多啊。"

宋归宜叹了口气，挂断电话。仔细想来，黎素的回答也不像是掩饰，她之前确实有过不少恶作剧，可那时他们关系亲密，不像现在，处处需要避讳着。黎素是个有分寸的人，没道理胡乱给前男友开这种玩笑。

反倒是宋归宜这样贸然联系她，倒有些像是藕断丝连，故意找借口联系。就算他没有这样的意思，也没法控制对方这么想。他每每想起黎素，心里总泛起古怪的酸涩感，说是余情未了，连他自己都不信，但还是刻意避开正面和她打交道。他悻悻地摸摸下巴，坐在书桌前，开始写回信。

李先生（应该是假名吧）：

你好。

虽然我觉得你很可疑，但是就算只有千分之一的可能，我也不会随便放弃这样的求助。所以我会认真对待这件事，认真得像是天桥底下贴膜的，这你可以放心。我一旦答应了，绝不会敷衍了事。

但我先提醒你一句，一般像这种并非绑架的掳人，失踪时间超过四十八小时的，生还可能性很低了。尤其失踪者是女性，你还要考虑先奸后杀的可能。

宋归宜

宋归宜的回信说得很不客气，但对方似乎并不在意，迅速发来了回复的邮件，之后的一整个上午，他们往来了六封邮件。

宋先生：

我知道，我清楚一切坏的可能，但我还是怀有希望。

既然你愿意帮我，那我就详细说明一下情况。我的妻子是在本月三号晚上九点三十分在地下停车场失踪的。当时的监控录像拍到有一个男人事先撬开她的车躲在里面，等她进入车里之后挟持她，再开着她的车离开。监控录像不够清晰，只拍到了男人的背影，并且他没有车，事先经过伪装，戴着口罩和帽子，是从商场步行进入停车场的。警察是在第二天晚上接到报案的，等到正式开始调查已经是她失踪后的第三天了，第四天下午就找到了她的车，被作案的人抛弃在河里，捞起来之后没有提取到指纹，但是在坐垫上有发现少量的血迹，还没被水冲刷掉，检测显示是我妻子的血。

我妻子的包还在车上，但是钱包和手机却已经不见了，还有一块放在车里、准备去修理的名表也丢了。

这就是我知道的一切信息，然后警方的线索就从这里中断了。因为丢车的地方很偏僻，并不存在监控。他们正试着在周边排查走访，想找到可能的目击者。

感谢你的帮助，但我希望你不要把我找你调查的事告诉其他人，尤其是警察。

李九

李·你的假名好恶心啊·九先生：

你的要求真的很奇怪啊，感觉像是三流恐怖片里骗女主角去死的反派，有可能等将来见面时，你就提前埋伏在暗处准备宰了我。你不觉得你很像是凶手吗？

简单说一下我的推测，现在有几条线索都指向了你。首先，犯人的很多举动都暗示他是对受害者有了解的。如果是普通的绑匪，是不会留意放在车里的东西的，尤其是手表。而且犯人把车推进河里，就是想用一种粗暴简单的方式销毁证据，说明他处于很大的压力下，而你妻子的手包就是一个潜在的证据。按理说，犯人既然已经动过手包，怕留下指纹和证据，应该把包直接带走。可是留下包，把车内复原成他没有出现时的场景，潜意识里是愧疚的表示。

所以这些线索综合下来，就是一个对你妻子有了解，对犯罪有一定的愧疚心，并不完全是想要抢劫的罪犯。

最关键的是这件案子的定性很奇怪。如果单纯是为了钱，抢劫就够了，不需要把人也带走，风险太大了。如果是绑架，那为什么还没有打来要赎金的电话？

所以现在矛头完全就是指向你了，李先生。我听你的口气，你妻子应该比你有钱。一个倒插门的女婿，对妻子心怀怨恨，为了钱或者自尊心，杀了妻子，再装作心急如焚的样子，找一个笨蛋求助，听起来也很像那么回事。

还有你应该省略了不少细节。比如说警察接到报警，不只是看停车场的监控，还会依照周边监控划定路线，既然她是在商场的停车场失踪的，那路线还是很好划定的，为什么警方没找到车开去哪里？就算跟丢了，你至少要告诉我车是在哪一条路上消失的。还有就是社会关系排查，你妻子做什么工作？失踪前做了什么？有没有和谁交恶？或者新认识什么人？你都没有告诉我，是警方在这些方面没有线索，还是你刻意隐瞒了？

最重要的是，你最好告诉我，你是从什么渠道知道我的名字和这个邮箱的。我记得我只把这个邮箱告诉过少数人，刚才我已经一个个询问过了，他们都不知道你的存在。

宋归宜

宋先生：

你的推理很有道理。你也大可以怀疑我，只要你没有怀疑这件事的真实性就好。

先解释最重要的一件事。我没有杀我妻子，我很爱她，你永远无法想象我知道她失踪时的心情。你是处理失踪案的行家，你说得没错，失踪拖的时间越长，生还的可能性就越低。我现在唯一的期望只有找到她，哪怕死了，我也想在坟墓里埋下些东西。

　　还有，我很聪明，并不比你愚蠢多少。给你一个忠告，觉得别人都是蠢货不是件好事。如果我真的要杀人，我会做得悄无声息，根本不用这么兴师动众，我会让需要消失的人静悄悄地消失。

　　还有，如果我真的杀了人，就没必要再找到你。如果我想在警方面前留下好印象，我只需要流下几滴鳄鱼的眼泪，假装积极配合调查，暗地里隐藏些关键信息就够了，节外生枝反而容易惹麻烦。

　　至于我是怎么知道你的，你过几天就会知道的，不要着急。我知道你根本没有询问过你的同学，你只是想诈我一下，逼得我坦白。但是你失算了，我非常了解你，远远超出你的想象。我知道这是你的工作邮箱，你至少有二十个同学都知道这个邮箱，包括死掉的蔡照。对，我知道发生了什么事。

　　我希望你不要调查我，不是因为我心虚，而是我希望你把全部精力放在我妻子的失踪案上面。虽然我知道你是个倔强的人，有可能从你看到这行字的时候起，已经尝试通过IP地址来搜索我的住处，继而得到我的住址。然后你就会发现这个IP显示的是冰岛，我有进行加密通信，所以别白费劲了。再次重申一遍，不管调查的结果是什么，七天之后，你都会知道我的真实身份。

　　抓紧时间调查，对你对我都有好处。我说过我很了解你，我知道你有精神分裂，这个病的常见症状包括：幻觉、记忆断层和自我说服。你的情况如果再恶化下去，搞不好今天你还记得我妻子的案子，明天你就怀疑自己是凶手了。

　　基于你的推论，我再向你提供一些信息，这应该对你的调查有帮助。我的妻子确实比我有钱，但我从没有因为这个嫉妒过她。案发当天她的行动路线是，早上起床，九点离开家（我当时在生病，只能在家休息），去公司工作，然后晚上八点离开公司，先回的家，

284

在家和我一起待了二十分钟，然后她去看望她的父亲，一直到晚上九点十五才离开，回家的路上绕道去了商场，商场十点关门。她在九点三十分到地下停车场。

我因为在家卧床休息，所以一直到第二天早上才发现她彻夜未归，我的第一反应是她在父母家过夜，联系之后才发现她不在。因为她的父亲树敌不少，所以他发现问题后第一时间劝我别报警，在他排查过情况，确定报警不会给他造成影响后，已经是第二天晚上六点了，再加上一些程序上的事，正式的调查是从第三天才开始的。

案发的商场周边确实有监控，可是作案者把车开出停车场后，直接驶入了周边的小区。因为周边有两个旧小区，没有门禁，所以他从小区正门驶入，从后门离开，再开入第二个小区，因为第二个小区后门没有监控，无法确定他是否在里面换了车，是直接离开还是把车停在里面。

现在只能确定他对案发场所很熟悉。警察正在交叉对比，把小区停车位里的车对应的车主，与出现在停车场监控里的人逐一一对应。不过这个工作量很大，他们要做一段时间。

李九

李九：

既然你觉得自己这么厉害，那为什么要找我啊？亲自上阵去调查啊，我没有义务免费给你跑腿。

宋

宋先生：

这件事确实与你无关，你也大可以关上电脑，假装无事发生，迅速地忘记这一切，但这绝非你的性格。你也不会因为一时的赌气而放弃调查，事实上，我觉得你现在就已经跃跃欲试。我原本也想亲自调查，但是我意外摔伤了一条腿，现在根本无法下楼，更不要说四处走访。

如果一定要为我的委托加码，那我稍微向你透露一件事。其实我们见过面，只是你完全不记得了，你的精神状态确实令人堪忧，你好像完全忘记那天发生的事了。但你手里有把钥匙，对吗？如果你愿意帮我调查我妻子的失踪案，我就告诉你那把钥匙到底能用来打开什么东西。

李九

浑蛋：

那给我商场还有发现车辆的具体位置，我自己去实地走访一下。如果你连这点诚意都不愿意有，就另寻高明吧。

PS. 你说话的口吻非常浑蛋，你别以为我不在意，我现在超级气，你最好别让我抓住你的把柄。

宋

002

宋归宜要来了商场的地址和弃车地点的定位。他随意地吃了中午饭，就骑自行车去了商场，像是为了避免一些易触痛的回忆——他和黎素分手后就没有骑过摩托。商场在城市的西面，附近有两个居民区，但作案者住在附近的可能性不大。这种劫持案不比杀人案，行凶者不会回味作案时的快感，作案场所一般离家极远，竭力想与自己撇清关系。

286

单纯的抢劫案是最难破获的一类案子。首先，这类案子具有很高的随机性，作案者和受害人的联系并不多，单纯从社会关系排查很难锁定目标。再一个，作案者的流动性也高，犯案后往往会逃窜到其他城市。如果案发的一周内没有特别有力的线索，这类案子往往会变成悬案。

而像这种连受害者的尸体都找不到的抢劫案会更加麻烦。从一个冷酷的角度来看，尸体通常是最好的证据，大部分时候能提取到凶手的 DNA。

宋归宜实地走访，主要想确认整件案子是有预谋的犯罪还是随机作案。从现有的线索看，随机作案的可能性较小，行凶者未必是受害者的熟人，但至少认识她，或许与她在工作生活中有所接触。

地下车库的面积不大，只占了地下一层。根据李九在邮件上给的信息，案发当晚，他妻子把车停在 G13 号车位。宋归宜双手插兜，绕着车库从头到尾走了一圈，发现了监控位置上的不合理处。A 区到 C 区因为有直达商场的电梯，所以一个区安排了两个以上的监控。但是 D 区之后，越是远离出口的停车位，监控的布置越是薄弱。到了出事的 G 区，更是与邻近的 H 区共享一条过道上的监控，这样就造成了许多监控上的死角。光是他这样简单逛上一圈，就能找到两条完全避开监控，从后门进入，迅速到达案发位置的路线。

不过按照李九的描述，凶手还是被拍到了一个模糊的侧影，只是戴着帽子，完全挡住脸，无法辨认。也就是说凶手并不如宋归宜想象中那么聪明。这是有计划的犯案，但计划并不算周密。

另一个问题随之而来，既然是有预谋的犯罪，行凶者就是事先选中了被害人，那凶手是如何知道被害人将车停在这里，继而进行埋伏的？根据李九的描述，受害人去超市完全不属于固定的日程安排，很难提前预料到。行凶者想要确定她的位置，要么是提前跟踪，要么在车上装了定位装置。如果是后者的话，那范围就又缩小了一圈。

宋归宜一边在地下车库闲逛，一边盘算着能用来骗取监控的借口，正烦恼着，他迎面就撞见一个保安，还没来得及上前搭话。保安的表情却比撞鬼还惊慌，急急忙忙上前按住宋归宜，一句辩解也不听，直接把他带回了监控室。

宋归宜没有反抗，完全是一头雾水，自觉长得也不像偷车贼，怎么竟有如此待遇。

这个保安是个四十岁出头的中年男人，理了个平头，应该是保安队长。到了监控室，把门一关，他在宋归宜面前站定，拉了把椅子请他坐下，哭丧着脸说道："这位先生啊，你不要再过来闹了，上次录像不是都给你看过了吗？你看搞成这样子，我们连水都不敢给你倒。"

宋归宜蒙了，问道："你说的是谁啊？我是第一次过来。"

保安队长也是一愣，问道："之前那个不是你吗？就这个月初，一个和你差不多年纪的男的，也是高个子，长头发，说他老婆在这里失踪了，一定要看监控，怎么说也不听，拉也拉不开，还直接把开水泼在自己身上，说要是不给他看，他就报警，说水是经理泼的，要告我们，你说这不是神经病吗？"

听这描述，宋归宜就猜出这人应该是李九。原本以为他是个秃头的中年男人，没想到远比自己想象中年轻。

宋归宜附和道："确实有点疯。"

保安队长继续道："监控是给他看了，可是经理之后就让我们小心点，再遇到他立刻关起来，别让他再闹。"

宋归宜道："所以你也没见过这人啊。那你真的是冤枉我了，这人真不是我，我就过来看看。再说这监控有什么好看的？"

兴许是宋归宜太面生了，不管他如何赌咒发誓，保安队长都是将信将疑的，一定要打个电话找当时的保安问清特征，才稍稍放心下来："不好意思，是我们认错了，确实不是你。那个人左腿瘸了，还留着一把大胡子，戴个帽子和眼镜。"

"没什么，误会澄清了就好。"他装作随口闲聊，继续问道，"那个人过来看了监控然后就走了吗？"

保安队长倒没什么戒心，很自然地接道："我当时不在现场，也不知道出了什么事，只听说看完监控，那个人好像吓了一跳，就逃走了。我们当然不想惹麻烦，就让他走了。警察其实对这件事挺重视的，我看到光是问话就来了好几次。"

话说到这地步，宋归宜也不好意思再向他索要监控录像。但至少确认了整件案子并非凭空捏造，对李九这人也有了些了解。

既然他看了案发时的监控，却在邮件中只字未提，似乎对宋归宜还是有许多隐瞒的地方，这也进一步加深了他的嫌疑。宋归宜想着回家再去试探他一下，如果露出更多破绽，那他就背着李九找上王帆，从警方的记录中找到他的真实姓名与住址。这样的案件，失踪者的家属录口供时需要签名，并留下详细的住宅地址，方便警察随时问询。

宋归宜原本想去弃车的河边，但路途有些远，中间跨了三个区，光凭自行车简直就是自行车拉力赛了。宋归宜犹豫着要不要叫出租车，同时又想到一个新疑点。

从报案到发现车辆，其中间隔了一天。而警方受理报案后，第一反应就是把车辆定为重点关注车辆，把车牌信息输入数据库。但是从案发的停车场到抛车的近郊，必须上高架，如果作案者一路上开着的都是这辆车，按理说会被监控拍到，并且在收费站被拦下。但是按照李九的描述，现在警方似乎并没有掌握这方面的线索，那可能意味着弃车人并没有使用真牌照上路，或者是采用其他方法把车运到了弃车点。

这就更加说明了这是有计划的犯罪，并且作案者有一定的反侦查能力。而且假车牌不是一般人能弄到手的，这又把嫌疑人的身份缩小了一圈。这人要么是在道上混，要么与车辆经销商有一定的联系。

宋归宜原本想回家再写一封邮件探探虚实，李九在许多细节处讳莫如深，让他的调查很难开展。他正要去推自行车，却接到了沈墨若的电话。这段时间沈墨若总是会没头没尾打电话来，频率虽高，却不亲热，例行公事般问候几句就挂断，好像莫名多了一层生分。

接通电话，沈墨若的声音很是故作轻松："你现在在哪里？我正巧有空，可以顺路来接你。"

宋归宜道："在商场，不知道你有没有听过，北湖路 341 号。"

"你在那里啊，那你别动，等着我来接你。"沈墨若的声音沉了下去，带着些犹豫，说道，"你现在还好吗？我想和你聊聊。"

宋归宜挂断了电话，多少被他反常的严肃吓到了。沈墨若来得很快，他帮忙把宋归宜的自行车放在后备厢。他瞥见宋归宜手上的纱布，问道："你的手怎么受伤了？"

宋归宜敷衍道："没什么，就是不小心划伤了。"

"划伤会这么厉害？你是怎么划伤的？"

宋归宜不知该如何作答，索性一笑了之。好在沈墨若也没有再追问。

接着沈墨若问他想去哪里谈话。他的意思是就近找个僻静些的咖啡馆，坐上几个小时。可宋归宜连忙拒绝了，这架势四舍五入已经近于工作面试了。他就随口说让沈墨若送自己回家，顺便在自家小区楼下聊聊。沈墨若倒也没有勉强，同意了。

宋归宜家是老小区，没有地下停车场，路两侧的车位又划分得很拥挤。沈墨若倒车，连着倒了两次都没成功。宋归宜坐在车上，不由得想笑。忽然他又想起黎素，她停车时总是轻轻松松一次过关。宋归宜想着也没机会再与她见面，就问沈墨若道："黎素被砸的那辆车怎么样了？修好了吗？"

沈墨若一愣，没留神就撞掉了路边一辆车的挡风玻璃。他急忙下车查看情况，他的外套就丢在车上，手机从左边衣兜里露出来半截。他是个问心无愧的人，手机从来不设密码。

宋归宜坐在车上，心思一活，隔着车窗朝外瞥了一眼，沈墨若还在外面盯着碎玻璃看。他就迅速从沈墨若的衣兜里拿出手机，用纸巾包着，以免留下指纹。他随意点开个聊天软件，就看到沈墨若刚发出的一条消息。他说道："他情况很糟了，我觉得还是要把他送去精神病院强制治疗。"

那一头是黄宣仪，她回复道："好，那这周我找个机会把他叫出来，他对我比较没有戒心，然后你在旁边先准备好。"

宋归宜抿着嘴，苦笑了一下，想着原来他们就是这样给他当朋友的。沈墨若已经往回走了，他没来得及翻更早的记录，就匆匆把手机恢复原样，重新塞回口袋里。

宋归宜若无其事道："事情解决了吗？"

沈墨若道："我把自己的电话号码夹在挡风玻璃上，让车主看到后联系我。"

"你这样容易被人讹一笔，这种赔偿最好当场解决。"

"不要紧，这不是什么大事，我主要还是想和你聊一聊。"

沈墨若下了车，宋归宜跟上去，故作开朗，搭着他肩膀，说道："你今天怎么了？这么严肃，有点吓到我了。总不至于是你要追黎素，还特意找我要个申请吧？我又不是她爸。"

"我不是这个意思，和黎素无关，我只是担心你。"

"不是这个意思？"宋归宜看他一脸严肃，便故意逗他，"那你不是追黎素，是想追我？"

沈墨若很勉强地笑了，反倒像是为了哄他高兴："你真的还是不想去医院吗？"

"现在不行，我有事要忙，等过了这阶段我再去看看吧。"宋归宜犹豫了片刻，还是决定坦白，不想给沈墨若留一个他失恋颓废、无所事事的印象，"我又在帮别人调查失踪案了，不过这次是个怪人，发邮件来找我帮忙。"

"那你在商场那里也是因为这件事吗？"

宋归宜点头，道："是啊，那人说他的妻子在商场的地下车库失踪了。"

"你说他发邮件给你，你能不能把邮件给我看看？"

宋归宜虽觉得疑惑，却也顺从地照做，拿出手机，登录邮箱，点入收件箱按照时间顺序找，可是明明应该在最前面的邮件，却一封也不见了，不但如此，连宋归宜发出的回信，也找不到记录。他在已删除的回收站中寻找，同样一无所获。

宋归宜大吃一惊，用余光偷瞄沈墨若的眼神，果然见他紧紧皱着眉，显然是怀疑宋归宜产生了幻觉。沈墨若原本就担心他的病情，包括这段时间的嘘寒问暖，多少也是怕他受到失恋的打击，情况恶化，甚至于宋归宜手腕上的伤口，或许都被他误解为自残的疤痕。

宋归宜一撇嘴角，暗自谢过了他的好意，却也觉得他实在多管闲事。他并不是玻璃制品，背上贴着"轻拿轻放"的标记。他没有那么脆弱，也不是一个情圣，失恋了就寻死觅活。邮件的事情虽然古怪，但他认为还是有许多合理的解释。像是李九在邮件中放了一个木马程序，一旦点开，就能远程操控宋归宜的邮箱，然后偷偷删除他们的往来邮件。

他刚想开口解释，沈墨若就苦笑着摆摆手，说道："你既然在忙你自己的事情，那挺好，还是和以前一样，你有麻烦了就打电话来找我，我们还是朋友。"

宋归宜点头，道："好。"

沈墨若踌躇片刻，还是说道："黎小姐的父亲，他的脾气不好，许多事情上得罪了你，但是我希望你还是能看在黎小姐的面上，原谅他。"

宋归宜轻蔑道："那你太高看我了啊，陆涛混得这么好，才不需要我原谅呢。"

沈墨若不置可否，只是彬彬有礼地同宋归宜挥手道别，目送他的身影消失在拐弯处。宋归宜在确定沈墨若看不见自己后，原本的一抹笑意也就彻底化作冷笑。之后晚一些时候，黄宣仪约他周末出门玩，宋归宜毫不犹豫地拒绝了。

## ⓪⓪③

宋归宜回家时，父母都在家，餐桌上摆满了菜，看着像是要招待客人。宋母问宋归宜去了哪里，他只随口敷衍了几句，就回房间开电脑，匆匆忙忙写回信。然后他只是出去倒了一杯水，回信几乎立刻就到了。

李九：

我今天去案发的停车场走访过，听说了你的一些事迹，你说话的态度让我险些以为你是半身不遂，但没想到你远比我以为的健康。

既然你看到了案发时的监控，那你应该是发现了一些线索，和我说说吧。

还有我今天遇到了一件怪事，当我想重新看这些邮件时，我发现它们彻底消失，变成阅后即焚了。我知道是你动的手脚，我可和你没完，不过我暂时没空和你计较这件事。

宋归宜

宋先生：

很遗憾让你希望落空了，我这里并没有什么线索。我确实看到了案发当时的监控，但是我的情绪波动并不是因为有所发现，而是因为亲眼看着心爱的人被害，是一件极为痛苦的事。

在监控里，我看到一个模糊的身影钻进她的车里，我也看到她毫无防备地走向车子，走向她既定的命运。中途她也有挣扎过，车门有拉开过一瞬间，然而一只手掐着她的喉咙把她拖了进去。车开走了，我对这一切无能为力。

道听途说一次犯罪和目睹一次犯罪，其中的差别很大。人类的同理心是指向同类的，想要变得残酷有两种方式：隐藏自己，或者隐藏他人。

至于邮件的事情，确实是我使了一些手段，我说过我希望我们的事保持秘密，所以你读完邮件后，它就会自行删除。我相信你已经记住了我们对话中所有的重要细节。

我知道你对我的真实身份好奇，也知道你有个亲戚是警察。你可以去找他询问这个案子，但我劝你不要这么做，而且他应该也不会说什么。

另外，我发现你正处在一个很危险的境地，你信任的人并不信任你，而你对此毫无察觉。

你要小心些了。

李九

李九:

你在监视我? 你是在挑衅我吗? 你是很享受这种居高临下观察我的感觉吗?

那就试试看啊。你真的以为我找不到你吗? 等着我来敲门吧。

宋归宜

这之后就再没有回应了, 宋归宜确信自己不是疑心太过, 李九所指的正是想把他送进医院的沈墨若与黄宣仪。挑拨离间这一套他并不感兴趣, 关键是对方为什么能这么迅速掌握他的动向。

宋归宜的第一反应是窃听。手机上装有窃听软件并不稀奇, 他仔细检查了手机, 一时间没有发现中病毒的可能。但既然李九能隔空删除他的邮件, 或许此人技高一筹, 让他无从察觉也说不定。宋归宜出于谨慎考虑, 取下电话卡, 把手机锁进抽屉里。又把卧室里里外外检查了一圈, 暂时没找到隐藏的摄像头或是窃听装置。

他姑且安心下来, 在电脑前等下一封信, 没等来邮件倒是等来了敲门声。门一开, 只见王帆站在门口, 提着篮水果, 笑眯眯道: "来, 我来蹭个饭, 可不要不欢迎我。"

宋归宜呆站在门口, 宋母见状急忙拉开他, 把王帆迎进门, 殷切道: "你来了, 快坐快坐。" 她扭头又对宋归宜吩咐道, "去帮他拿副筷子, 是我叫他来吃饭。他工作又辛苦, 你也一直麻烦他, 吃顿饭也是应该的。"

宋归宜不满道: "我什么时候麻烦过他?"

王帆摇摇头: "好吧, 你说你不麻烦就不麻烦, 先吃饭吧, 我

295

饿了。"

宋归宜不应声，只是低着头给他摆碗筷。他皱着眉，心中的疑惑愈加深重。先是黄宣仪，接着是沈墨若，到现在是王帆，倒不是他自作多情，他感觉所有人都是莫名疏远起他来。他们都不是好演员，越是表现得若无其事，越是透出丝丝缕缕的诡异来。

前天晚上，他半夜惊醒，隐约听到哭声，蹑手蹑脚出去看，却发现母亲偷偷坐在客厅里哭。这绝不是他的幻觉或是梦，第二天他佯装无意提起这件事，母亲却大吃一惊，只推说是一个远房的亲戚过世了，她一时想不开。

宋归宜自然不信，身边人悄悄谈论他的口气，却又像是对待一个完全不可救药的疯子。由不得宋归宜不怀疑起自己来，他或许在全无记忆的情况下做了一些事，以至于这份不信任加诸双方。

那么黎素呢？她也是因为这件事才同他翻脸的吗？事已至此，已经由不得他不困扰了，他究竟是做了怎样不可饶恕的事，才能配得上此刻的众叛亲离？难道他趁人不备往流浪动物收容所里扔汽油弹吗？还是偷偷去附近幼儿园裸奔了？

正式开饭前，宋归宜抱着肩，站在走廊，带着些疏离戒备的态度，冷眼看王帆与自己父母寒暄。他给王帆倒了一杯水，推到他面前，问道："你工作不忙吗？手边没有案子吗？"

王帆笑道："最近不太忙，再说我特意过来看你，你这副态度我可是要难过的。"

宋归宜抬头盯着他，质问道："你特意看我做什么？"

"想你了，不行吗？"王帆热络地拍拍他肩膀。

"肉麻到我害怕。"宋归宜假笑着轻飘飘拨开他的手，"实话实说吧，你是有事找我帮忙？"

王帆笑道："也可以这么说吧。你最近过得怎么样？"

宋归宜莫名其妙道："挺好的，还是吃饭睡觉，虚度光阴。"

王帆意有所指道："那感情方面呢？听说你和女朋友分手了？"

"嗯，你们怎么每个人都问我这件事。"

"这不是关心你嘛。你最近身体舒服吗？"

"挺好的，头不晕眼不花，也没感冒发烧。"

"这话可不对，你月初就发烧了，你不记得了吗？"

"记得啊，还是黎素给我买的药。问这个做什么？我发烧也没烧坏脑子。"

"关心你嘛，你爸妈就你一个孩子，生病这种事，说大不大，说小不小，你还是要好好照顾自己。"

宋归宜敷衍地笑了一下，他的眼神愈发阴沉了，问道："听说最近有人在商场的地下停车场失踪了？这个案子还在查吗？"

王帆愣了一下才接话道："这事是谁和你说的？"

宋归宜道："所以是真的有这事了。你们查到哪里了？"他用余光扫见父母偷偷交换了一个不安的眼神。

王帆烦躁道："这是警察的事，你就不用管了，我们会努力破案的，现在有了一定的线索。"

"受害者的家属不着急吗？"

王帆盯着他，一字一句生硬道："受害者的家属没意见，这件事也和你没关系。"

宋归宜道："没意见归没意见。不过你既然有线索，应该忙着破案，怎么还有空到我家来吃饭？"

王帆一皱眉，张张嘴，欲言又止。好在宋母见气氛不对，急忙拉着两人入座，连声道："可以吃饭了，今天的菜很丰盛。"

宋归宜坐在王帆对面，笑道："我知道你关心我了，来，喝点汤吧。

要是你还要去忙工作，那就不用多坐了，早点回去忙吧，我这里都挺好的。"

"你虽然这么说，但我还是有点放心不下。怎么说呢，我当警察看过的经历比你要多，人生不如意十之八九。"

宋归宜笑着接话道："哪有什么不如意，事在人为罢了。而且我现在挺好的啊，再过一个月就能申请回学校了。"

他自以为这话说得稀松平常，可话音未落，场面就冷下来了，汤勺碰着碗沿，冷不防的一声。在这沉默的背景里，宋父看宋母，宋母看王帆，王帆又看向宋归宜，宋归宜只低头吃菜。一双眼睛看向另一双眼睛，欲言又止在眼神中交换着，终究是无话可说。四个人只是很寻常地聊着天气交通和亲戚间结婚离婚的八卦。

王帆突然转向宋归宜，问道："你和黎小姐都谈了这么久了，这样分手也怪可惜的，要不干脆再见一面，聊一聊。"

宋归宜道："没必要了吧，她估计也不想见我。"


晚饭后宋归宜负责洗碗，宋父倒垃圾，宋母拉着王帆去书房聊天。

宋归宜留了个心眼，水还照常放着，人却悄悄贴近书房门，偷听里面的谈话。门虚掩着，说话的声音不轻不重，他们总是高估了房子的隔音，又低估了宋归宜的听力。

王帆道："他是真的不行了，还是找借口发疯？"

宋母道："不像是装的，我之前遇到他那个搞心理的朋友了，说他完全不行了，全都不记得了。"

"他也不记得他怎么闹的了？"

无可奈何的一声叹息，宋母低声道："不记得了，所有的事情都不记得，我本来觉得是好事，但是他那个医生朋友说是重大刺激，人已经有点失常了。"

"医院去过吗？"

"去过一次，医生那里建议入院观察一段时间。还有一件事，查他以前的病历，发现他两年前来过医院，做了个重金属检测，测的是铜，含量确实偏高了。"

"怎么会这样？"

又是一声叹息："不知道啊，问他肯定不说的，他自己可能都不记得了。"

"这样啊，他刚才那个样子如果是真的，这样待在家里肯定不行，有没有认识的医生，先安排好入院的手续，然后找个时间，就算骗也要先把他骗过去，在医院里观察几天。要我说，这两天就可以行动起来了，不行的话，我一会儿就去按住他。"

决断只在一瞬间，宋归宜当机立断，转身回房拿了钱包，关掉厨房的水，开门逃出了家，飞也似的冲下楼，跑出小区，随便登上一辆公交车。他坐了两站下车，然后叫了一辆出租车，车门一关，黎素家的地址脱口而出。

宋归宜有黎素家的钥匙，不知为什么，他竟然忘了还，她也没有换锁。钥匙插入锁孔，像是戳破了一个熟悉的梦。黎素在客厅里，看到他也是一愣。宋归宜没有说话，只是上前一把抱住她。

"你怎么来了？"黎素轻轻搂住他，手轻拍着他的背温柔爱抚。

宋归宜把头靠在她肩膀上，带着点贪婪，小心翼翼嗅她头发上的香气："不知道，我身边的人不知道怎么都怪怪的，和发疯了一样，串通了想把我送去精神病院。"

黎素笑道："那你就不怕我也和他们一起？"

宋归宜苦笑道："如果真这样，那我也认了。"然后他慢慢松开她，像个孩子似的蹲在地上痛哭。起先只是默默流泪，眼泪缀在睫毛上吧嗒吧嗒滴落，很快就变成了啜泣，头埋在膝盖里哭出了声。

黎素没有动，也没有说话，只是居高临下地看着他，神情怜悯。

等宋归宜情绪稍稍平复些，她就伸手把他拉起来，拍拍他的肩膀，把一枚玳瑁的发卡塞在他手里，微笑道："当初是你送给我的，现在还给你，谢谢你了。还有一只不见了，你可以帮我找找。"

宋归宜茫然点头，道："好。"

黎素又坐回沙发上，以一种平静又包容的姿态微笑，轻拍沙发上的靠垫，示意宋归宜坐到她身边来。宋归宜把头枕在她腿上，纷乱的不安在他眼睛里搅动。他面颊上的泪痕未干，睫毛润湿。房子里静得出奇，他似乎想起了什么，随口问道："你的猫怎么不在这里了？"

黎素微笑道："我暂时不能养它，就交托给沈医生了，你有空的话就帮我照顾着。"

宋归宜不置可否，他伸手把玩着黎素的一缕头发，委屈道："你既然现在愿意收留我，那当初又为什么要和我分手呢？"

"你不记得了吗？"

"不记得了。"

"那你是不是也不知道为什么大家对你的态度变成这样，不记得这一个月发生了什么？"

"我做了什么吗？不记得了。"

黎素带点无可奈何的态度，苦笑道："那你总有些记得的事情吧。"

宋归宜道："其实我想起了以前的一件事。以前觉得出车祸真的倒霉了，现在想来，倒是件好事，真好啊，一切顺利。"

## 004

两年前，因为一个意外，宋归宜忽然发现自己被无端的恶意包围。

大学的宿舍是四人间，下面是书桌，上面是床，配有一个独立卫生间。宋归宜睡在靠门的那一床，也就是洗手间的对面。他在凌晨听到窸窸窣窣的响动，第一反应是有人上洗手间。

对床的呼噜声此起彼伏，宋归宜睡不着，迷迷糊糊睁开眼，看到床下有个影子在晃动，看身影应该是蔡照。他并没有去洗手间，而是站在洗脸的台盆边。模模糊糊地，宋归宜看到蔡照手里捏着一只虫子，应该是蟑螂。他把蟑螂丢在一个热水瓶里，然后盖上瓶塞，若无其事地把热水瓶放回原处，爬上床，在滔天的呼噜声中盖上被子，继续安睡。

但宋归宜睡不着，因为蔡照是把蟑螂丢进他的热水瓶里。而且宋归宜只用冷水洗脸，热水是第二天用来泡咖啡的。

在翻天覆地的反胃感中，宋归宜紧咬住被子，不愿发出丝毫的响动。他深深呼出一口气，又一次开始耳鸣了。

宋归宜不能理解发生的事，他与蔡照的关系尚可，至少是在明面上。他们都是同一届入学的同学，还都是本地学生。蔡照活泼开朗，宋归宜沉默寡言，平日里交往不多，但借东西、买早饭，寻常室友能帮忙搭把手的事，他们也都为彼此做过。

宋归宜不记得有得罪过他，也完全想不到他怨恨自己的理由。如果真的要想出一个理由，那就是在评一等奖学金时，蔡照输给了他。可这又不是大事，配不上这样汹涌而来的恶意。宋归宜只觉得莫名其妙，甚至怀疑自己是看到了幻觉。

第二天早上，宋归宜在所有室友之后起床。简单梳洗后，他就装作惊愕的样子，嚷道："我的水瓶里怎么有一只蟑螂？"事后他才怀疑自己装得太过了，按照他性格，是不至于为这种事大呼小叫的。

整个寝室顿时沸腾起来。有人幸灾乐祸，有人不以为意，蔡照则是急急忙忙爬下床，检查自己的水瓶，一边关切地问道："你应该没喝吧。"

宋归宜冷淡道："没有喝，不过瓶塞塞着怎么会爬进去的？"

蔡照道："搞不好就是有虫卵了，反正今天下午没课，回来大扫除吧。"他对着另外两人喊道，"你们也听见了啊，不准逃掉扫除啊，尤其是你，你打呼噜的时候张着嘴，小心蟑螂半夜爬你嘴里。"

宋归宜道："我下午已经约了人，我晚上回来再弄吧。"

当天下午，宋归宜坐车离开了学校，到市区找了一个熟人，拿了一袋粉末让他在实验室化验。这是宋归宜每天早晨泡咖啡时会在咖啡里放的奶精，这段时间他总觉得咖啡喝起来有股怪味，原本还以为是放潮了。经此一事，他便有了另一种猜测。

一周后，检验报告发来，这里面被掺了无水硫酸铜粉末，大剂量会致死，少量服用也会造成慢性中毒，腐蚀肠道、食管、胃黏膜，损害肝脏和中枢神经。作为毒药很适合下在咖啡中，这样即使是感到不适，第一反应也是高剂量咖啡因的副作用，而不会立刻想到被下毒。奶精粉末里的硫酸铜粉末没有到致死量，投毒者并不想要他的命，但作为玩笑显然是太过火了。

宋归宜请了一天假去医院做了全套检查，好在服用的剂量很小，并不会危及生命，应该也不会有后遗症，但考虑到他有精神分裂的家族病史，毒物对中枢神经的影响不小，可能会让他的病情迅速恶化。

医生询问他为什么会误服硫酸铜。他只说是实验时操作不当，随意找了个借口搪塞过去。

沦落到这种境地，宋归宜的第一反应依旧是困惑，他完全不明白被怨恨的原因。他是个天性冷淡的人，但为人处世算得上温和有礼。

大学入学一年多，他和室友始终保持不近不远的距离，平时也没有吵架，或闹过多少矛盾。其中一名舍友，宋归宜甚至连他的名字怎么写，都还没有弄清。他与他们几乎是陌生人，却有莫名的怨恨朝着他汹涌而来。

宋归宜依旧继续着他的日常，上课、下课、吃饭、泡咖啡。室友中也没有人起疑，但宋归宜偷偷找了一个无人的时间，在房间里装了窃听器。然后他就宣布下学期要搬出宿舍，所以接下来的一段时间，他不在宿舍的时间会变多，因为要出去打工和物色房子。但实际上，宋归宜离开宿舍后，只是找了一个校外的咖啡馆，窃听宿舍里另外三人的对话。

一次大约是晚上八点，室友都聚在宿舍，有人忽然问道："话说你们有没有觉得食堂那里的猫少了好多？以前有只白色的，特肥，我还喂过几次，这几天怎么忽然找不到了？"

"我不知道，不过等宋归宜回来了，你要不要问问他。"这是蔡照的声音。

"问他做什么？"

蔡照说道："他好像有在抓猫。你还记不记得上次，他衣服上红红的回来了，看着和沾了血一样，他说是颜料，可是颜料怎么会这个颜色？那个就是血啊。我之前还看到他在后面的树林里抓着一只猫，也不知道在做什么。"

"有病吧！他是不是在虐猫啊。"

蔡照似乎在帮他打圆场，说道："这我不好说，说不定只是和你一样发挥一下爱心，但是不当心给猫弄伤了。他上次请假说不定就是去打狂犬疫苗了。"

宋归宜从来不喂野猫，他上次衣服上也确实沾了血，外国语学院有女生在楼梯上摔伤了腿，他个子最高，就被叫去帮忙，打横抱着伤员去医务室。当时他有迎面撞见蔡照，简单和他说明了原委，蔡照还主动提出帮他去食堂打饭。宋归宜没料到他在私底下竟然编派自己到这种程度。

对话停了一阵，一个声音接着之前的话题继续道："反正我是挺讨厌宋归宜的，这人也不知道牛在哪里，整天一副谁也看不起，爱搭不理的样子。"

蔡照道："你稍微谅解他一点吧，他也不容易。你们大概还不知道，他有个亲戚，好像是叔父什么的，是精神病，我上次开他抽屉拿班费，正好看到有封信，就是从精神卫生中心寄来的。"

宋归宜是在很注重隐私的家庭里长大的，父母从没有私自翻过他东西，他也没有想到有一天自己的秘密竟会以这种方式暴露在外。他从高中就和叔父有书信联系，叔父不发病的时候算得上是良师益友，有些不能告诉父母的事，他都会找叔父寻求建议。家里信箱的钥匙在他手里，所以每次都能第一时间拿到信藏好。这个秘密他保守了四年，结果竟被蔡照发现了。

"那完了，精神病很多都会遗传，那宋归宜不会也有病吧？他会不会乱砍人啊。既然是精神病，那我要穿防弹衣睡觉了。"

蔡照乐不可支，似乎让面汤呛到，咳嗽了两声才说道："别说这种话，破坏宿舍内团结啊，大家都是同学。"

"什么团结，我和他可当不成同学。干脆想个办法让他退学算了，学校应该不收神经病吧。"

"这就不用了吧，别把事情闹大了，他不是也没有做什么吗。谁家里没有个比较困难的亲戚啊，再说了，宋归宜看起来挺正常的。"

"正常个鬼，你看他那个样子，不声不响，还鬼鬼祟祟的，遇到什么事情还总是冷笑，看谁都一副看白痴的样子，他上次竟然连我的名字都想不起来。蔡照上次不是说听到他在打电话时说我们没脑子，摊上烂室友了，什么人啊，我看他半夜爬起来给我们投毒都有可能。"

蔡照道："喂，这话就过分了，不要乱说。宋归宜顶多就孤僻一点，或者欺负欺负小猫小狗什么的，别的事情还不至于吧，就算他脾气比较古怪，那也算不上有病。你可别当着他的面说这种话，小心闹到辅导员那里去，搞得像是我们排挤他。"

"对啊，这些话我们就私下说说，别传到外面去。宋归宜说不定家里有什么背景，也别随便得罪他。"

"没什么背景吧，他上次不是说他父母就是普通职员吗。"

"可是经济系的黎素不是和他挺好的吗？就上次十大歌手的那个主持人，挺漂亮的那个，他们好像以前认识吧，好几次都一起吃饭。我有亲戚在司法体系上班，说黎素她爹挺厉害的。"宋归宜对着传言哭笑不得，他和黎素并不熟悉，只是他为她做心肺复苏时按断了她的肋骨，让她不得不在床上休养了一个月。他定期去看望照顾她，主要是感谢黎素没让他赔钱。

"宋归宜想干吗，想当小白脸啊？女的怎么就喜欢这种爱装的。"

……

对宋归宜而言这些声音已经过于刺耳了。校外的咖啡馆本就冷清，他已经是最后一个客人了，服务生在他面前擦了三遍桌子，只差把抹布甩在他头上。

宋归宜单手托腮，望着窗外愣了愣神，他不清楚自己为什么会如此遭人讨厌。忽然有人从后面拍了他肩膀，宋归宜扭头去看，黎素笑着同他打招呼，她也是一个人。

宋归宜问道："这么晚了，你在这里做什么？"

黎素笑道："我还没有问你呢，你倒先来问我。我出来散步，正巧经过这里，看到你一个人在里面发呆，就进来和你打个招呼。"她一指桌上的耳机，随口问道，"你在听什么啊？"

"没什么，我只是想一个人出来透口气。"宋归宜背上包，站起身说道，"你要是不介意的话，我和你一起在外面散散步吧。"

黎素没有拒绝，两人并肩走了一段路，都没有说话。

夜已经深了，路上的学生寥寥。路灯为他开出一条路，把他的影子拉得很长，乍一看有些森然。

黎素带点孩子气，蹦着步子，踩下脚底的枯叶。她走出几步，回头对宋归宜道："我还没有感谢过你，之前还每天来医院帮我拷PPT，带讲义。"

宋归宜淡淡道："不要紧，原本就是我的错，没耽误到你考试就好。"

"其实我之前听说你的一些事，你是不是还比我小一岁？"

"对，我跳了两级。"

"难怪了，平时你看着还挺内向的，不太喜欢说话，也不太爱和人打交道，总是独来独往。"

宋归宜停下脚步，望定黎素道："你有话倒不妨直说，没必要和我这么客套。"

黎素坦白道："我听到了一些你的风言风语，你应该小心点你的室友。"

宋归宜不置可否，双手插在衣兜里，忽然问道："黎素，你说究竟什么才算是同类呢？人的同类就是人吗？"

"为什么这么说？"

"排除异类是人的本能，恐惧不是同类的人也是人的本能。既然人的同类是人，那为什么这个世界上，最能伤害人的也是人？"

黎素不理他，快步走开，道："你整天都想着这种奇奇怪怪的东西，难怪会没有朋友。"

宋归宜追上去，拦住她，说道："你不是也没有朋友吗？年轻、漂亮、性格开朗、家境优越，你这样的条件，自然不缺朋友。但他们不是喜欢你，只是喜欢你那些讨人喜欢的表象罢了。"

黎素似乎动了怒，语气不自觉带了些尖刻，道："你可别把我的善于交际当成虚伪，把你的古怪孤僻当作真性情。"

"我很古怪吗？不，我只是不太会笑罢了。"他转向黎素，像是对着害怕他的同学那样，露出一个淡淡的笑容。

黎素倒是没被吓哭，只是叹了口气，说道："你哪怕是装，也要装的讨人喜欢一点，装得很开心，说不定逐渐也能找到真正让你开心的事。好了，到女生宿舍了，你可以走了，早点休息吧。"

宋归宜没有回宿舍，而是继续在校园里绕圈子。他承认他对室友毫不用心，相处近一年，也完全不了解他们的性情。但经历了这一系列的事，他明白了蔡照是个行事谨慎的人，是有预谋地败坏着他的名声。既然蔡照暗示宋归宜虐待了流浪猫，那为了增加可信度，蔡照会亲手杀掉那只猫，并埋在显眼处以便嫁祸。

食堂后面有一块绿化带，宋归宜随手捡了一根树枝，沿路拨开堆积的树叶，一下一下往泥土里插。蔡照果然把猫的尸体埋得不深，很轻易就找到了。猫似乎死去没多久，尸体并没有腐败太多，也可能是天气转凉了，连腐烂的臭气里也夹杂着青草的香气。

这件事发展到这个地步，宋归宜却是第一次感到切实的难过。他蹲在地上，看着那具野猫的尸体，它并不像室友说得那么胖，小小的蜷缩成一团，很值得怜爱，也可能是死亡让它变小了。雪白的皮毛上血已经干了，沾着泥土，整个脏兮兮的。他找了只塑料袋，

307

把野猫的尸体放进去，然后带去一个种着月季花的地方，很认真地安葬了它。这是他上课的必经之路，他很高兴，以后可以定期看到它。

之后每天上课，他从宿舍骑车到教学楼经过那个小土堆时，都会稍稍停留片刻。

宋归宜趁着蔡照没防备，偷偷藏起了他的两本教科书。他们系周一要换去新校区上课，宋归宜借口蔡照把书忘在了旧校区，从辅导员那儿问来了他家的住址。

蔡照周五要打工，到晚上八点才回家。宋归宜特意选了他不在的时间，避免见了面尴尬，也怕蔡照起疑心。

蔡照的母亲接待的他，他家的条件并不好。母亲在超市当收银，父亲是个起早贪黑的个体户，一个家庭扬眉吐气的希望都压在蔡照身上，他也格外卖力。宋归宜依稀记得，蔡照曾因为奖学金的事暗地里骂过他，这似乎是他们结怨的开端。

蔡母给宋归宜倒了水，请他坐在旧沙发上，很殷勤地嘘寒问暖道："你是我们小照的哪个同学，是他室友吗？之前好像没见过。"

宋归宜微笑道："我姓李，不是他室友，只是他的同学，阿姨你没见过我很正常。"

"还难为你特别跑来一趟。"

"没事的，我一直很受蔡照的照顾，正好也顺路。骑自行车很快，我怕书给人收走了再补就很麻烦，所以还是立刻送过来比较好。"

"你真是个好孩子。"

宋归宜试探道："其实我这次来，还有一件事想问一下。上次蔡照和我说他的室友里有个人的亲戚有精神病，让我小心点。其实我没太懂，这是什么意思啊？"

"真是的，你可要小心点啊。你年纪小不懂，我们家可是吃够

308

了这个苦。以前我们有个邻居，就是这样的疯子，有一次抓着小照不放，那时候他才多大啊，就五六岁，吓得哇哇哭。他爸爸听到就急了，冲过去就和那人打起来，把他骨头打断了，没办法就留了案底。原本有个事业单位的活，因为这个可就不能做了。所以啊，这种人就是害人精，小照过得这么苦，都是因为这个人。"

"是这样啊，那你们真是太不容易了。"他抿着嘴，装作很同情的样子，心底却全无波动。

蔡母继续道："总之这样的人，你不要去惹他，离得远远的就好，反正估计他也蹦跶不了多久了。"

"为什么这么说？"

"这样的祸害，自有老天爷会收的。"

宋归宜像是很信服一样，郑重点了点头。蔡母找到了一个同盟，热情地起身去给他拿花生吃。宋归宜笑着道谢。他做了一个小实验，发现自己想要讨人喜欢，并不需要太费力，他甚至都没有费心表演。但他并不觉得有什么成就感，反而愈发无聊了。

宋归宜下楼时，蔡母特意送他下楼，为的是指给他看楼下的一辆白色本田。她得意道："这是我儿子的车，反正我是不懂，就觉得挺好看的。"

宋归宜附和道："真漂亮，这是你们送给蔡照的吗？"

蔡母笑道："哪有那个闲钱啊，是二手车，不过他找人弄得和新的一样。这孩子什么都好，就是太懂事了，让我觉得对不住他。"

宋归宜抱着肩，忽然想起，失踪案和交通事故，这两类案子里的伤亡是常被忽略的。

临别时，蔡母还对他说道："你下次有空过来，到阿姨家吃饭。"

那天宋归宜回家后，坐在书桌前发了很久的呆，母亲经过，问他在想什么。他回答道："我之前好像太任性了，以后我要好好改正，变成一个更讨喜的人。"

005

这是一年前的事，但回想起来却已经很遥远了。宋归宜对着灯光张开手，当初车祸时的伤口早就愈合了，连疤痕都没留下，消失得无影无踪。他天性是个冷淡的人，但偶尔也感到寂寞。

黎素总是把他想得太好，以为他是一个不屑于解释的受害者。宋归宜起初只是迎合她，但之后出现记忆断层，他就自然地将妄想纳入记忆，达成自我说服。他玩角色扮演玩过头了，连自己都信以为真。

躁动不安的夏天，笑声回荡在明亮的太阳下面，黎素带来了沈墨若，紧接着是黄宣仪。亲密的爱人，可靠的朋友，毫无保留交托信任的同伴。他是太阳下面全新的一个人，温柔可靠，乐于助人，会为一切受难者流泪。

不过夏天已经结束了，很多事都要过去了。他又想起霍东说的话，走一步，再走一步，许多事会变得很轻松。

宋归宜从沙发上起身，他在黎素家的客厅睡了一夜，但黎素已经走了。他似乎有些落枕，上下扭了扭脖子，心里怅然若失。黎素没给他留早饭，冰箱也是空荡荡的，宋归宜索性不吃东西，躺在沙发上发呆。他没带手机，好在黎素的电脑还在房间里。他很自然地打开，登录自己的邮箱，李九又给他发了一封邮件。

宋先生：

　　听说你从家里逃出去了，看来你已经发现你身边的异样了。你或许会觉得奇怪，为什么你熟悉的家人和朋友一瞬间就对你翻脸了。你是不是开始怀疑你以前做的事被人发现了。对，我知道你做了什么。我承认你落到现在的境地，我是出了一番力气的，但是这一切也是你咎由自取。

　　不过你的处境对我而言并不重要，重要的还是我妻子的案件，你不要因为你的个人因素而影响了调查。你不是一直抱怨我给你提供的信息太少吗？我现在可以把弃车的地点告诉你，你既然没事，现在可以去实地探查一下。而我也会履行当初的承诺，告诉你那把钥匙是用来做什么的。

　　你现在出门，穿过两条街，到对面的商场地下停车库的G14，那里停着一辆红色的奥迪。车的后备厢里有一个小盒子，你可以用你手边的钥匙打开。

　　我对你已经是仁至义尽了，也希望你能兑现诺言，好好调查我妻子的失踪案。

李九

　　读完邮件，宋归宜怒不可遏，只觉得从头到尾遭到了愚弄。看这封邮件的口吻，李九完全不像是担心失踪的妻子，反倒是差使着宋归宜把他耍得团团转。宋归宜不愿听从他的指挥，但耐不住好奇还是按照对方的要求，去了指定的停车场。

　　起先他找不到停车的地方，找了一个保安问路，对方一边领着他过去，一边很自然地寒暄道："你终于来把车开走了，停了这么久都要洗洗了。"

　　宋归宜讷讷，等对方走后，迫不及待地用车钥匙打开后备厢，里面确实放着一个上了锁的小木匣。他从口袋里掏出钥匙，盒子里摆着三样东西：一枚玳瑁发夹，一张明信片与一颗带血的牙齿。

宋归宜愣了一下，完全想不通为什么这三样东西会出现在一个地方。他隔着手帕，拿起这张明信片端详。明信片背面是一幅花鸟画，基本不可能是隐藏了地址的藏宝图。

明信片上写着字，从地址看，收件人和寄件人都在本地。写明信片的是一个叫杜悦的人，这名字宋归宜有些眼熟，但一时间想不起到底是谁。明信片上写的问候语也很寻常，只有短短两行字，"好久没联系了，你和你弟弟最近还好吗？我听说你们找了一份稳定的工作，我也为你们高兴。如果有需要我帮忙的地方，可以联系我。"

收信人叫王海，应该做着汽车修理一类的工作，在明信片的左上角，沾着一个带机油的指纹。除此之外，就再没有多余的线索了。不过既然地址写在明信片上，亲自上门去找也不算什么难事。

杜悦就是当初宋归宜随口与黄宣仪提起，他毕业以后学校里出过的风云人物。听说他性格开朗，爱运动，又常常见义勇为。他在校期间的英勇壮举包括挽救意图轻生的同学，和校外的不良团体对打，以及救下了一个意外落水的智障青年。

宋归宜合上小木匣，重新用钥匙上锁，把盒子揣在怀里直接带回了黎素家，找了个抽屉藏好。他之后又回到了停车场发动了汽车。他这时才想起自己是有驾照的，只是之前基于许多原因，才假装不会开车。

他把车开出停车场时，才发现副驾驶位的坐垫上有一点血迹。他漠然地收回目光，找了个休息站停车，把坐垫丢进垃圾桶里。他开了快一个小时，才终于到了李九说的弃车点。这个地方偏僻得吓人，平时鲜少有人经过，要先开过一条窄路，转两个弯，才能看到一个两米深的人造湖或者说池塘。湖周围没有护栏，自然也不会有监控。

宋归宜站在湖边，这里没有拦警戒线。河堤旁近是湿泥和一个个踩出的脚印。他忽然觉得累了，索性不管不顾地坐在地上，把脸埋在膝盖里，静静等着。他也不知道自己在等着什么，或者单纯只是觉得这里很安静。但他确实等来了人。

不知过了多久，沈墨若从后面一把揪着他胳膊，连拖带拽把他拉上了车。他打了个电话，宋归宜依稀听到他说："对，我找到他了，他就在那个地方。不，他是开着黎素的车过来的。"

见面后，沈墨若没有听宋归宜辩解的任何一个字，直接锁上车门，一路疾驰，把他送去了精神卫生中心。

在办理入院手续时，黄宣仪和他父母都在，还带来了换洗的衣物。沈墨若最后拥抱了他一下，说道："没事的，一切都会好起来的。"

宋归宜没有说话，只是默默地跟着医生往里走。医院里允许随身携带一些不锋利的私人物品，他带了随身衣物、一把牙刷、一个杯子，又从兜里掏出一枚玳瑁发夹。

⑥

这枚发卡正是黎素之前苦苦寻找的那枚。一个月前，黎素蹲在地上找东西时，宋归宜正躺在床上养病。他没带伞冒雨找了黎素，还完全不在意，只像小狗一样摇着头甩水。当天晚上他就发烧到四十度，黎素担心他挨了两次重击的头，先前伤口没拆线就各种东奔西走，可能会有后遗症。这次正好找了个机会，她就勒令他好好卧床休养，暂且让他在自己家过夜，亲自照顾他。

但她完全不是个会照顾人的，只是遵循着自己小时候的经验，把毛巾冻在冰箱里，硬得能当斧头时按在宋归宜额头上，也不顾宋归宜哀号着挣扎："那是我的擦脚布啊！你别往我脸上按啊。"然后她看准时间烧热水，每隔一小时就把宋归宜扶起来喝水，喝完水就让他平躺，继续把坚挺的擦脚布往他额头上压。

宋归宜兴许是让她吓出了一身冷汗，第二天烧就基本退了，黎素也就没有特意请假照顾他。只是在午休时，会专程开车带着午饭回来看望他。

宋归宜躺在床上喝粥，黎素则在卧室里翻箱倒柜。他实在看不下去，忍不住开口问道："你到底在找什么东西？你的良心丢了吗？"

黎素忙着拉开抽屉，头也不抬道："比良心更重要一点的。你送我的一对发卡，我有一个找不到了，不知道是掉在家里了还是在车上，我一会儿去车上找找。"

她之前被砸坏的那辆车刚修好，前段时间换了一辆红色的奥迪代步。车还停在小区的停车位里，她准备找个机会开回父母家。

宋归宜笑话道："你早晚有一天把自己都丢了。"他从毯子下面伸出手，朝着黎素摊开，"你先把头上的那个拿下来，找个地方放好，要不然那一个找到了，这一个又丢了。"

"我哪有这么差劲，夹在头发上是不会掉的。"黎素说着低下头给宋归宜展示，掩映在波浪般长发中的一抹玳瑁的光。宋归宜顺手摸了她的头发，黎素也并不阻拦。

黎素道："不过我确实买了一个盒子放东西，以后就可以把这些零碎的小首饰放在里面了。"她给宋归宜看了新买的小木盒，还带了一把锁。她把钥匙给了宋归宜一把，"你要是喜欢这个也可以送给你，我觉得还挺好看的。"

"我要这东西做什么？我又没有首饰要放。"

"你可以放一些纪念品，或是有意义的东西。"

"我觉得最有意义的也不过是钱了。"话虽如此，宋归宜还是把钥匙攥在手里。

"你可以慢慢想，你平时有什么喜欢收集的东西吗？或许现在找一个爱好也不迟。我先回公司了，你好好休息，我还给你买了半个西瓜，帮你试过毒了，挺甜的，你想吃自己起来吃，我先走了。"

黎素走后，宋归宜起身，看到客厅里确实摆着半个西瓜，但正中间没有籽的一块果肉已经用勺子挖去了。他哭笑不得，这才明白所谓试毒的真意。

当时是下午一点，距离黎素失踪还有八个小时。

黎素不在家的时候，宋归宜吃了药，切了一小半西瓜，抱着猫小睡了一会儿。吴亚楠的案子之后，他的一切生活正在往积极的方向发展。他的返校申请已经写好了，到了秋天开学就能继续回学校读书。入学前的体检也做了，一切都正常。沈墨若也私下里给他找来了精神科医生，确认他已经有一段时间没出现幻觉了，神志也很清醒，只要保持这个状态，不受大的刺激，也是可以正常生活的。

宋归宜不再关心身边的失踪案，而是着眼自身，有条不紊地规划着生活。他可以在学业上再深造，在高校找一份教职或者去企业入职，他的专业总不至于饿死。至于同黎素的关系，大可以由她来决定。

他多少已经看穿她了，嘴上说得坏嘻嘻恶狠狠，但真的动起手来也不至于太出格。就宋归宜的标准看，她也不过是个叛逆些的大小姐，继父要她做个规规矩矩的好人，她偏要反着来。但私底下，她对朋友还是不坏的。已经有好几次，她亲自去黄宣仪家里看她，还托人写了介绍信，试着让她加入大学的候补录取名单。

夏天终于要过去了，黏腻的空气里有了风，这个惊心动魄的夏天似乎以一种宁静的方式慢慢迎来结束。黄昏时，下了一场小雨，黎素回家时换下来淋湿的衣服。她给宋归宜量了体温，买了饭，又纤尊降贵倒了猫砂，还简单打扫了卫生。

宋归宜坐起身，摆摆手说道："你别乱弄了，我昨天刚把桌面理干净，你别给我越弄越乱。"

黎素就等着这句话，立刻顺从地放下手中的活，坐到一旁的椅子上吃饭："我觉得你不应该把房间打扫得太干净，这是控制欲过强的标志，暗示你不能接受自己预料之外的变化。"

宋归宜道："你不要得了便宜还卖乖。没有我给你打扫卫生，你早就被垃圾给埋了。"

黎素回嘴道："我那是懒得弄，这两天我照顾你不是照顾得很好？"

"你把擦脚布按我脸上，你说这叫照顾得好？"

"可是你退烧了，不是很好？"

"你不把擦脚布按在我额头上，好好拿一条毛巾，也会有这个效果。你是不是在报复我用你的毛巾给猫擦过脚啊？"

黎素笑道："你不说这事，我倒还忘了。"

宋归宜刚退烧，整个人昏昏欲睡，闭着眼睛，头耷拉着，一点一点。黎素看着觉得好笑，抽掉他身后的枕头，扶着他的背睡平。又给他削了梨，果肉切成小片，放在盘子里，插上牙签摆在床头柜上，让他醒了可以吃。

陆涛有事见黎素一面，似乎是与李仲平有关。她连这个人的长相都记不得了，只觉得莫名其妙。但陆涛毕竟是继父，她面子上还是要应付一下。她看准了时间，就提了包准备离开。

临走前，宋归宜听到她的脚步声，模糊转醒，问道："你要去哪里？"

"我爸找我，我过去一趟。"

宋归宜点头，闭上眼含糊道："那你要是来得及，回来的时候记得买一点牛奶，家里没有了。"

"好，那我先走了，你继续睡吧。"黎素快步走到门口，没有换鞋又折回卧室，"对了，我那发卡应该是丢在家里了，你有空帮我找一下。"

这是他们最后一次见面，彼此都忘了说再见。许久之后，当一切尘埃落定的时候，无数次的回忆终于磨平了愧疚的痛苦，宋归宜再想起那个夜晚时，记得的只有气味。黎素身上淡淡的香水味，还有房间里久不通风的气味。这两种气味彼此交织着，混合成专属于他的悔恨的气息。

宋归宜再醒来时已经是第二天，看一眼时间，早上六点，一切尚早。他习惯性起身叫黎素起床，卧室的门虚掩着，房间空荡荡的，黎素彻夜未归。

007

宋归宜立刻拨打了黎素的手机，但处于关机状态。他的第一反应是失踪，然后像是自我逃避一般，他迅速否定了这个猜测，寻找着其他可能的解释：黎素可能车爆胎了，所以就在宾馆住了一夜；她可能让父母留下来了，怕打扰他养病，就没有贸然打电话；她甚至可能酒后驾车，现在被关在拘留所里。

宋归宜有黎素家的电话，他直接打了座机。接电话的是陆涛——黎素的继父，他的声音依旧四平八稳，但困意未消："我是陆涛，哪位？什么事？"

他装模作样又客客气气道："伯父好，我是宋归宜，黎素昨天

317

晚上没回来，手机也关机，想问一下她是不是在你那里？”

陆涛顿了顿，缓缓呼出一口气。那时宋归宜尚且不知道，这片刻的犹豫，将决定许多人的命运。他说道："是啊，她在我这里，昨天她走的时候太晚了，不方便，我就让她住下了，她现在还在睡觉，等她醒了我再让她打给你。"

宋归宜暗自松了一口气，说道："不用了，知道她没事就好，那我就不打扰了。"挂断电话，宋归宜继续一天的日常洗漱，心底残存的一点影影绰绰的疑心，被他很自然地归于多心。陆涛与他的关系再恶劣，也不至于在这样的事上撒谎，黎素就算是继女，也是他抚养长大的。

他摸了摸额头，似乎已经没有热度了，修理完胡子，没胃口用早饭。闲来无事，他就索性把房间里里外外打扫一遍。他在床底下找到了黎素丢失的那枚发卡，拉开抽屉随意往里面一丢，等着黎素回来再凑成一对。

出了一身的汗，他就简单冲了个澡，热水往身上一喷，反而蒸得原本残留的一些不安越发膨胀了。

他姑且等到了十点，这时间黎素必然上班了，没道理把手机关机。他打了一个电话过去，仍旧是不通，索性找到她公司前台的电话，装作客户的身份，点名要找黎素小姐，终于转接了三个电话，人事部门的人告知他黎素今天没来上班，请了一天的病假，有事可以联系她的邮箱。

宋归宜知道问题出在陆涛那里，他停顿那几秒里正是在构思着一个谎话。他顿时醒悟过来，按照陆涛往日对他的态度，根本没这个耐心接他的电话。他的好声好气，恰是心虚的表现。

宋归宜也懒得多说废话，直接叫车就往黎素父母家去。他连电梯都不愿等，三步并作两步跑上楼梯，强盗一般地敲着门，终于等

318

来黎素母亲应门。

黎素的母亲是个沉默的中年女人，有一种干瘪的虚弱，常年在丈夫光芒的遮挡下，成了一抹淡薄的影子。黎母被宋归宜满脸的阴沉吓得一跳，都不敢请他进屋，只是站在门口，问道："小宋啊，怎么又是你？你有什么事吗？"

宋归宜道："我早上打电话过来，说黎素没有回家。电话是陆涛接的，他说黎素昨天晚上住在这里，今天上班时间我去她公司问过了，也没有上班，所以现在到底是什么情况？"

黎素母亲的神色是呆滞的，愣了半晌，才怯怯道："原来早上那个电话是你打过来的，陆涛还说是推销。小素昨天没住在家里，她九点多就开车走了，我以为她和你在一起。"

宋归宜怒极反笑，扑哧笑出了声，越是察觉事态严重，他越是冷静，像是一根细丝悬着他的理智，在要断裂的前一刻，反而绷得紧紧的。他平静地安抚了黎素母亲，又问她要了陆涛的手机号码与工作地址，并不忘记说再见，才转身离去。

在去检察院的路上，宋归宜连续给陆涛打电话，他的手机始终是关机，应该是在开会。宋归宜却不气馁，每被挂断一次，就再拨打，如此重复了十多分钟，然后就开始给陆涛发短信，并不发文字，只是打出一串问号给他。等到达目的地时，宋归宜已经打了二十五通电话，发了四十条短信给他。

但他脸上的神情仍旧是平和的，出租车司机与他搭话时，还不时能附和几句。他像是午夜里暗流涌动的海，但尚且还不至于酿成海啸。

宋归宜刚从出租车上下来，陆涛就面带怒气地冲出来拦他，把他拉到无人处，压低声音质问道："你在发什么疯？我这里有正经事要忙，刚才在开会，没空陪你胡闹。"

宋归宜强忍着怒气，道："黎素在哪里？给你一分钟时间解释，要不然我就把事情闹大，你面子上也过不去。黎素大概还没告诉你，我是有精神病的。"

陆涛急忙道："你先冷静点，不是你想的那样。她是出车祸在医院抢救，也不是说危险，也不是说不危险，就是情况不明。你先不要去看，我不会和你说是哪家医院，你本来精神就不好，先不要受刺激。我已经把沈墨若叫来了，让他看着你，你别乱跑。"

宋归宜脑中轰然一声，一瞬间天塌地陷，无数声音从耳边掠过，轰鸣作响，他犹如处在一片轰炸之中，周围都是纷乱的，只有他心底是静的，静得恍恍惚惚，极不真切。他踉跄着走了几步，眼前一黑，就栽倒过去。他跌倒在一片黑暗里，倒也不觉得痛。

他再清醒时，沈墨若已经赶来了，把他扶到车上，往家里开，小心翼翼道："你的烧没有完全退，好像还没吃什么东西，你之前的脑震荡也没有好好休养，你不要太激动，先好好休息一下。我已经和你爸妈说了，你妈在家，给你准备了一些吃的，你多少吃一点，先缓过劲来再说。"

宋归宜眨眨眼，仍旧没有多余的实感，只是扭头，痴痴望着车窗外倒退的街景。沈墨若也不勉强，只匆匆忙忙把他送回家，扶着他上楼。到了家，宋母事先知道了些内情，也不急着追问，只是给他盛了碗汤。沈墨若坐在旁边，轻声细语哄他喝了一些，又用冷毛巾给他擦脸，宋归宜才慢慢回过神来。

因为怕再刺激到宋归宜，沈墨若丝毫不敢提黎素的事，只是给他一片安定药物，连哄带骗劝他吃下。宋归宜睡着后，沈墨若给他量了体温，不知道是一时间急火攻心，还是病本就没有好透，他的热度又上来了，烧得神志恍惚，话都说不清。

其实对黎素的情况，沈墨若也不是很了解。陆涛对他也是同样的一番说辞，说黎素出了车祸在医院抢救，但并不愿意说在哪家医院，只是恳切地拜托他先安抚好宋归宜。

沈墨若见陆涛的神情，虽有焦急，却也不至于心急如焚，至少还能照常上班。他虽然觉得古怪，但一向是不以恶意揣测他人的，就下意识觉得黎素情况尚可，就先忙着照顾宋归宜。

宋归宜再醒来，已经是黄昏了。他看着窗外的夕阳，一股邈远的孤寂扑面而来，似乎天地间就只剩下他一人了。他轻轻叹了一口气，立刻清醒过来，赤脚踩在地上，冲出房间找沈墨若。

沈墨若见他起身，急忙问道："你还好吗？"

宋归宜直截了当道："好得不能再好。我确定了，黎素失踪了，陆涛在骗我们，他有事瞒着，所以在拖延时间，不想让我们报警。我们现在立刻去警局报警，你开车送我去。"

沈墨若正在犹豫间，忽然响起了敲门声。宋母去应门，门口站着两个陌生男人，对着屋内三人出示了证件："你好，我们是警察，请问宋归宜在吗？我们有些事情想让他配合调查。"

宋归宜急忙上前，说道："是我，有什么事吗？"他心里已经浮现出一个隐约的答案，却仍旧等待着一个切实的判决。就像是上绞刑架，光把脖子套进绳圈里还不算，要在脚下悬空的那一刻，才算是真正的处决。

那两名警察说道："是这样的，一位叫黎素的小姐失踪了，她的父亲刚刚报了案，你是她的男朋友，希望你去警局录个口供，配合我们的调查。"

宋归宜点头，很配合地往外走。

## 008

宋归宜到了警局，一切按照流程来办，审讯室、警察问话、录口供、签字确认、回家等消息。警察问他的信息都很基本，像是黎素昨晚几点离开？临走前有什么异样吗？平时有什么仇人吗？你们平时关系如何？

通常这样的单身女性失踪案，男友或伴侣的嫌疑很大，但宋归宜并没有得到潜在嫌疑人的待遇，仍属于受害者家属一类。因为黎素失踪前的监控录像已经找到了，她是在地下停车库被人掳走，行凶者开着她的车离开，初步定性为抢劫案，考虑到陆涛的身份，也不排除绑架的可能。

出了审讯室，陪同他的方脸警察安慰道："你不要担心，现在监控比较多，很容易找到的。"

宋归宜面无表情道："这样的失踪案一般是黄金四十八小时，两天之内找不到人，生还的可能性就很小了。她是昨天晚上九点多失踪的，现在是晚上八点，你们正式开始调查也是明天了。一天内找到人，基本没希望。对我来说，找到尸体和找不到人，差别并不大。认尸的话就不用通知我了，她父母可以做。"

对方一时间无言以对。好在王帆得了消息也及时赶过来，拍着宋归宜的背劝他："你不要放弃希望，要对我们有信心。走访和看监控的同事都在努力，她家里的电话也装了监听设备，如果绑匪打电话来，我们立刻能知道。你放宽心，回家好好休息，说不定明天就有消息了。"

王帆好说歹说，终于领着宋归宜出了警局，但还没走出门，就撞见陆涛从车上下来，应该也是要录个口供。宋归宜在茫茫夜色中辨认出陆涛的身影，深切的恨意涌上心头。

还不等王帆反应，宋归宜就甩开他，冲过去要打陆涛。好在旁边两个警察眼疾手快，一人一边胳膊，按住宋归宜。可宋归宜身材高大，猛地生出一种玉石俱焚的劲头，险些让他挣脱。直到王帆从地上爬起来，强行把他压在地上，才勉强稳定了局势。

饶是如此，宋归宜依旧没冷静，对着陆涛的方向嚷道："我不会放过你的！她是你的女儿啊！你怎么能这么对她！为什么要拖延报警时间，你是不是就要她死！"

王帆怕他惹出事来，急忙道："你别胡闹了，有什么事情我们会调查的，你不要乱来啊。"

陆涛挥挥手，大度道："算了，他情绪太激动了，也是人之常情，不要介意，让他回去吧。"然后他皱皱眉，略显不安地从被制服的宋归宜身边走过，皮鞋底敲在台阶上，嗒嗒作响。

因为陆涛的一番话，又加上王帆的说情，宋归宜只挨了一顿训，就被放回家了。

过了半小时，陆涛的电话打来，解释道："你的情绪激动，我暂时不和你计较，不过有些事你不要误会，黎素的失踪和我一点儿关系都没有。我之前叫她回去，是因为李仲平被抓到了，但是他有很大一笔款项没追查到。黎素和他挺熟的，我怀疑她和这件事有关系，就叫去问一问。她说没有，我也就让她走了，没想到她突然失踪了。"

宋归宜道："哦，你是怀疑黎素突然失踪是携款私逃，所以你不想让我报警？说到底，你担心她要是真的犯罪会影响到你的仕途，你就先把这件事压下来，私下查一查她是不是跑路了，等你确定她是真的失踪了，她是死是活都不会影响你了，你才安心报警。我真佩服你，能活得这么冷血。"

"你这话说得有点难听了，黎素到底是我的女儿，你和她只认识了两年不到，我肯定比你担心她，我也比你了解她。她平时行事作风也不是特别正派，我怀疑她也是正常的，谁让事情这么巧合。"

宋归宜没有说话，只是忽然间咯咯笑个不停，笑声尖锐，像是指甲刮擦着黑板，让人毛骨悚然。

宋归宜在黑暗中坐起身，他身上庞大的悲伤像是生出切实的形体，吓坏了身边的朋友和亲人，他们一致同意留他一个人静静。但他并没有情绪失控，恰恰相反，他宛若身处于一个巨大的黑洞中，完全无知无觉。唯独他的大脑迅速运作着，像是一个榨汁机压榨着水果，他想要从纷乱的现实中压榨出理智。

黎素失踪了。不，不要把失踪者定为黎素，她的微笑、她的气息、她的温度，她带来的一切回忆只会干扰思考。一个素不相识的女人失踪了，在超市的地下停车场，调查的第一要务是拿到案发时的监控，警察已经拿到了备份。但王帆为了避嫌不参与调查，就算参与，他也不会把录像给宋归宜，他只能亲自去要。

宋归宜离开了家，并且找了一个合情合理的说法，他说需要散散心，父母就没有过多的阻拦。他径直去了案发时的地下停车库，情况如他想象中一样糟糕。他不用费心去找黎素的车位，因为有个地方拉着黄线。车库里有监控，但监控有死角，没有一个探头正对黎素的车位，就算拍到了作案者，很大概率只是拍到了一个模糊的背影。

但宋归宜还是要看监控，他简单乔装了一番，戴上假胡子和眼镜，装成个瘸子，一瘸一拐着到了保安看监控的办公室。他没有说明来意，只是假称说要投诉，保安打了个哈欠，带着点敷衍的礼貌招待了他，问道："你是遇到什么事了？

宋归宜没有正面回答，反而说道："能给我倒杯热水吗？我想要开水泡茶。"

保安虽有些不耐烦，但还是照做了。他抽出一个纸杯，从一个电水壶里倒出些开水，隔着腾起的热气递过去。宋归宜掏出一块手帕，包着杯底，直接把热水往自己身上泼。安保经理看得目瞪口呆，一时间不知道该做何种回应。

宋归宜的手臂上烫红了一片，他却似笑非笑道："你们下次应该记得在办公室里安个监控，但是现在太晚了。我有证据报警了，纸杯上有你的指纹，我被热水烫伤了，我可以立刻报警说你泼热水攻击我。事情要是闹大了，你肯定会被开除。"

保安被吓傻了，支支吾吾道："你要做什么？"

宋归宜平静道："我要看监控，警察应该已经来过了，你也应该知道了，有个女人在你们的地下车库失踪了。我是她的爱人，我要看监控，立刻，马上，我数三下，三下之内你不给我看监控，我就报警，说你袭击我，泼我热水。一，二……"

保安忙不迭照做了，一边求饶，一边手忙脚乱着调取监控。因为先前警察已经要过一份拷贝，所以他连具体的时间点都很清楚。九点二十分，黎素把车停在地下车库，搭电动扶梯去超市采购；九点二十九分，一个穿连帽衫戴口罩的男人来到她的车前，东张西望一阵后，用随身携带的工具撬开了车门，躲进车里；九点三十分，黎素拎着购物袋准备上车，拉开车门，坐上驾驶位后，她就被劫持了，中途有试图挣扎过一次，但是一只手把她拖了回去，只有一个购物袋落在地上，车轮碾过去；九点四十分，黎素的车开出了地下停车场，扬长而去。

宋归宜质问道："既然有监控，为什么当时没有人发现这件事？"

保安嚅嗫着："本来应该两个人看监控，可是现在就剩一个人，人又六十多岁了，一天工作十二小时，他也蛮辛苦的，谁能想到会遇到这种事呢。"

"那地下停车场的收费员呢？他难道没发现问题吗？"

"当时天太黑了，他也没看清状况，好像就记得一个女的躺在车后座睡觉，一个戴口罩的男人付的停车费。警察有把那个钱拿走，说不定上面有指纹，你不要着急，人总是能找到的。"

宋归宜沉默了，一瞬间三个念头闪过他心底。第一，黎素之前从未去过这家超市，她之所以会去是因为宋归宜提醒她记得买牛奶，她的失踪，他难辞其咎。第二，她会到这家超市的地下停车场是完全的随机行为，作案者却能找到她的车，这不是跟踪就是有定位。第三，警察在问话时没有问到买牛奶的事，他们可能还没发现这条线索，他或许能赶在警察前面做些什么。

走出超市的大门，迎面吹来一阵风，季节的转换只在一夜间，夏天似乎猝不及防地结束了。宋归宜手臂上烫伤的位置正隐隐作痛，湿漉漉的衣服穿着有些凉，他觉得脸上也冷冰冰的。当他发觉自己在哭时，泪水已经打湿了面颊。

⑨

黎素的车是在正式调查的一天后发现的，也就是她失踪后的第三天。车被推进一条河里，河水不算深，只是勉强淹没车顶，今天一个在附近摆摊卖水果的人发现异样。水里有·闪·闪的亮光，原本以为是孩子的玩具，等走近看才发现是汽车，他先是叫人，然后才报的警。车被打捞起后，地方派出所根据车牌发现是失窃车辆，这才向上汇报。但等警察赶到时，河堤旁的痕迹已经被破坏了。第一发现者、围观者，还有帮忙打捞的工人，前前后后许多双鞋印都踩在上面，就算作案者在这里留下了痕迹，一时间也很难甄别了。

这个地方很偏僻，没有什么目击者。警方初步判断作案者是在

326

晚上处理车的，可能是多人作案。坏消息是车上没有提取到指纹或者其他有用的线索，好消息是车上也没找到尸体。

但这对宋归宜来说，很难说是好消息。他出乎意料地冷静，确定黎素已经死了。

他被叫去现场辨认证物。车后座的缝隙里有一点血迹，已经想办法提取，检验是不是黎素的血。车里还找到了一个手提包，宋归宜表示确实是黎素的东西，包里找到了一支口红、一本记事本、一包纸巾。

陪在宋归宜身边的依旧是那个方脸警官，他说自己姓余。余警官问道："有没有什么东西缺了？钱包和手机是带在身边的吗？"

宋归宜点头："对，钱包和手机缺了。"

"还有别的吗？你慢慢想，不用着急。"他把几个证物袋展示给宋归宜看，脸上没有多少表情，但说话的语气有一种刻意的温和。

宋归宜虚弱道："没有了，东西都在这里了。"

"你确定没有东西少了吗？"

"应该是的，但毕竟是她的车，很多东西我都不清楚在哪里。"

余警官说道："好的，谢谢你的合作。你先回去休息吧，要是想到什么可以打电话过来，有进展我们会再联系你。你现在人觉得好一些了吗？"

宋归宜平静道："没事，我已经没感觉了。"


宋归宜说了谎，他知道黎素的车上少了一件东西——她的手表，一块价值十万的手表。这块表坏了，黎素一直找不到时间送去修，就把表放在车上的储物箱里。这是个很隐蔽的地方，如果不是黎素和宋归宜提过，他也不会知道。

作案者取走了手表，可能是黎素告诉他的，也可能这就是他作案的目的。黎素案发时开的车是被吴亚楠砸坏的那辆，就是沾了一个逃犯的血，又在修理厂放了十多天的那辆。黎素是在取车那天摔坏了表，所以顺手把表放在车上，然后不到一周，她就失踪了，而且作案者时刻了解她的动向，有计划地带走了她。从她到地下车库停车再到作案者找上她的车，全程不超过二十分钟。原本不排除随机作案的可能，但是现在作案者既然拿走了她的表，就说明是有计划的作案。对方至少认识她的车，能接触她的车甚至是在上面安装跟踪器，并且在她取车时在现场。

很自然能推出的一个结论，就是修车厂给黎素修车的那人。弃车点与失踪点相距约五十公里，如果是开着黎素的车上高速，未被阻拦，没有在监控中留下痕迹的一个原因就是作案者换了车牌。汽修厂的人明面上和暗地里的门路都有很多。

从结论倒推找证据，其实很简单。警察一开始通过监控，想确定作案者的逃跑路线，可是他七拐八拐竟然开进了附近的小区，避开了所有主干道的监控。宋归宜绕到他最后出现的小区后门，走出去，是一条在整修的马路，马路要拓宽，原本的监控自然都拆掉了。再向前两公里，有一家汽修厂，黎素当时就是在那儿修的车。


第二天宋归宜亲自去了汽修厂，黎素当时的保修单和发票还在家里。他很轻松就找到了给她修车的那人，他名字叫王海。

宋归宜忽然想起自己考取了驾照，之前他为了哄骗蔡照与自己同行，才谎称不会开车。而在车祸后，这件事与蔡照的死因一起在他记忆里尘封了，现在他又从书架后面的隐藏柜子里找到了驾照。他的驾照照片拍得不好，凝视起来像是另一个人。

宋归宜开了黎素停在小区停车场的那辆车，一辆红色的奥迪Q7，她的车钥匙总是很随意地放在床头柜的抽屉里。宋归宜拿钥匙时，正巧看到里面的一枚玳瑁发卡，莫名感到一阵心酸。他自己用石头砸坏了车子的后视镜，然后戴着帽子和墨镜，贴上假胡子，开去修理厂，找了王海之外的一个人接待自己。

招待他的是个二十岁出头的小伙，手上的工作不停，嘴上的话也不停，喋喋不休地给他讲着最近的促销活动。宋归宜漫不经心听着，余光却往角落里瞟。

不远处有个中年男人在修一辆车的引擎盖，大约四十岁不到，体格健硕，肤色黝黑，穿着长袖的工作服，袖子撸到手肘上面，左手臂上有个创可贴。他就是王海。

宋归宜故意漫不经心开口道："旁边那个是你的同事？我看他挺眼熟的，姓赵，是吗？之前在销售的？"

小伙摇摇头，说道："不是啊，你认错人了吧，这是王哥王海，人家一直就做这行的。"

"真的不是吗？看着还挺像的。"宋归宜装模作样推了下墨镜，说道，"哦，凑近看就不像了，是我认错了。也是啊，你们这个同事一看就是个老实人啊，我认识的那个可不像样了，听说以前还进过局子了。"

"这话可不要乱说啊，我们王哥人挺好的，够仗义。还特不容易，家里有个脑子不太好的弟弟，父母走得早，都是他在照顾。"

"这样啊，那他上班了，他弟弟一个人在家放着也不行啊，应该和你们老板说说，通融一下，让他把弟弟接过来算了。"

小伙讪笑道："这种话我们打工的怎么好说呢？再说这里人比较多，要是他弟弟受刺激对客人做什么，吓到人，搞不好王哥也要走。"

宋归宜微笑，墨镜后面的眼睛盯着王海："这样啊，是我没考虑好，瞎出主意了。"

反光镜修起来很快，宋归宜只等了半小时，用现金付的款。他在来修车厂前就勘察过地形，只有一个正对门口的监控探头。所以他刻意把车开进去些，这样监控就不会拍到他。

修完车后，对方报了自己的工号，暗示宋归宜下次可以再找他，又让他签了一份客户评价单。宋归宜留了一个空号，留的名字是李先生，用的是自己的笔，不用担心留下指纹。

他离开修车厂后仔细回忆了自己的行为，基本确认没有留下多余的痕迹，就算警方查到修车厂，也不会发现他曾经去过。他的真实目的是入侵数据库，当初给沈墨若的那个 U 盘，他终于还是用到了。趁着修车的人给他拿评价单时，宋归宜把 U 盘插入了外端设备，通过木马，用家里的电脑远程入侵了修车厂的内部系统。

宋归宜想找的是员工家庭住址，每位正式入职的员工在人事档案库里都会留有家庭住址和社会关系。王海身份证上的住址是郊区的某新村，距黎素的车被发现的地方不到五公里。顺便还有一个佐证，王海之前当过送水工，如果负责的是这一片区，那么对商场周围的环境熟悉也很正常。

调查至此，仍旧有归于巧合的余地，于是宋归宜决定亲自开车去王海家。他告诉自己只是顺路过去查看，但近于下意识般，他将家里的油布、绳索和刀具，全部放入包中，丢在汽车的后备厢里。

因为对路不熟悉，宋归宜开了近两小时才到目的地。越是往偏远处开，黎素的奥迪就越惹眼了，他先把车停在附近的停车场，然后步行进入小区。这是一个老小区，宋归宜抬头，发现大门口的监控已经坏了，起的不过是威慑作用。

他戴着帽子，低头走进楼道里，有一些人在夜色里与他擦肩而过。王海的家在五楼，楼梯间年久失修，墙上贴着小广告，墙面斑驳不堪。

他站在门口，确认自己戴着手套。他有些不敢相信，这一切太简单了，他之前处理过的每一桩失踪案都比这复杂。他和黎素面对过连环杀手、高智商罪犯、多年逃犯、悬案凶手，忽然间，一个汽修厂的修理工就让一切戛然而止。

然后他叩响了门。

## 010

宋归宜在精神卫生中心待了一周。上午吃两片药，下午接受心理辅导，三点钟时还有小饼干吃，日子过得倒也惬意。他的主治医师说他恢复得很快，症状比想象中要轻，只要能接受现实，很快就能出院。

医院每天有两个小时的自由活动时间，休息室里的门窗是封死的，以免病人出逃或自残。宋归宜坐在窗边愣神，有个病友上前来与他搭话。这个人似乎有妄想症，总觉得有神秘机构意图脑控他，他拉着宋归宜唠唠叨叨说了许多，问道："住在这里的人都是有特异功能的，有一些比别人厉害的地方，你有什么特殊的技能啊？"

宋归宜道："我其实蛮会装瘸子的，就一瘸一拐，别人基本都看不出是假的。"

病友笑话他道："这又有什么用呢？"

"我和你表演一下，你就知道有什么用了，这可是个大用处。"宋归宜扶着他坐下，自己则后退几步，手抬起假装在敲门，嘴里念道，"咚咚咚，请问有人在家吗？"

宋归宜朝病人使了个眼色，他倒也会意，站起身假装在开门。门拉开一条缝，他探头出来，问道："请问你是谁啊？"

宋归宜道："是王先生吗？我是居委会来上门调查的，有一些表格要让你填，麻烦能让我进来一下吗？"

病友嘟囔道："可是我不姓王啊。"

宋归宜笑道："不要紧，只是演一下嘛，反正都是假的。"他一瘸一拐往里走，假装跟跄了一下，病友下意识要去搀扶他，却被他一把反制住，从身后勒住脖子，强压在椅子上，"你看，装瘸子还是蛮有用的。"

病友倒还是不服气，说道："我一个人是被你搞定了，可要是我还有同伙呢？"

宋归宜搓搓手，轻快道："你说得有道理，不过我也有我的办法。不然你叫一个人来扮演同伙，我再陪你表演一下。"他招招手，叫来一个矮个子的青年，他有些强迫症，但神志还很清醒，脸上的神情有些不耐烦，似乎很不屑于他们这样的游戏。

宋归宜凑近他说道："别觉得我是个疯子，你未必能逃出我的掌控。"

矮个子青年有些不服气，但也参与进来。宋归宜假装打电话给他，说道："你弟弟打伤了我的孩子，你快点过来处理，不然我就报警了。"

矮个子青年道："你这样虽然可以引诱我过来，然后把我制服住，可是你接下来要怎么办呢？我突然失踪的话，肯定会有人发现。"

宋归宜道："用你的手机编辑一条短信发出去，说你的弟弟闯祸了，偷偷用石头砸伤了一个有钱人的孙子，惹出这样的大事，害怕对方报复，你要辞职避避风头。再给你一张纸，让你对着录音笔念，里面有一段你准备辞职的说辞，还有二十五个短句，是针对问题的可能回答。这样就算对方打电话来追问，也可以应付过去。"

"那我的房子呢？我的房子一直空置着就没有人能怀疑吗？"

"留一张纸条，把钱和证件都拿走，就算有人上门，也会觉得你是逃走了，顶多是失踪，那至少也是一个月以后的事了。房东和你非亲非故，也未必会报警。"

"那你要怎么处理我呢？"

宋归宜耸耸肩，笑道："这我不知道，你以为我真的疯了啊，我也就随口一说。"

矮个青年的表情倒也松懈下来，往旁边走去，说道："要我说，我这种强迫症就不应该和你们这种妄想症的待在一起，我刚才差点就以为是真的了。"

休息时间结束后，宋归宜回了病房，护士找到他，说道："你今天早点休息，明天有医生对你进行精神评估，要是没问题的话，你就可以出院了。"

(011)

宋归宜推门进来时，医生刚好写完病历搁笔，微笑着打了个手势，示意他坐下。医生四十多岁，微微有些驼背，看起来斯文得体，彬彬有礼又疲惫不堪。他推了推眼镜，说道："宋归宜，是吗？"

"对。"

"从前期的报告和观察来看，你的情况并不算严重。虽然有家族病史，但更多是属于受到重大刺激后的过度反应。只要你能清醒地回忆起这段时间发生了什么事，我们的治疗就能告一段落，之后你只要定期服药就可以了。"

"好的。"

"你现在还记得从本月三号到你入院前发生了什么事吗？"

"我的女友失踪，至今下落不明。我受不了这个打击，假装她和我分手了。"

333

"有报告称，你试图威胁你女友的父亲？"

宋归宜笑道："不算是威胁吧，顶多是情绪失控，一时间言语过激了。"

"报告上说你在被找到时开着一辆车到郊外，你这么做是有什么用意吗？"

"没有用意，只是那时候我被脑内的一个声音驱使。"

"那你现在还会听到这个声音吗？"

"不会了。"

"好，那你还有做过其他出格的行为吗？"

宋归宜斩钉截铁道："没有了。"他用余光扫见医生在纸上打了一个勾。

医生从抽屉里拿出一张纸，说道："接下来我会对你进行一个简单的评估，主要就是问你几个问题，你按照实际情况回答是与否就可以了。"

宋归宜微笑着，说道："好的，可以开始了。"

医生看着问卷，自上而下读起来："你是否觉得自己是孤单一人，没有人能理解你？"

"没有，我的朋友和亲人都很在意我。"

"你是否曾觉得生活乏味、无趣，觉得活着没有意思？"

"没有,我很擅长给自己找乐子。"宋归宜靠在椅背上,神情笃定。

"你是否产生过一种忍不住要伤害他人的冲动？"

"没有。"宋归宜弹着手指，他左手上的纱布已经拆了。

"你是否感觉自己不适应日常的人际交往？"

"没有。"

"你是否曾因为他人的痛苦情绪而感到快乐？"

"没有。"

334

"你是否觉得你过去经历的一些痛苦回忆会影响你一生，让你再也无法摆脱？"

宋归宜眯起眼，想起了奶精里的硫酸铜、猫的尸体、涌进车里的水、陆涛的谎言，还有黎素的笑。他瞥了一眼手心，那里没有伤口，说道："没有，我想过去的事都过去了，没什么不能克服的，人要往前看。"

"好了，今天的评估就到这里了，我一会儿和你的主治医生商量一下，会给你最后的结论。"医生站起身，郑重地和宋归宜握了握手，步履轻快地推门往外走。在他走后，许竹月出来与宋归宜打了个招呼："你好，好久不见了。"她还是那副一板一眼的教师模样。

宋归宜倒不以为意，同她握了握手，道："好久不见了。"

许竹月道："你高兴吗？"

"我很高兴，我能平静地接受一切了。我不过是凡人，和世界上所有的凡人一样，我逃不开所有无可奈何的事，我没有起死回生的力量。我不能排解任何人身上的痛苦，我只能让他们比我更痛苦。"

"你能接受自己了，恭喜你。再见，我走了。"许竹月挥手向他道别，从门口走出去。

霍东跟在他后面走了出来，也同他握了握手，说道："要好好保重自己啊。"

宋归宜笑着向他道谢，说道："我会的。"

邓娟接着出来，轻轻握住他的手，柔声道："要加油啊，所有人都在看着你，你要是轻易放弃的话可对不起我们。"

宋归宜郑重点了点头，说道："谢谢你，我不会让你们失望。"

接下来是林婉宁，她带着些笑意道："做事要细心一点，我相信你的。"

宋归宜与她握了手，说道："谢谢你，我知道了。"

她离开后，蔡照走上前，轻轻一捶宋归宜的肩膀，笑道："小宋，以后要好好开车啊。"

宋归宜拥抱了他，道："我会的，谢谢你。"

蔡照笑着与他挥手道别，他身后是王海兄弟。王海很豁达地冲他咧嘴一笑，道："你可要加把劲了。"

宋归宜笑道："不好意思，把你的牙齿打下来了。"

王海道："不要紧，反正我也划伤你的手了。你要好好生活，不要辜负我们啊。"

"我会的。"宋归宜也与他握了握手。

他们离开后，终于轮到了黎素，她站在窗边笑着同他招手，说道："我们好久没有好好聊一聊了，你以后准备怎么办？你还要回学校去吗？"

宋归宜道："不然呢？你又不养我，我总是要找个工作，混口饭吃。"

"那你高兴吗？"

"我很高兴啊，以前很多时候我都假装高兴，这次是真的，现在我是真的很高兴，我再也不会害怕了。"

黎素问道："那你要我这样一直陪着你吗？"

宋归宜轻快道："好啊，这样才是真正的天长地久，永不分离。爱情故事不都是该这么结尾吗？谢谢你。"

⑫

李先生：

就像你之前说的，我确实知道了你的身份，也明白了你对你爱

336

人的感情。

这确实是一起有预谋的犯罪，但完全是为钱而不是仇杀。其实犯人想要绑架你的妻子，但是因为中途发生了一些变化，使得情况急转直下。

从她进入停车场到失踪，间隔的时间不超过半小时。这是随机行为，凶手却能迅速找到她，并且能拿走车里价值不菲的名表，他显然对她有了解。再根据一些具体的线索，已经确定作案的人就是修车厂的王海。他为你的爱人修车，偷偷在车内安装了定位装置，然后跟踪你爱人到地下车库，挟持了她。

他的本意是绑架，所以把她带入家中，让他的弟弟看管。但是因为你的妻子有心脏病，在一次试图逃跑引发的争执中突然发病，王海兄弟没有相关的急救知识，也不能报警，导致他的计划就由事先的勒索改为处理痕迹。

王海拆掉了车上的跟踪装置，然后换了一块假车牌，把车抛弃在离家不远处的河里。

其实这件事对他们也是无心之失，王海也确实有悔过的心意，希望你能原谅他们。他把你妻子的皮包放在车里，其实也是心存愧疚的表现。只是他不应该拿那块表，这条线索很快就能让警方联系上他。

不过王海和他的弟弟已经失踪了，听说是辞职离开了本地。警方就算查到他身上，一时间也很难找到他，况且本来失踪案投入的人手就不多，一桩失踪案牵扯出更多的失踪，这件事或许很快就会因为缺乏线索而不了了之，这真是令人遗憾。

顺便一提，我已经准备九月继续学业，之后再出国深造。我对未来有了一种极为清晰的判断，我再也不应该掩饰我的本性，我就是我生来的样子，我会尽量从生活中获得乐趣。

最后希望你的爱人已经回到了你身边，祝一切顺利。

宋归宜敬上


宋先生：

感谢你的帮助，我爱人已经回到了我身边。我现在很幸福，但我并不会祝福你的幸福，因为我知道你已经拥有了另一种人生。爱，真是一种神奇的存在。爱让我们看清自己，让我们证明自己，让我们对未来无所畏惧。

我们就此别过吧，再不用相见了。

李九


⑬


宋归宜顺利出院后，与所有人和解了，他也没想到一切进展得这么顺利，似乎是低估了自己讨人喜欢的能力。

沈墨若亲自开车接的他。他们原本是知无不言的朋友，可似乎因为先前的事，还是起了隔阂。沈墨若有点羞愧于见宋归宜，如果当时他没有信任陆涛，以为是宋归宜情绪失控，喂他吃了安定药，事情会不会有转机。宋归宜倒是不怪他，很温和地微笑道："凡事总有希望，你也不用太自责。"

沈墨若不搭腔，不知为什么，宋归宜的性格缓和到这地步，他反而觉得有些不真切了，觉得不太像他了。

宋归宜依旧兴高采烈道："难得我今天出院，挺高兴的，你要不要请我吃饭啊？"

"下次吧，我先把你送回家再说。"

宋归宜一回家，望见父母忧心忡忡的脸，便很真诚地向他们道歉，说道："让你们担心是我不好，先前的事确实对我打击很大，我有点恍惚，有点逃避现实，但我再也不会这样了。不过你们那天偷偷说要把我送去医院，也确实把我吓到了，这件事牵扯很大，我们再好好商量一下。"

宋母抓着他的手，沉默了一阵，又泪眼蒙眬道："你没事就好，你全记起来了吧。那件事现在还没有定论，你不要灰心。"

宋归宜上前拥抱了母亲，说道："没事的，我已经好多了。我都记起来了，一会儿我给王帆打个电话，我也要和他说对不起，这段时间也麻烦他了。是我不好，让你们担心了，医生说我已经没事了，接下来只要好好吃药，多休息就可以了。"

"你上次体检查出来铜含量超标，是怎么回事？"

宋归宜微微一笑，说道："那个啊，是我读书做实验的时候操作不当，我当时一发现问题就去医院了，检查说没什么事，怕你们担心，就没有说。"

"毕竟是重金属，要不要紧？你怎么这么粗心大意啊？"

宋归宜扶着母亲在沙发上坐下，瞥见她隐约有白发，故作开朗道："没事的，要出事早就有事了，都一两年了，人体基本也能代谢掉的，要是有事医生也不会放我出院了。这段时间我是挺胡闹的，闹得你们都担心，以后不会了。我的精神分裂也不是太严重，不会和叔父一样，你们不要担心。到时候我一边吃药，一边上课也是可以的。"

宋归宜安抚过父母，在阳台上给王帆打了电话，说道："方便吗？哦，你现在不忙就好。也没什么事，就是说一下我回家了，你也不要担心，之前的事情我也记起来了。哦，警局里打了你是我不好，你不介意就好。嗯，我不一样了吗？"他轻笑道，"或许因为我想通了吧，不管以前发生了什么事，我都要珍惜眼前人，要真诚生活，不压抑自己。对，那你忙吧，我没别的事。再见了。"

挂断电话，宋归宜去洗手间把长发剪短了，他剪得很随意，好在也不难看，脖子后面凉飕飕的，看起来倒是焕然一新。他从抽屉里拿出一副眼镜戴上，对着镜子，扯开嘴角笑了笑。

## ⑭

黄宣仪进了一所大学的补录名单，要出国去面试。她搭飞机那天，沈墨若与宋归宜都去送别了。黄宣仪似乎并不知道内情，但出于一种天性的敏锐，她也对宋归宜生疏了许多。只同他寒暄了几句，就挥手道别。

倒是沈墨若上前与她说话时，她忍不住哭了，拥抱着他，久久不愿松手。

宋归宜从旁调侃道："又不是不回来了，不用这么激动吧。"

黄宣仪道："等我回来了，他也走了。"宋归宜这才知道，沈墨若也要出国深造了，就是下周的事情。

黄宣仪走后，宋归宜淡淡笑着，问道："你不和我说要走的事，应该不是怕我挽留你吧？"

沈墨若含糊道："说不清楚，我只是觉得我们都该彼此留出些距离来。"

"这话听着怎么像是恋人闹分手？你好像和我疏远了。"

"没有，只是……"

340

宋归宜笑着一拍他的肩膀，道："开玩笑的，你别当真。"

"黎素的猫还在我这里，你一会儿接回去照顾吧。"

"好，这段时间多亏你了。"

沈墨若突然问道："你什么时候学会开车的？我们都不知道。"

"很久以前了，为什么突然这么问？"

"只是觉得有些奇怪，刚知道一些事，你当初和蔡照的关系并不好，既然你会开车，为什么那时候要坐他的车兜风？"

"就是为了缓和关系，才要一起出去玩嘛。"

沈墨若淡淡道："原来你是这样的性格吗？那是我还不够了解你。"

"那你觉得我是什么样一个人呢？"

"我不知道，我总是想尽量理解别人，可总是不够了解他人。"

宋归宜笑了，忽然又露出先前那种熟悉的孩子气神情来，兴致勃勃道："我给你讲个故事，沈医生。有一艘船载着旅客在海上航行，忽然有一名旅客，被傻子丢下了海，再也找不到了。现在有几种选择，第一种，把傻子也丢进海里；第二种，因为是个傻子，就原谅他。"

"你会选哪一种？"

"我会选第三种，把船凿沉，这样才公平，这样才有趣。"

"你好像变了，宋归宜。"沈墨若颓然地垂下头，别过身说道，"我从来都不是医生，只是咨询师。我没有考取医学院，大概是虚荣心吧，我喜欢你叫我医生。我一直在想，如果我是医生，事情可能就不会发展成这样。"

宋归宜站在门口，回望他一眼，问道："或许是吧，但这不重要。重要是你现在还是我的朋友吗，沈墨若？"

"我们永远都是朋友，都是我的错。"沈墨若转身走了。

沈墨若临走前开车把猫连同笼子一并还给了宋归宜。他们站在小区门口相望无言，连再见都没有说，只是勉强笑了笑。

　　宋归宜提着猫笼往回走，经过绿化带时，忽然听到了一声猫叫，像是回应一般，黎素养的猫也在笼子里叫了一声。他一时间愣住，不知是不是错觉，只扭头望去，看到一只黑猫从草丛里钻出来，翘着尾巴，悠然地从他面前经过。他忽然半跪着，对着那只猫伸出手，鬼使神差般说道："黎素，是你吗？"

　　那只黑猫回头看了他一眼，毫不理睬，只是一溜烟躲进灌木丛中。宋归宜回过神来，也明白自己在犯傻，自嘲一笑，站起身拍拍灰，准备上楼，却不知为何，眼泪竟然止不住地流。

——全书完

342

隐藏案件已开启，请自行寻找第六案"蔡照失踪案"的起因、经过和真相。

**图书在版编目（CIP）数据**

在谎言里消失的人／陆雾著.
—武汉：长江出版社，2021.11
ISBN 978-7-5492-8000-1

Ⅰ.①在… Ⅱ.①陆… Ⅲ.①推理小说-中国-当代

Ⅳ.①I247.5

中国版本图书馆CIP数据核字（2021）第199693号

本书经陆雾授权同意，由北京方舟阅读科技有限公司委托天津漫娱图书
有限公司正式授权长江出版社，在中国大陆地区独家出版中文简体版本。
未经书面同意，不得以任何形式转载和使用。

**在谎言里消失的人** ／ 陆雾 著

| | | | | | |
|---|---|---|---|---|---|
| 出　　版 | 长江出版社 | | | | |
| | （武汉市解放大道1863号 邮政编码：430010） | | | | |
| 选题策划 | 漫娱图书　张项杰 | | | | |
| 市场发行 | 长江出版社发行部 | | | | |
| 网　　址 | http://www.cjpress.com.cn | | | | |
| 责任编辑 | 江　南 | | | | |
| 特约编辑 | 许斐然　巴旖 | | | | |
| 总 策 划 | 熊　嵩 | | | | |
| 执行策划 | 罗晓琴 | 开　本 | 889mm×1230mm　1／32 |
| 装帧设计 | 陈佳 徐蓉 | 印　张 | 10.75 |
| 印　　刷 | 武汉精一佳印刷有限公司 | 字　数 | 297千字 |
| 版　　次 | 2021年11月第1版 | 书　号 | ISBN 978-7-5492-8000-1 |
| 印　　次 | 2022年6月第7次印刷 | 定　价 | 46.80元 |